2022 한양대학교 연극영화학과
캡스톤
창작희곡선정집

•

9

2022한양대학교
연극영화학과

캡스톤

창작희곡선정집

9권

평민사

2022한양대학교 연극영화학과

캡스톤 창작희곡선정집 9

초판 1쇄 인쇄일 2022년 12월 22일
초판 1쇄 발행일 2022년 12월 27일

지 은 이 (작품수록순) 안준환 · 마은우 · 김승철 · 김희경
　　　　　　안유리 · 윤희민 · CHRISTY LAETIA MERCY
펴 낸 이 　권용 · 김준희 · 조한준 · 우종희
만 든 이 　이정옥
만 든 곳 　평민사
　　　　　서울시 은평구 수색로 340 〈202호〉
　　　　　전화: 02) 375-8571
　　　　　팩스: 02) 375-8573
　　　　　http://blog.naver.com/pyung1976
　　　　　이메일 pyung1976@naver.com
등록번호 　25100-2015-000102호
ISBN 　　978-89-7115-081-8 03800
정 가 　　24,000원

— 차례 —

펴낸이의 글

한양대학교 연극영화학과에서는 2017년부터 학생들이 직접 창작하여 공연화를 거친 작품들을 엄선해 〈캡스톤 창작 희곡 선정집〉을 출판하고 있습니다. 올해로 아홉 번째를 맞이하는 희곡집 출판은 연속성과 다양성의 차원에서 한국 공연예술계에 이바지하는 바가 크다고 감히 자부합니다.

인간을 다루는 기초예술 중 핵심을 차지하던 연극은 오늘날 다양한 매체와 플랫폼의 홍수 속에 생존 그 자체가 위기에 처해있다고 해도 과언이 아닙니다. 그러나 반대로 생각해보면, 손바닥 크기의 화면으로 빠르게 돌려보는 웹 콘텐츠들과 각종 OTT 플랫폼들의 자극적인 콘텐츠들, 그리고 대형 뮤지컬과 스타 캐스팅에 의지하는 상업 공연들에 맞서서 연극 그 자체의 본연의 특성을 관객들에게 효과적으로 제시하지 못한 우리 연극인들의 전략이 부재했다는 판단이 들기도 합니다. 그 전략은 여러 방면에서 복합적으로 고려가 되어야 할 사안이겠지만, 저희는 그 중심에 바로 연극 교육이 있으며, 그리고 창작 희곡의 개발이 있다고 봅니다.

그러한 의미에서 본 희곡집은 출판물로서의 산업적 가치 그 이면에 보다 무한한 의미가 있다고 말씀드리고 싶습니다. 먼저, 대학의 교육과정을 통해 개발된 희곡들이 그 과정 속에서 사라져버리는 것이 아닌, 공연화의 시행착오를 거쳐 한 편의 완성된 작품으로 대중을 만나게 한다는 것 그 자체에 의의가 있다고 봅니다. 그리고 그 과정 속에서 배출되는 작가 개개인이 한국의 문화예술계에 이바지할 무한한 가능성 역시 큰 의의일 것으로 판단됩니다. 마지막으로, 본 희곡집에 실린 작품들이 연극이라는 예술이 갖는 고유의 의미를 굳건히 지키게 하고, 한편으로는 또 다른 형태의 장르로 변형될 수 있는 콘텐츠의 확장 가능성을 갖는다는 측면에서 큰 의의가 있을 것으로 생각됩니다.

본 희곡집이 출판될 수 있기까지 물심양면으로 도와주신 한양대학교 링크3.0 사업단 관계자 분들과 출판의 모든 과정을 진행해 준 안준환, 김승철 작가, 그리고 김지은 조교에게 감사의 말씀 전합니다. 무엇보다 본 출판의 의미를 소중하게 여겨주시며 언제나 기쁜 마음으로 출판을 진행해주시는 평민사 이정옥 대표님께도 감사의 말씀 전합니다.

한양대학교 연극영화학과는 앞으로도 다양한 창작 작품들을 세상에 끊임없이 선보이는, 콘텐츠 창작의 마르지 않는 샘물이 될 수 있도록 최선을 다할 것입니다.

— 펴낸이
　권 용, 김준희, 조한준, 우종희

낭만에게

극작 : 안준환

프롤로그

무대는 여러 움직임들을 위해 무대 하부는 빈 공간을 지향한다.

무대 상부에는 아이들이 만든 듯한 알록달록한 상자들이 여기저기 걸려있으며, 갈수록 색을 잃어간다. 그리고 무대 중앙에는 타임캡슐이 위치해 있다.
무대 한쪽에는 알록달록 상자들이, 그 반대편에는 모니터들로 이뤄진 거대한 구조물이 있다.

[시퀀스]
타조, 무대 중앙에서 뛰고 있다.
사람들 각자의 상자를 들고 뛰어나온다. 좁아지는 땅 위에서 앞만 보고 달린다.

민준   우리는 어딘가로 계속 나아가고 있습니다. 멸종을 피하기 위해서 우리는 오늘도. (사이)

'아폴로 127호 발사!'

멈춰 서서 다 같이 발사하는 우주선을 바라본다. 다시 뛰어간다.

민준   우주선을 쏘아 올리고 있습니다. 새로운 대체행성을 찾는다나 뭐라나.

'해수면 32cm! 빙하 29조 톤!'
'아폴로 128호 발사!'

민준   빙하가 녹아서 해수면이 높아진다는데,

'해수면 34cm! 빙하 28조 톤!'
'아폴로 129호 발사!'

민준   사실 잘 모르겠습니다. 별로 와 닿지도 않습니다.

'해수면 54cm! 빙하 23조 톤!'
'아폴로 130호 발사!'

민준   어쨌든, 우리는 오늘도 우리는 열심히 달립니다.

사람들은 모두 뛰쳐나간다.
타조 계속 날아오르려고 한다. 준수 타조를 진정시킨다.
타조, 퇴장.

주위를 둘러보던 준수, 무대 위에 빛나는 타임캡슐을 바라본다.
바닥에 타이틀을 새긴다.

1장. 타조 이야기

[1-1 새 친구]

아이들, 왁자지껄하게 입장.
아이들, 누워 있는 준수를 일으킨다.

민수   게임 시작!

아이들, 시끌벅적하게 모여든다.
무궁화 꼭꼭 놀이를 반복한다. 민수가 먼저 술래를 맡아서 한다.

다 같이   무궁화 꼭꼭 꽃이 숨어라 피었습니다!

아이들은 민수를 잡고 모두 도망친다.

'아폴로 217호 발사!'

아이들, 모두 멈추고 저 높이 솟아오르는 우주선을 본다.
우주선이 저 멀리 작아지자 아이들은 하던 놀이를 다시 시작한다.
민수는 결국 아무도 잡지 못하고 다시 술래가 된다.
설이, 자연스럽게 아이들이 하는 놀이에 맞춰 등장한다.
민수, 또 다시 아이들에게 잡힌다. 아이들을 쫓아가다가 넘어지지만,
아이들은 설이의 등장에 이목이 쏠려있다.

설이   안녕… 나는 설이야! 낭만에 집에 처음 왔어! 잘 부탁해!

준수   안녕! 나는 준수야!

민지   낭만의 집에 온 걸 환영해!

수연   대박 오랜만에 새 가족이다!

은조   너 인형 좋아해?

수진   어느 보육원에서 왔어?!

민지   같이 숨바꼭질할래?!

준수   내가 우리 보육원 소개해줄게!

설이, 친구들의 과한 관심에 뒷걸음치다 민수와 부딪힌다.

민수   난 민수! 만나서 반가워

설이   (울음을 터트리며) 잘못했어요!

친구들, 우는 설이를 보고 당황한다.
친구들, 민수를 다그치거나 우왕좌왕한다.

민지   야! 어떻게 좀 해봐! 너 이야기 잘 지어내잖아!

[1-2 동화]

준수   잠깐! 잠깐만! 내 얘기 좀 들어봐! (설이의 타조 인형을 가리키며) 얘! 얘 이름이 뭐야?

설   켈리.

준수   얘 이름은 켈리야!

우왕좌왕하던 아이들, 갑작스러운 상황에 어리둥절하다.

준수   켈리는 다른 타조들과 다르게 아주 예쁜 검은색 털을 가지
        고 있었는데, 어떻게 보느냐에 따라서 검은색이지만 다른
        빛으로 보이기도 했습니다. 마치 남극의 오로라처럼.

        아이들, 흰 천의 각 끝을 잡고 무대 반대편으로 이동한다.
        마치 오로라가 펼쳐진 듯.
        오로라가 펼쳐진 이후, 아이들은 타조로 변해, 동화놀이를 시작한다.
        설이는 켈리로 변한다.
        아이들은 준수의 이야기에 맞춰 반응한다.

준수   모래 바람이 휘날리는 사막. 켈리는 여느 때와 같이 무리와 함
        께 사막의 오아시스를 찾아 앞만 보고 달리고 있었습니다.

        오아시스 형상 등장.
        타조들은 기뻐하며 오아시스를 향해 달려간다.

준수   타조 무리는 계속해서 사막의 신기루 때문에 오아시스를
        찾는 것을 실패해서 모두 예민하고 지친 상태였습니다.

        타조 무리, 오아시스가 아니었음을 확인한 뒤 실망한다.

준수   켈리는 더욱더 빨리 달리는 무리 속에서 뒤처지지 않게 열
        심히 달렸습니다! 켈리는 우연히 고개를 들어 하늘을 바라
        봅니다. 새파란 하늘에 새 한 마리가 자유롭게 하늘을 날고
        있습니다.

새 한 마리, 타조 앞을 자유롭게 날아다닌다.

준수 "와… 나도…" 다른 생각을 하는 순간. 켈리는 뒤로 밀려납니다. 켈리는 다시 앞을 보며 얼른 무리를 따라잡습니다. 그리고 밤.

서서히 어두워지며 타조들은 휴식을 취한다.

켈리 넌 날고 싶다고 생각한 적 없어?
타조2 뛰기도 바쁜데 날기까지 한다고? 어휴 난 못해.
타조3 우리는 못 날지.
켈리 왜?
타조3 음… 엄마도 아빠도 우리 할머니 할아버지도 다 못 날았으니깐?
타조2 나는 게 좋아 보여도 막상 날면 이렇게 두 발 땅에 붙이고 있는 거에 감사할걸?
켈리 그래도!

다른 타조들, 코를 드르렁 곤다.

준수 타조는 친구들의 말을 듣고 좌절했지만 다른 새보다도 멋지고 큰 날개를 가지고 있음에도 날지 못하는 것이 분해서 켈리는 나는 연습을 합니다.

켈리, 날고 싶지만 뜻대로 되지 않아 넘어졌다. 날았다 반복한다.
다른 타조들, 그 소리에 잠에서 깨지만 금세 잠이 든다.

낮에는 열심히 무리와 함께 달리고, 밤에는 혼자 나는 연습을 계속합니다. 그러던 어느 날 밤 바닷가! 켈리는 다른 타조들이 잠든 사이 계속해서 나는 연습을 합니다. 그 모습을 멀리서 바라보던 남극 도둑갈매기 셰인이 말을 겁니다!

도둑갈매기 끼룩끼룩! 오 타조가 난다. 난다. 어쩌면 타조가 아닐 수도!?

켈리 넌 날 수 있어서 좋겠다.

도둑갈매기 나는 것은 자유롭지만 좋지만은 않아 그만큼 힘들거든. 남극에는 너처럼 못 나는 애들이 있는데, 근데 언제부턴가 걔네도 날던데?

켈리 나도 남극에 가면 나는 법을 배울 수 있을까?

도둑갈매기 글쎄 모르지? 그래도 그렇게 날고 싶으면 여기서 그러고 있는 것보다는 가보는 게 좋겠지?

켈리 남극은 어떻게 가?

도둑갈매기 내가 알려줄 수 있는데 그 대신에 조건이 있어. 너의 깃털을 하나 뽑아줘.

켈리 깃털은 왜?

도둑갈매기 예쁘잖아. 이상하게 예쁜 것들은 모으고 모아도 성에 차지가 않아. 그래서 세계를 날아다니면서 모으는 거야.

켈리 예쁜 것들을 모아서 뭐 하려고?

도둑갈매기 모르겠어. 그런데, 가지면 가질수록 더 가지고 싶어져.

준수 켈리는 셰인이 무슨 말을 하는지 이해하지는 못했지만, 깃털을 하나 (뽁!) 뽑아주고 남극을 가는 법을 알게 되었습니다. 셰인은 켈리가 따라가야 할 곳들에 표식을 남겨두었습니다.

도둑갈매기, 무대 곳곳에 표식을 남긴다.

준수   우선 기차를 타고, 추추!

앙상블   추추!

앙상블, 정사각형 대열로 기차를 만든다.

준수   아프리카 제일 남쪽에 있는 부둣가로 이동을 했습니다. 그리고는 오세아니아로 향하는 유람선을 몰래 탔습니다.

앙상블, 불협화음을 쌓으며 유람선을 만든다.

준수   그렇게 하루, 이틀, 일주일이 지나 켈리는 셰인의 표식을 보고 욕조를 타고 바다로 뛰어들었습니다.

앙상블, 신체를 이용하여 욕조를 만든다.

준수   그렇게 또 하루. 이틀. 타조는 열심히 바다를 가로질러 셰인이 표시해준 표식을 따라갔습니다. 가는 길은 험하고 험했습니다. 거대한 파도가 뒤덮었고, 상어와 범고래가 길을 가로막기도 했습니다.

앙상블, 파도-상어-범고래 시늉으로 타조를 위협한다.

준수   켈리는 아주 긴 여정 끝에 겨우 남극에 도달할 수 있었습니다. 켈리는 펭귄 피터와 패터를 만납니다.

피터, 패터 등장.

피터   이상하다?

패터   이상하다? 처음 보는 새인데?

피터   키가 너무 큰데.

켈리   안녕. 나는 켈리라고 해. 아프리카 사막에서 왔어.

피터   이상하다?

패터   이상하다? 사막이 뭐지?

피터   아프리카가 뭐지?

켈리   어… 아주 덥고 넓고 이글거리는…

피터   이상하다?

패터   이상하다? 더운 게 뭐지?

피터   이글거리는 게 뭐지?

켈리   됐고! 혹시 너희들 날 수 있어?

피터,패터   응! 근데 밤까지 기다려야 해.

준수   오랜 여정에 지친 켈리는 밤을 기다리면서 잠이 들었습니다. 그리고 피터의 소리에 잠에서 깼습니다.

피터   꽥!

펭귄들, 우산을 들고 마치 몸이 떠오르듯 움직인다.

준수   그때! 켈리 앞에서 기적 같은 일이 벌어졌습니다. 하늘에서 은하수가 떨어져,

우산에 담겨있던 색종이들이 떨어진다.

준수   펭귄들이 은하수를 타고 날기 시작했습니다. 자유롭게. 그리고 켈리도 서서히 피터와 패터를 따라서 은하수에 몸을

맡기고 몸이 떠오르는 것을 느꼈습니다.

켈리와 앙상블, 우산으로 움직임을 이어간다.

준수 켈리는 드디어 꿈을 이뤘습니다. 매일 밤 남극에는 켈리와 펭귄들은 밤하늘을 자유롭게 날았습니다.

타조 등장, 켈리 인형과 오마주 되며, 준수 주위를 돈다.
앙상블, 준수의 이야기를 듣는 아이들로 돌아온다.

준수 그 사이 지구에는 빙하기가 찾아와서 미리 적응한 켈리를 뺀 다른 종들은 멸종했습니다.

[1-3 우주로]

당황한 아이들.
민지를 제외한 아이들은 어리둥절하다.

은조 멸종이 뭐야?
민수 넌 그것도 모르냐.
은조 뭔데 그럼! 넌 아냐?
민수 멸종은…! 뭐였더라?
민지 바보들아 멸종은 그 환경에 적응하지 못해서 켁! 죽는 거야.
설이 다 죽어?!

아이들, 야단법석이다.

준수	감기에 걸렸습니다?!

아이들, 공을 준수에게 던진다.

설이	켈리는 친구들이 안 보고 싶었을까?!
준수	글쎄…

아이들, 볼풀 공을 준수에게 던진다.

설이	켈리는 어떻게 적응했을까?
준수	켈리도 두꺼운 털이 있어서…
설이	켈리는 행복했을까?!
준수	응!
수연	에이 그래도 난 결말 싫어
수진	나도 싫어! 무서워! 바꿔줘!
민지	다른 동물들 불쌍해. 너 진짜 나쁘다.
은조	그럼 나도 싫어! 바꿔줘!
설이	난 좋은데? 너 작가해도 되겠다.

설이, 준수에게 깃털 펜을 건넨다.

준수	진짜?!
설이	켈리는 날아서 우주까지도 갈 수 있었을까?
준수	글쎄… 날아서는 못 가지 않을까…?
설이	우주까지 갈 수 있었으면 좋겠다. 나도 우주 가보고 싶은데.
수진	우주는 왜?
설이	난 우주로 가는 게 꿈이야! 낭만 있잖아.

수진   근데 우주로 가는 게 쉽나.

설이   원래 예전에는 사람이 지구 밖으로도 못 나갔는데, 이제는 매일 같이 우주선을 쏘아 올리는걸. 내가 책에서 읽었는데, 지금 지구에 빙하가 너무 많이 녹아서 나중에는 다 녹아버릴지도 모른대. 그래서 사람들이 다른 지구를 찾으러 떠나는 거래! 멋지지 않아?! 중력을 벗어나서 슝!

은조   그럼 우리도 멸종하는 거야?

수연   안 돼, 나 죽기 싫어!

민수   나도 죽기 싫어!

수진   사람은 그렇게 쉽게 안 죽어.

민지   그럼 우주로 가면 살 수 있어?

설이   당연하지! 과학자들이 곧 새로운 별을 찾아서 이사 갈 수 있을 거래! 그리고 이제는 20살만 돼도 우주 비행사가 될 수 있는 거야! 그럼 우리 저 멋진 우주선을 타고 슝! 그럼 막 별들도 보고, 어쩌면 외계인도 만날 수 있을지도?!

은조   진짜 외계인이 있어?

수연   그럼 나도 우주 갈래!

은조   나도 나도!

민수   나도!

수연   넌 못 가!

민수   왜!

수연   너 머리 안 좋잖아.

민수   그래도 갈 수 있거든!

민지   우리 근데, 우주 가려면 뭐가 필요하지?

민수   식판!

은조   난 인형!

수연   엄마 그림!

민지	백과사전!
준수	나는 내가 쓴 동화책.
설이	깃발! 여기다가 우리 이름 적어서 가져가자.
수진	에이 우리 다 갈 수 있는 거 맞아?
설이	당연하지! 원래 말하는 거부터 시작이랬어. 우리 다 같이 가면 되지!

수진 합류한다.

수진	그럼 난 선글라스!
준수	우리 그러면 이거 다 모아서 타임캡슐 만들까?
설이	우리 거기다가 담아두면, 나중에 우주 갈 때 안 까먹고 다 챙겨갈 수 있을 거야!

아이들, 각자의 물건을 가지러 나간다.
타임캡슐이 내려온다.
그리고 각자의 물건들을 가져와서, 타임캡슐에 담는다.
타임캡슐, 공중으로 올라간다.
아이들 다 넣고 뒤돈다.
타임캡슐 올라간다.

다 같이	우리, 우주 갈 수 있게 해주세요!

소원을 비는 아이들을 바라보며,

설이	한 걸음 가까워졌다!

아폴로 218호 발사!

[1-4 약속의 시간]

저녁이 되어, 아이들은 모두 함께 밤하늘의 별을 바라보고 있다.
소년은 동화작가의 꿈을 꾸며 계속해서 책을 끼고 틈틈이 동화를 적는다.

설이는 준수와 함께 궤도를 돌며 서로를 확인한다.
그러다가, 설이 사라진다. 준수는 설이를 찾지만, 보이지 않는다.
음악 변주되며 분위기가 바뀐다.

'아폴로 219호 발사!'

아이들 서서히 발사되는 아폴로219호를 보면서 등장한다.
아이들은 평상시처럼 아이들은 '무궁화꽃' 놀이를 시작한다.
종이 울리면 아이들 하교하듯 자신의 차례에 맞게 자신의 상자를 들고 퇴장한다.
마치 자신의 보육원 퇴소 시간이 다가온 듯하다.

다 같이	무궁화 꼭꼭 꽃이 숨어라 피었습니다!
준수	설이는?
수연	얘들아 먼저 나가서 기다릴게!
은조	다들 잘 지내고! 나 잊으면 안 돼!
다 같이	수연이, 은조 안녕.

다 같이   무궁화 꼭꼭 꽃이 숨어라 피었습니다!

수진   나 보고 싶어도 울지 마!

민지   우리 꼭 나가서 성공하자!

다 같이   수진이, 민지 안녕.

다 같이   무궁화 꼭꼭 꽃이 숨어라 피었습니다!

민수   다들 잘 지내!

준수   민수 안녕.

무대 위, 준수 홀로 남아 있다. 준수는 계속 놀이를 한다. 혼자 남겨진다. 그러다가 결국 종이 울려서 준수 힘차게 상자를 든다.

2장. 간극

[2-1 알을 깨고 나오다]

상자를 든 준수, 홀로 작은 단칸방에 남겨져 있다.

준수   약속의 시간은 어느 때보다 빨리 다가왔습니다. 20년의 내 모든 게 담겨있기에는 이 종이박스가 너무 가벼워서 조금은 쓸쓸합니다. 해가 지날수록 들어오는 아이는 늘어가고, 나는 적당한 때를 봐서 나와야 했습니다. 친구들이 꼭 나오는 날에는 아침을 챙겨 먹고 나오라고 했는데. (사이) 어제 선생님의 부탁대로 나는 아이들과 웃으며 마지막 인사를 하고, 힘찬 걸음으로 보육원 밖으로 나왔습니다. 밖으로 나와 보니 작은 단칸방에 혼자 남겨졌습니다. 혼자 자는 것이 처음이라 유독 친구들이 많이 보고 싶습니다. 그래도 씩씩하게 한 걸음 내디뎌 봅니다.

[2-2 인생은 상자]

강렬한 비트 있는 음악.

[시퀀스]
기계적인 움직임을 하는 사람들이 등장한다. 준수를 막아서고, 밀쳐내고 압박한다.

사람들은 다양한 직업군의 현대인들이 직각적인 움직임들을 한다.
준수는 뒤처지지 않게 온갖 노력을 한다.

〈1번 상자〉

입양모 우리는 건강하기만 하면 아무 상관없어요. (사이) 너무 귀엽
다. 그래도 나중에 클 거 생각하면 얌전한 게 아무래도…

준수 안녕하세요! 저는 글쓰기를 좋아하고 친구들이랑…

입양모 (사이) 그래도 남자아이보다는 여자아이가…

〈2번 상자〉

보육원 선생 네가 나가야지 다른 친구들이 더 편하게 지내지 않을까?
네가 모범을 보이지 않으면 다들 커서 너처럼 될까 봐 걱
정할걸.

준수 하지만 저도…

다 같이 (준수를 압박하며) 넌 잘할 수 있을 거야.

〈3번 상자〉

준수의 이력서를 받은 사람들, 이력서로 준수를 스캔한다.

출판사1 이력서를 보니깐 경험은 하나도 없네요…

앙상블 저런!

출판사2 이런 시국에 남극은 좀…

앙상블 저런!

출판사3 재밌네요. 근데 저희랑은 좀…

앙상블 저런!

준수 이 넓은 세상에, 많은 사람들 중에 제 이야기를 좋아해 주
는 사람이 한 명쯤은…

출판사123 다음!

〈4번 상자〉
앉아있는 준수 뒤로 알바 면접자 셋이 선다.
면접관의 질문에 자신 있게 손을 들고 차례로 퇴장한다.

면접관1 카페 알바 해본 적 있어요?

준수 아뇨. 가보긴 했는데…

면접관2 편의점 알바 해본 적 있어요?

면접관3 서빙에서 일해본 적 있어?

준수 뭐든 시켜만 주신다면 열심히…

면접관들 그럼 할 줄 아는 게 뭐야!

준수 저는 뭐든지 시켜만 주시면 정말 열심히 최선을 다해서…

면접관들 다음!

준수 이렇게 툭하면 맨날 떨어지는데, 그럼 저는 어디서 일해요!

면접관들 다음!

앙상블들 퇴장.

[2-3 민준과 준수]

민준 사무실
여러 모니터들이 벽을 이룬다. 신문과 뉴스들이 흘러나온다.
민준 등장.

민준 너 뭐야?

준수	저… 그 신문 구인광고 보고 연락드렸는데 찾아오라고 하셔서…
민준	그거 광고 낸 지 1년이 넘었는데 어디서 봤는지 모르겠는데 엄청 간절한가 보네.
준수	네… 아! 너무 늦었나요?!

준수가 민준에게 자신이 쓴 글을 보여준다. 민준이 흥미를 느낄만한 요소

민준	재밌네. 근데 아무도 안 봐. (사이) 이력서.

준수 이력서를 건넨다.

민준	지금까지 한 게 하나도 없네?
준수	그래도 시켜만 주시면 뭐든지 열심히 하겠습니다.
민준	가족은?
준수	가족 같은 친구가 있습니다.
민준	여긴 이런 글 안 써.
준수	그래도… 저 진짜 글 잘 쓸 자신 있습니다.
민준	오늘 안에 이거 다 정리해와.
준수	오늘 안에요? '지구온난화, 지구가 건강해진다.' 이런 글을 써도 돼요? 이거 다 거짓말이잖아요.
민준	그래서?
준수	이건 아니죠!
민준	사람들은 어차피 자기가 보고 싶은 대로 보고, 믿고 싶은 대로 믿어. 우리가 어떤 글을 쓰든 상관없어. 뭘 쓰든 자기들 마음대로 볼 테니깐.

준수   그래도…

민준   싫으면 그만두던가.

준수   죄송합니다.

준수 나가려고 한다.

민준   이거. (사이) 가져가야지. (사이) 어차피 타조는 못 날아.

준수는 고민하다 이내, 거절하고 무대 반대편으로 가로지른다. 그리고 다시 동화를 쓰기 시작한다.

[2-4 현실]

[시퀀스]
아이들은 상자를 들고 나온다. 마치 삶의 무게인 듯 상자가 무겁다. 계속해서 무거워지고, 어느 순간 감당할 수 없는 무게에 짓눌린다. 민준은 아이들 주위를 맴돌며, 압박을 가한다.

민준   타조는 멸종을 피하기 위해 나는 것을 포기하고 퇴화를 선택했습니다. 세상은 전쟁터입니다. 원래 치열하고 불공평하죠. 그렇기 때문에 강한 자가 살아남고 약한 자는 멸종합니다. 단순히 낭만 가득한 애들 장난이 아니라.

민수   막상 나오니깐 재미없다. 우리 맨날 숨바꼭질하던 때가 재밌었는데.

민준   잊지 마. 방송국 특종 기사들, 신문 1면 기사, 다 내 손에서 나왔었어.

준수	켈리는 다른 타조들과 다르게 아주 예쁜 검은색 털을 가지고 있었는데,
수연	입양되고 나면 좋은 일만 있을 줄 알았는데, 막상 입양되고 나니깐 눈치 봐야 할 것들이 너무 늘었어.
민준	이 바닥이 원래 그런 거야. 다 잘 먹고 잘살자고 하는 것이거든. 꿈도 돈이 있어야 꾸지.
준수	켈리는 다른 타조들이 잠든 사이 계속해서 나는 연습을 합니다. 그 모습을 멀리서 바라보던 남극 도둑갈매기가 말을 겁니다!
수진	자유에 대한 책임감이 이렇게 무거울지는 몰랐네. 내일은 뭐 하지? 걱정만 늘어가-
민준	걱정하지 마. 우린 그냥 돈 받고 써 달라는 대로 써주기만 하면 끝이야.
준수	다른 생각을 하는 순간. 켈리는 뒤로 밀려납니다. 켈리는 다시 앞을 보며 얼른 무리를 따라잡습니다.
민지	언젠가 내 노력을 알아주는 날이 오겠지?
민준	우리는 딱 받은 만큼만! 더도 덜도 말고 딱 그 경계에서 움직이는 거야. 교묘하게. 굳이 더 노력할 필요 없어.
준수	타조는 생존하기 위해 나는 것을 포기하고 뛰는 것을 택했습니다. 멸종을 피하기 위해 퇴화를 선택했습니다.
은조	애들아 보고 싶다! 다들 잘 지내지? 바쁘더라도 꼭 한 번씩은 보자!
민준	사람들은 어차피 자기가 보고 싶은 대로 보고, 믿고 싶은 대로 믿어. 우리가 어떤 글을 쓰든 그 사람들한테는 아무 상관없어. 뭘 쓰든 자기들 마음대로 볼 테니깐.

아이들 가지고 있는 상자들을 천천히 준수 위에 쌓는다.

무게가 더해질수록 준수는 견디지 못하고 쓰러진다.

준수   켈리는 다른 타조들과 다르게 아주 예쁜 털을 가지고 있었습니다. 켈리는 다른 타조들이 잠든 사이 계속해서 나는 연습을 합니다. 그 모습을 멀리서 바라보던 남극 도둑갈매기가 말을 겁니다! 켈리는⋯! 켈리는!

민준이 준수 위에 쌓인 상자들을 무너트린다.
그리고 준수가 쓰고 있는 동화 위에 신문 기삿거리를 살포시 얹는다.

준수   빙하가 녹아 해수면이 높아진다고 지구가 멸망할까요? 아닙니다. 오히려 빙하가 녹아서 해수의 양이 늘어나면서 지구의 바다는 더 빨리 순환해서, 그래서 오히려 지구는 건강해집니다.

세금이 가장 많이 쓰이는 곳. 1위 동물원. 우리의 피 같은 세금이 낭비되고 있습니다.

농작물 값이 폭등하고 있습니다! 사람들은 불안한 심리로 농작물을 대량구매하고 있습니다.

사람들은 어차피 자기가 보고 싶은 대로 보고, 믿고 싶은 대로 믿습니다! 사람들은 어차피 자기가 보고 싶은 대로 보고, 믿고 싶은 대로 믿습니다! 사람들은 어차피 자기가 보고 싶은 대로 보고, 믿고 싶은 대로 믿습니다!

준수 쓰던 글을 마무리하고 긴장된 모습으로 민준에게 글을 전달한다.

민준	잘하네.

민준 준수가 쓴 글에 만족스러워하며 퇴장.

[2-5 동창회]

보육원 친구들, 축하 노래를 부르며 등장.

다 같이	(축하하며) 콩그레츄레이션~ 콩그레츄레이션~ 준수의 취업을 축하합니다!
민수	지금부터 준수 기자님의 기자회견을 시작하겠습니다.
은조	글 쓰는 일을 하니깐 기분이 어떻나요?
민지	월급은 얼마나 받나요?
준수	에이 그만해, 그만해 그나저나 우리 진짜 오랜만이다.

친구들 서로 반갑게 인사하며, 다 같이 포옹한다.

'아폴로 221호 발사!'

다 같이	(하늘로 솟구치는 우주선을 바라보며) 우와 시간 빠르다.
민지	우리 예전에 보육원에 있을 때는 발사할 때마다 다 같이 봤었는데.
민수	아. 역시 어릴 때가 좋았어.
은조	그래도 이렇게라도 보니깐 좋다.
수진	그러니깐, 오랜만에 숨통이 트이네.

아이들, 도란도란 앉는다.

은조	그러게, 이러고 있으니깐, 예전에 같이 별 보던 거 생각난다.
민수	준수야 동화 다시 들려주면 안 돼?
민지	뭔 동화?
수연	그 타조 나오는 동화 있잖아.
수진	그걸 아직도 기억해?
은조	난 그거 별로였어.
준수	다음에 들려줄게.
민수	왜~ 지금 들려줘~
수연	설이 기억나?
준수	기억나지, 근데 말도 없이 떠나가고.
은조	설이 보고 싶다.
민지	우주?
수연	맞아! 그때 민수 보고 놀라서 울었잖아.
민수	아니거든!
수진	민수가 잘못하긴 했어.
준수	그나저나 설이는 뭐 하고 있을까?
수진	그러게.

[시퀀스]

아이들 갑자기 중력으로부터 벗어나서 붕 뜨듯 떠오른다.

무대는 마치 광활한 우주가 펼쳐진 듯 환상적인 분위기다.

타조 주변을 조심스럽게 살피다가 무대를 자유롭게 빠른 템포로 뛰어다닌다.

우주에서 말하듯 천천히.

수연 설이는 우주에 갔을까?

은조 매일 솟아오르는 우주선 중 하나에 타고 있었을까.

준수 그렇게 우주에 가고 싶어 했으니깐.

민지 나도 우주 가고 싶다.

다 같이 우리 우주 갈 수 있게 해주세요.

다들 부유하면서 천천히 무대 밖으로 밀려 나간다.

설, 타조, 무대 등장.

설이, 우주복을 입고 무대가 마치 우주인 듯 천천히 유영한다.

설이가 무대 중앙에 깃발을 꽂는다.

3장. 우주 비행

[3-1 사라졌던 설이]

설이 생각해보면 우리는 정해진 채로 살아갑니다. 언제 어디서 태어났고, 어떤 일들이 일어날지, 가만 보면 이미 다 정해져 있는 것만 같습니다! 하지만 그럴수록 나는 반항하고 싶습니다!

설, 뒤로 쓰러진다. 앙상블들

설이 정해진 이 궤도 속에서 가만히 두 발 편하게 붙이고 있는 게 아닌, 중력을 벗어나서 언젠가 저 우주로! 한 걸음 가까이!

"수중 훈련 시작!"

설이 무대 위를 헤엄치듯 위아래로 자유롭게 유영한다.
그리고 여러 장애물 넘는 훈련들.

설이 벌써 3달이 지났습니다. 시간이 참 빠릅니다. 보육원에서 나온 게 엊그제 같은데. 저는 아직도 우주를 가기 위해 고군분투 중입니다!

'체력 훈련 시작'

설이와 우주훈련사들, 함께 체력훈련을 받는다.

설이 1년이 지났습니다. 저는 아직도 훈련만 받고 있습니다. 언제까지 이렇게 훈련만 하고 있을까요! (사이) 우주로 정말 갈 수 있을까요? 어렸을 때는 몰랐는데, 시간이 지날수록 몸이.

설이 이명이 들리며 쓰러진다. 교관들은 설이를 들어 올려서 끌고 간다.

설이 할 수 있습니다!

설이 공부를 한다. 주변 앙상블들이 책으로 움직임을 한다.
앙상블들 장애물이 되어서 계단을 만든다.

설이 어차피 우주에서는 소리가 들리지 않는데 저 괜찮을까요?

설이는 다시 이명 소리를 듣는다. 설이 앞으로 쓰러진다.

설이 (이명 소리) 시간이 지날수록 병이 심해져 갑니다. 눈앞에 아른거려서 조금만 더 뻗으면 잡힐 것만 같습니다. 잡은 줄 알았던 손을 펴보면 (사이) 비어 있습니다. 낭만은 너무 추상적입니다. (사이) 저, 우주로 갈 수 있을까요?

"우주 쓰레기에 의한 궤도 마비! 아폴로 프로젝트 중지!"

설이 계획에 차질이 생깁니다. 제가 여기까지 어떻게 왔는데요!

[시퀀스]

앙상블들이 우주 쓰레기가 된다.

설이를 중심으로 궤도를 만들어 돌면서 설이의 앞길을 막는다.

우주 쓰레기들이 설이와 충돌할 때마다 과거의 트라우마와 그동안의 힘들었던 순간들이 Flash back으로 등장한다.

〈1번 우주 쓰레기〉

우주항공센터 혈액형 B 아토피, 비염, 알러지 없음. 우리랑 가자. 우주로 데려다 줄게.

설이 네… 근데 저 친구들이랑 마지막으로 인사 한 번만…

설이, 결국 인사하지 못한다.

〈2번 우주 쓰레기〉

훈련 교관 아무리 우주로 사람들을 많이 보낸다지만, 아무나 가나?

설이 (고통스러워하며) 원래 예전에는 사람이 지구 밖으로도 못 나갔는데, 이제는 매일 같이 우주선을 쏘아 올리는걸.

〈3번 우주 쓰레기〉

귀에서 웅웅거리는 소리가 반복적으로, 변형되며 들려온다.

설이 시간이 얼마 남지 않았습니다.

"아폴로 프로젝트 중지!"

우주 쓰레기들 건너편에 설이가 훔칠 서류 봉투가 있다.

설이 우주 쓰레기들을 밀어내고 상자로 접근한다.

설이는 겨우 문서를 획득한다.

4장. 빅뱅

[4-1 재회]

민준 사무실.
준수, 자신이 그동안 했던 서류를 민준에게 검사 받는다. 그리고 민준은 만족스러운 표정으로 서류를 정리하고, 새로운 서류를 꺼내준다.

민준   잘하네. (사이) 아폴로 프로젝트, 전례 없는 세금폭탄. (서류를 건넨다)

준수 망설인다. 민준은 망설이는 모습을 보고 다시 거두려고 하자,

준수   (망설이다가) 하겠습니다.

준수 서류를 받고 퇴장한다.
엇갈리며 설이 등장.

설이   여기 뉴스 써주는 곳이죠?!
민준   네.
설이   이거 혹시 써주실 수 있나요?

민준 설이가 준 서류를 받는다.

설이   지금 우주 쓰레기가 가득 쌓여서 우주선 발사가 아예 취소

됐거든요? 다른 곳에서는 관심도 안 가져주던데⋯ 이거 쓰시면 특종일 거예요!

민준 굳이?

설이 네?

민준 그러니까. 내가 왜 그 위험을 굳이, 굳이 감수해야 하냐고.

설이 이게 진실이니까요!!

민준 진실은 위험한 거야. 우리는 굳이 위험을 감수하지 않아. 더 오래. 살아남는 것이 중요해. 그것이 섭리야.

설이 아무리 그래도!

설이, 당황한 기색이 역력하다.
민준, 가지고 있던 서류를 가볍게 말아서 설이의 종이를 더러운 쓰레기를 치우듯 옆으로 민다.

설이 저기요!!!

민준이 들은 체도 안 하자 설이는 민준 사무실을 박차고 나간다. 준수와 부딪힌다.
준수는 설이를 알아본다.

민준 아는 사람이야?

준수 저 갈게요!

준수 설이를 뒤쫓아 간다.

[4-2 우주 쓰레기]

준수 저기, 저기요! 혹시 설이?

설이 누구…?

준수 나 준수.

설이 준수… 낭만의 집? 진짜 오랜만이다. 잘 지냈어? 너 진짜 어른 다 됐다.

준수 너는 똑같네.

설이 그나저나 나인지 어떻게 알았어?

준수 사실 너 뛰어나가는 거 보고 따라왔어.

설이 너 거기서 일해? 너 어렸을 때부터 글 잘 쓰더니, 잘 될 줄 알았어.

준수 시키는 일밖에 안하는 걸.

설이 그래도 멋있다.

준수 그동안 어떻게 지냈어? 옛날에 말도 없이 사라지고…

설이 미안해, 나도 인사하고 싶었는데… 나 그때 우주 비행센터로 입양됐어.

준수 너 옛날부터 우주 그렇게 가고 싶어 하더니 진짜 가는 거야?

설이 응. 그래서 계속 훈련받았어!

준수 그럼 그때부터 쭉? 힘들었겠다. 그래도 멋있다.

설이 근데 못 가게 생겼어. 우주 쓰레기 때문에.

준수 우주 쓰레기?

설이 응…

준수 그게 뭐야?

설이 따라와, 보여줄게.

설이의 비밀장소. 밤하늘이 잘 보이는 어딘가. 언덕.

준수	와 별 진짜 많다.
설이	어렸을 때, 우리 밤에 별 진짜 많이 봤는데.
준수	그러게. 근데 저게 다 우주 쓰레기라는 거지?
설이	그렇대. 그래도 저 속에 진짜 별도 있어.
준수	넌 아직도 우주로 가는 게 꿈이야?
설이	응 당연하지.
준수	왜? 왜 그렇게 우주가 가고 싶어?
설이	글쎄, 낭만 있잖아, 우주로 간다는 게. 근데 사실 모르겠어. (사이) 원래 낭만에 이유가 있나? (외치며) 원래 낭만은 답답할 정도로 추상적인 거랬어.
준수	멋지다.
설이	나 사실 너희 사무실 찾아간 것도 우주 쓰레기 관련해서 기사 적어달라고 찾아간 거거든.
준수	갔더니 뭐래?
설이,준수	'굳이'
설이	'굳이'! 내가 정말 어이가 없어서!
준수	내가 미안해.
설이	아냐. 네가 한 것도 아닌데 뭘. 요즘에도 동화 계속 써? 난 어렸을 때 네 동화 좋았는데.
준수	썼었는데 요즘은 잘 안 써.
설이	사정이 있었겠지. (사이) 그러면 나와서 계속 거기 있던 거야?
준수	응… 처음에는 다른 일도 해보고. 출판사도 돌아봤는데. 내가 있을 곳이 없더라. 그래도 원하는 글은 아니지만, 글 쓰고 있긴 하니깐. 사실 내 마음대로 할 수 있는 게 하나도 없거든 내가 글을 쓸 수 있다고 마음대로 쓸 수 있는 게 아니더라고.
설이	고생했네. 나도 마찬가지야. 우주 비행사가 되면 다 해결될

줄 알았는데, 막상 이룰 수 있는 게 없더라.

준수   우리 둘 다 비슷하네.

사이.

설이   그때 말 못 하고 가서 미안해.

준수   너도 사정이 있었겠지.

사이.

설이   나, 사실 아프다? 어렸을 때는 귀에서 소리 나는 게, 그냥 당연한 줄 알았는데, 커 보니깐 이거 병이래. 아직 아무한테도 말 안 했어. 당연히 숨기고 있고.

준수   심각한 거야?

설이   희귀병이래. 치료법도 없고. 나중에 균형감각을 상실해서 혼자 걷지도 못한대. (사이) 괜찮아. 그래도 하는 데까지는 해봐야지! 지금까지도 잘해 왔는걸. 할 수 있다!

준수   내가 써 줄까?

설이   아니야, 괜히 너까지 곤란하게…

준수   내가 써 줄게.

설이   정말?

준수   응. 우주 가야지.

설이   아싸! 한 걸음 더 가까워졌다.

준수   너 진짜 하나도 안 변했구나.

설이 준수 퇴장.

민수 등장. 계속 한숨만 내쉬고 있다.

[4-3 사기꾼!]

보육원 앞.
민수 보육원으로 들어가지 못하고 서성이다가 주변 벤치에 앉는다.

다희 민수? 민수 맞아?

민수 다희 누나?

다희 민수 맞구나. 와 정말 오랜만이다.

민수 누나 진짜 오랜만이에요. 잘 지내셨어요?

다희 잘 지내지.

민수 저 작년에 보육원 나왔어요!

다희 정말? 우리 민수 중학생 때까지 봤는데. 세월 참 빠르다. 너 그거 기억나? 나 봉사활동 올 때마다 너 맨날 나 쫓아다녔잖아. 요즘은 어떻게 지내?

민수 그냥 뭐… 지내죠..

다희 힘들지?

민수 아… 사실 막상 사회에 나와 보니깐 쉬운 게 없더라고요.

다희 민수 많이 힘들구나? 누나가 민수니까 특별히 말하는 건데, 사실 누나가 최근에 사업을 하나 시작했거든. 다행히 사업이 잘 풀리고 있어서 이제는 민수 같은 보육원 친구들한테도 기회를 좀 줘보려고. 민수도 한 번 해볼래?

민수 정말요? 저 진짜 열심히 할게요. 누나! 시켜주시는 거 다 열심히 할게요!! 고마워요. 누나!

다희 고맙긴. 나도 이렇게 우연히 민수 만나서 도움 줄 수 있어서 얼마나 다행인지 몰라. 너 보육원 나올 때 정착지원금 500만 원 받은 거랑 매달 30만 원씩 지원금 받은 거 잘 모아뒀니?

민수   네. 그건 최후의 보루라고 생각하고 거의 안 쓰고 모아뒀어요. 그건 왜요?

다희   잘 했어. 그건 정말 믿을 만한 사람 아니면 남한테 함부로 넘기고 그럼 안 돼. 그럼 우리 앞으로 한 번 잘해보자.

민수   네! 누나 저 진짜 열심히 할게요! 진짜 누나밖에 없어요.

다희   그럼 내가 연락할게. 민수야. 잘 부탁해.

민수   네 연락 기다릴게요! 고마워요! 고마워요! 누나!

5장. 궤도 이탈

[5-1 시스템]

[시퀀스]

아이들은 변형된 상자를 들고 나온다. 마치 세월의 풍파를 맞은 듯.
지쳐있다. 포기하려고 하지만 결국 포기할 수 없이 또다시 상자를 껴
안고, 가지고 나간다.

민준   우리는 거대한 시스템 속에서 살아갑니다. 각자의 위치에
서 각자의 역할을 수행할 때 비로소 시스템이 돌아갑니다.
시스템은 우리에게 거대한 방향성을 제시합니다! 누가 주
었던 중요하지 않습니다. 뒤처지지 않게 누구보다 빨리 흐
름을 이해하고 나아가야 합니다. 우리가 쫓는 것이 신기루
일지라도 뭐 어떻습니까? 이렇게 바쁘고 정신없는 삶 속에
서 지금 당장 할 일이 있는데! 그렇게 우리는 오늘도 달려
갑니다. (사이) 그런데. 요즘 매우 수상합니다.

준수는 민준 몰래 설이와의 계획을 시행하려고 한다.
설이는 몰래 사진과 자료들을 가지고 나온다.
준수는 설이가 가져와 주는 것들로 기사를 쓴다.

준수, 민준의 책상에 놓여 있는 책상을 밟고 올라간다. 준수 설이와
함께 설이가 준비한 종이들을 구조물들에 붙이면서 계획을 세운다.
설이가 나가서 더 많은 자료를 가져온다.

준수 이게 다 뭐야?

설이 이 정도는 해야지!

준수 이거만 쓰면 되는 거 아니었어?

설이 쓸 거면 제대로 써야지!

준수 근데, 이게 다 무슨 말이야?

설이 자! 지금 저 하늘 위에는 우주 쓰레기로 가득한데, 그럼 어떻게 해야 하지?

준수 가서 수거해 와야 하나?

설이 지금 1년째 우주 밖으로 못 나가고 있다니깐?

준수 근데 왜 아무도 몰라??

설이 전 세계가 저 우주로 가는 것만 바라보고 있는데, 문제가 생겼다고 하면 사람들이 가만히 있겠어? 그래서 그냥 조용히 숨기려고 하는 거야.

준수 그래서 우리도 못쓰게 하려고 했구나. 그래서 계획이 뭐야?

설이 일단 처음에는 우주 비행이 중지되었다는 사실을 조금씩 퍼트릴 거야. 그럼, 사람들이 불안해서 이걸 파헤치려고 하겠지?

준수 그건 내가 잘하지.

설이 좋아, 그다음에는 내가 미리 준비해 둔 이 해결책!

준수 해결책이 뭔데?

설이 지구에 개기일식이 일어날 때마다 지구의 자기장이 강해지는데, 이 영향으로 지구의 중력이 강해져, 이런 현상은 거대한 행성이 작은 행성을 지나칠 때 생기는 물리적인 법칙인데, 그래서…

준수 알아듣게 말해.

설이 그러니깐. 저 우주 쓰레기들을 지구로 추락시켜서 태워야 한다고.

준수	근데 뭔가 저 쓰레기들도 불쌍하다.
설이	왜?
준수	함께 우주로 가지 못하고 남겨진 것들이잖아. 궤도를 벗어나지 못하고 저렇게 돌기만 하고. 우리 같다.
설이	그러게. (종이를 바라보며) 출간까지 얼마나 걸릴까?
준수	1주일 정도?
설이	정말 고마워.
준수	우주 꼭 가야지.
설이	한 걸음 더 가까워졌다!
준수	너 진짜 하나도 안 변했다.
설이	나 이제 갈게.
준수	다음에 글 가지고 찾아갈게!

설이 순간 이명 소리와 함께 균형을 잃고 쓰러질 뻔하다.
민준은 사무실로 들어오면서 그런 설이를 본다.
준수는 설이를 부축해서 민준과 엇갈리며, 사무실을 나간다. 민준 준수와 설이가 함께 했던 자료들을 본다.

[5-2 이상]

민준	병. 질병. 우리 인간은 한없이 나약합니다. 거대한 시스템 속에서 이상이 생기면 시스템은 정상적으로 작동하지 못합니다. 우리는 그 이상을 도려내야 합니다.

글을 마무리하자 준수가 들어온다.

민준 하지 마. 그냥 하지 마. 하지 말라고 하는 것에는 다 이유가 있는 거야. 지금까지 잘해왔으면서 왜 그럴까? (서류를 건네며) 네 친구 병을 숨기고 있더라? 선택해. 네 몫이야. 지금까지 쌓아온 것을 지킬지, 예전으로 돌아갈지.

준수 선택하지 못하고 있다. 민준 종이를 책상에 올려두고 떠난다.
준수 고민하다가 민수의 과거회상 in.

〈과거 회상〉

민수 그래서 동화는 언제 써 줄 거야?

준수 다음에 써 준다고.

민수 근데 난 동화 결말이 계속 마음에 안 든단 말이지

준수 그럼 어떻게 하고 싶은데?

민수 켈리가 날아서 다른 친구들에게 가는 거지.

준수 가서 뭐하게. 어차피 친구들은 여전히 앞만 보고 달리고 있을 텐데.

민수 그래서 켈리가 나는 걸 본 친구들은 충격에 빠져서 타조도 날 수 있구나! 하고 다들 잊어버렸던 나는 법을 연습하는 거지!

준수 현실성 없게.

민수 왜 어차피 동환데 뭐 어때.

준수 아무도 자기 말을 안 들어주던 애들한테 뭐 하러 돌아가. 돌아가 봤자 바보 취급당할걸?

민수 예전에 아무리 힘들었어도 같이 했던 친구들인 걸?

준수 근데, 과연 다른 타조들이 날려고 할까. 원래 자신이 못하는

건 하기 싫잖아.

민수 그래도 그게 중요한 거야.

암전.

[5-3 설이의 병]

항공 센터 방송

"항공 센터 모든 비행사는 의무실로 모여주세요."

[시퀀스]
심박 수- 사운드

설이는 완벽하게 통제된 질서 속에서 벗어나지 못하고 다른 사람들 사이에서 줄을 서서 검사를 기다린다. 빠져나갈 구멍을 찾지만, 꼼짝없이 검사를 받게 된다.
그리고 설이의 검사 진행 동안 설이의 머릿속의 오만 가지 생각들이 구현된다.

앙상블(민지) 병이 있었다고?
앙상블(은조) 그렇게 욕심 부리더니.
앙상블(수진) 그래서 우주는 언제 가?
앙상블(예진) 우주? 겁이 없는 거야, 모자란 거야?
앙상블(슬우) 거봐. 안될 거라고 했잖아.
앙상블(민지) 말도 안 되는 소리 좀 하지 마.

앙상블(은조) 내가 뭐랬어.

앙상블(수진) 괜히 믿었나 봐

앙상블(수연) 꿈도 크다

앙상블(술위) 포기해.

앙상블(민지) 꿈도 꾸지 마.

앙상블(은조) 내가 안 된다고 했잖아.

앙상블(수진) 포기해.

앙상블(수연) 왠지 이상하다 했어.

앙상블(술위) 끔찍해.

이명 소리가 멈춘다. 운 좋게 검사 기계가 고장 나서 검사가 잠정적으로 미뤄진다.

설이 자신에 관한 신문기사를 읽고 준수를 찾아간다.

민준   우리는 어딘가로 흘러가고 있습니다. 앞으로, 앞으로. 그리고 저 위로. 우리의 염원을 담은 위대한 임무를 수행하는 탐험가들이 있습니다. 그 임무를 수행하는 사람들 중 이상이 생겼습니다. 우리는 그 이상을 도려내야 합니다.

설이   네가 어떻게 나한테 그럴 수 있어?

준수   설아…

설이   너 정말 제정신이야? (신문지를 던진다) 네가 어떻게 이런 글을 써?

준수   무슨 글?

설이   너 때문에 나 걸릴 뻔했어.

준수   무슨 소리야. 이거 내가 쓴 거 아니야.

설이   여기 너네 신문사잖아.

준수   맞는데… 난 아니야.

설이	내가 희귀병 있는 거 너밖에 몰라. 그런데도 아니라고?
준수	난 정말 아니야!
설이	난 널 정말 믿었는데…
준수	너 말고 다른 병 있는 사람이 있나보지.

설이의 병이 심해진다. 이명이 심해지며, 균형감각을 잃어서 쓰러진다.

준수	괜찮아?

[시퀀스]

두 사람 튕겨 나가 서로 멀어진다.
어긋난 궤도를 그리며 서로 무대를 돈다.

6장. 빈 손

[6-1 타임캡슐]

민준 이 세상으로 던져진 아이들, 세상 물정 모르고 사기당해. 사회의 사각지대에 몰린 아이들은 제대로 된 보호를 받지 못하고 있습니다. 이 세상이 원래 그렇습니다. 강한 자가 살아남고 약한 자는 도태됩니다. 우리는 그래서 남들보다 빨리 앞서 나아가야 합니다.

[시퀀스]
앙상블들 격자로 나오면서 줄을 맞춰 선다. 그리고 계속 달린다. 민수는 낙오되고, 힘겹게 뒤따라간다. 그러다가 어느 순간 모두가 가는 길의 반대로 달린다.

민수 언제까지 이렇게 달리기만 해야 할까요? 제가 마치 타조가 된 것만 같습니다. 멸종으로부터 도망치기 위해 달려만 가는데, 어디로 향하는지도 모르고, 저는 계속 달려갑니다. 앞으로, 앞으로. 이젠 낭떠러지 바로 앞입니다. 타조가 날 수 있었으면 참 좋았을 텐데. 준수야 나 마지막으로 동화 한 번만 들려줘.

준수 내가 지금 바빠서 나중에 전화하자

민수 미안해, 그래도 혹시⋯

준수 다음에 전화하자.

민수는 자신의 옷을 벗어서 자신의 상자에 담는다.

타임캡슐이 내려온다. 저 멀리 타조가 등장한다.

타조는 민수의 어린 시절 옷을 민수에게 전달해준다. 그리고 나는 법을 알려준다.

민수는 주저하지만, 조금씩 나는 법을 익히며 타조와 함께 타임캡슐 주위를 난다.

타조, 퇴장. 타조를 바라보던 민수, 같은 방향으로 퇴장.

준수 아침부터 민수네 동네는 시끄러웠습니다. 경찰차. 구급차. 그리고 웅성거리는 사람들로 골목이 가득 찼습니다. 민수는 마지막으로 저희에게 타임캡슐을 남겼습니다.

[시퀀스]

보육원 친구들은 각자 타임캡슐에서 각자의 물건을 꺼내서 그것을 바라보며, 민수에게 하고 싶은 말들을 동작으로 표현한다. 반복한다.

설이 (손으로 휘저으며) 반복되고 있습니다. 아니, 더 자세히 말하면 돌고 돕니다. 행성들이 중력이 큰 행성을 중심으로 천천히 돌 듯. 우리의 세상도 돌아갑니다. 그러다가 멈추면 보입니다. 내가 어디에 있는지, 내 옆에 누가 있는지. 하지만 제때 멈춰 서지 않으면 내 손에 무엇이 쥐어있었는지도 까먹은 채, 다 놓쳐버리기 마련입니다. 그렇게 앞만 보고 달리다가는 멈춰 서야 할 때를 알아도 멈추는 법을 까먹고 어딘가에 부딪혀 모든 것을 잃어버리고 맙니다.

수진 우리는 올 때도 외롭게 왔다가 갈 때도 외롭게 갑니다.

준수 이 세상은 빙하기가 찾아왔습니다.

은조 우리는 가족이 아니라는 이유로 아무것도 할 수 없었습니다.

준수 켈리 친구들은 켈리에게 두 발 땅에 붙일 수 있다는 걸 감사해야 한다고 했습니다.

수연 가족이란 뭘까요?

준수 엄마도 못 날고. 아빠도 못 날고 우리 할머니 할아버지도 못 날았으니깐.

민지 민수는 무연고자 묘지에 묻혔습니다. 쓸쓸하게. 춥게. 주변에는 정말 아무것도 없었습니다.

준수 뛰기도 바쁜데, 언제 또 날고 있어.

수진 뿌리 없이 자라서인지 우리는 작은 바람에도 쉽게 흔들렸습니다.

준수 잠시 한눈을 팔았다가는 켈리는 무리 뒤로 밀려납니다.

은조 이 세상은 너무 커다래서 내가 어디에 있는지, 어디로 가야 하는지 모르겠습니다.

준수 타조들은 사막의 신기루 때문에 오아시스를 찾지 못하고 있습니다.

설이 낭만은 답답할 정도로 추상적이고, 현실은 잔인할 정도로 구체적입니다.

준수 민수의 죽음은 신문 구석을 장식했습니다. 마음이 까끌까끌합니다. 동화도 아직 못 들려줬는데… (사이) 내가 정말 몰랐을까? 저는 차마 장례식에 가지 못했습니다. (사이)

민수 우리는 올 때도 외롭게 왔다가 갈 때도 외롭게 갑니다.

7장. 그럼에도 남아있는 것들

[7-1 켈리]

친구들은 멈춰 서서 민수와 타조가 나가는 것을 바라본다.
민수와 타조가 퇴장하는 것을 끝까지 바라본 뒤 모두 중립으로 퇴장
한다.
준수, 설이 만난다.

설이 너 어디 갔었어?

준수 바빴어.

설이 민수 장례식도 못 올 정도로 바빴어?

준수 미안해,

설이 민수가 얼마나 외롭게 갔는지는 알아?

준수 사람은 원래 외로워.

설이 너 진짜 많이 변했다.

준수 사람은 원래 변해. 민수도 지나고 나면 다 잊힐 거야.

설이 그래서 우리의 계획도 다 잊어버린 거야?

준수 그건 나도 어쩔 수 없었다고.

설이 우리 예전에 함께 우주 가자고 했던 것들 기억나?

준수 우리는 하루하루가 숨이 막혀와. 너처럼 꿈을 꿀 시간도 없
다고.

설이 버티면서 살아야지. 이겨내야지.

준수 그래서 남는 게 뭔데! 민수를 봐.

설이 그럼 우리는 어떻게 살아야 하는데?

준수   난 어쩔 수 없었어!

설이   그렇게 변해버리면, 우리가 함께했던 순간들은 그럼 뭐가 되는데?

준수   너도 좀 변해! 그렇게 바보같이 살다가는 이 세상에서 못 살아 남아!

설이   그렇게 변해서 뭐가 남는데.

준수   난 예전으로 돌아가고 싶지 않았을 뿐이라고! 내가 얼마나 힘들었는지 알아? 나도 지키고 싶은 게 있을 뿐이라고.

설이   어쩌면 우리는 이제 너무 멀리 와 버렸나봐.

준수   너도 제발 현실을 좀 살아.

설이는 타임캡슐에서 자신이 담아 두었던 깃발을 꺼낸다.

설이   나, 갈게.

준수   어디 가.

설이   가야지. 약속했는데.

설이는 떠나기 전, 타임캡슐에 담긴 준수의 동화책을 꺼내 준수에게 준다.

설이   켈리는 행복했을 거야.

준수, 홀로 남아 아크릴 상자에 기대어 앉아 동화를 본다.
타조, 등장 후 준수에게 기대어 앉는다.

타조   켈리는 친구들이 안 보고 싶었을까?!

준수   글쎄.

타조	켈리는 어떻게 적응했을까?
준수	글쎄.
타조	켈리는 행복했을까?!
준수	나도 모르겠어.
타조	나! (사이) 이제 남극으로 갈게.
준수	이제 남극에는 빙하가 거의 안 남았을 텐데…

타조가 떠나려고 한다.

준수	그럼 이제 어디로 가게?
타조	글쎄. 어디든 가야지. 내가 있을 수 있는 곳으로.
준수	그럼 난 어디로 가지?
타조	(하늘을 쳐다보며) 글 – 쎄 – .

타조 뛰어서 무대 밖으로 퇴장.
준수 타조를 바라본다.

[7-2 그럼에도 남아있는 것들]

아이들 타임캡슐 주위로 몰려든다. 각자 도화지에 그림을 그린다.

준수	켈리는 나는 법을 깨달았습니다. 남극의 은하수를 타고 날다 보니, 그동안 잊고 살았던, 하늘을 나는 법을 깨달았습니다. 켈리는 피터, 패터와 작별인사를 하고, 훨훨 날아 저 넓은 바다 너머 아프리카로 돌아갔습니다. 사막에는 여전히 아지랑이가 피어올랐고 신기루가 가득했습니다. 그리고 그

곳에는 열심히, 정말 열심히 달리는 타조 친구들이 보였습니다. 그래도 친구들은 활짝 웃으며 켈리를 반겨주었습니다. 그리고 켈리는 남극에서 수없이 날갯짓했던 순간들을 떠올리며 타조들에게 나는 법을 알려줬습니다. 처음에는 실패했지만, 켈리는 결국 친구들과 함께 저 파란 하늘을 자유롭게 날 수 있었습니다. (사이) 그게 중요한 것이니까요

아이들은 자신이 그린 그림들과 함께 부유한다.
설이는 우주로 간 듯, 우주복을 입고 등장한다.

수연	예전에는 별것도 아닌 게 다 재밌었어. 지금 생각해보면 유치한데, 그리워!
수진	과거로 돌아갈 거냐고 누가 묻는다면, 글쎄. 고민은 되는데,
민지	힘들 때면 예전 생각이 나. 우리 몰래 나가서 밤하늘 볼 때, 그때 별 진짜 많았는데!
은조	난 사실 준수 동화 듣고 무서워서 몰래 울었었다.
민수	사실 그때 남은 과자 내가 다 먹었어.
수연	우리 앞으로 자주 보자! 시간이 지날수록 더 바빠져서 못 볼 텐데, 조금이라도 볼 수 있을 때 봐야지
수진	애들아 투덜대서 미안해. 그래도 나 너희들 진짜 많이 좋아한다!
민지	너희랑 함께했던 순간들이 참 소중해.
은조	건강이 최고야. 다들 꼭 건강하자!
민수	애들아 다음에는 나 꼭 찾아줘야 해!
설이	다들 보고 싶을 거야. 우리 함께했던 순간들 잊지 말자
다 같이	우리 우주 갈 수 있게 해주세요!

타임캡슐이 다시 아이들의 그림을 담고 오른다.

하늘에서는 형형색색의 수많은 탁구공들이 떨어진다.

앙상블1   아폴로 227호 발사!

앙상블2   아폴로 228호 발사!

앙상블3   아폴로 229호 발사!

앙상블4   아폴로 230호 발사!

앙상블5   아폴로 231호 발사!

사이.

설이/준수   아폴로 232호 발사!

암전.

커튼콜.

막.

작가의 말 | 낭만에게 | 안준환

우리는 항상 어디론가 나아가고 있습니다. 때로는 급한 마음에 주변을 둘러볼 여유조차 없죠. 막연한 미래를 꿈꾸고, 준비하며 우리는 계속해서 새로운 것들을 손에 쥐려고 합니다. 손에 채우면 채울수록 우리는 원래 쥐고 있던 무언가를 하나, 둘씩 내려놓게 됩니다. 놓아버린 것들은 다시 돌아오지 않고, 우리는 그 상실감에 빠짐도 잠시, 다시 나아가고, 새로운 것들로 채워나갑니다.

우리는 살아가면서 무엇을 잃어가며 살아갈까요?

유야무야

극작 : 마은우

등장인물

판사	40대. 이번 재판의 판사 / 김대현
검사	30대. 이번 사건의 담당 검사 /김지현
변호사	30대. 은오의 담당 변호사 /이정주
이상	60대. 은오의 엄마. 택시 운전사 /허가연
이은오	30대. 초반. 철도기관사 /오주현
김진우	30대. 초반. 이상과 은오가 거주하는 집 주인의 자녀 /신민호
진우모	50대. 중반. 이상과 은오가 거주하는 집 주인 /차한결
법정경위	2-30대. 소송관계자의 인도, 법정의 정돈, 관리 및 진행 /고경민
경찰	3-40대. 증인. 사건 최초의 목격자이자, 사건담당 경찰 /정지형
형사	3-40대. 증인. 이번 사건의 담당 형사 /이윤형
역장	3-40대. 증인. 은오가 근무하는 직장의 책임자. (철도기관 역장) /정지형
구청직원	2-30대. 증인. 이상과 은오의 거주지 담당 구청직원 /차한결
남자	2-30대. 증인. 이상과 은오가 시위현장에서 마주하는 조선족 남자 /번도
통역사	2-30대. 남자 증인의 전문 통역사 /차한결
현승우	2-30대. 증인. 국과수 신입 부검의 /이윤형

뉴스앵커 | 정지형
박서현기자 | 차한결
구청직원 | 멀티 다 같이
112접수처(목소리) | 번도
시위대(목소리) | 멀티 다 같이
기자들1,2,3 | 멀티 돌아가면서 (다 같이)

Intro. 오늘의 뉴스/ 배심원(관객) 입장

관객 입장하는 동안, 스크린에서 뉴스속보가 줄지어 보도된다.
– 사전 촬영, 기존 시사 다큐영상 및 뉴스 교차 편집하여 사용

"철도기관사 이모 씨가 한강변에서 자신의 모친의 목을 조르고 칼로 찔러 살해하는 끔찍한 사건이 벌어졌습니다."
"공공기관 직원으로 알려진 가해자는 현장에서 즉시 검거되었으며, 피해자는 사건 발견 당시, 극심한 영양실조에서 기인한 피부병을 장기간 앓은 상태인 것으로 밝혀졌습니다."
"경찰은 오늘 오전 천호 치매 모친 살인사건 브리핑에서 가해자가 1차 경찰 대질심문 당시 자신의 범행을 모두 자백하였다고 발표했습니다."
"천호살인사건에 대한 새로운 소식입니다. 자신의 모친을 잔혹하게 살해한 딸이 심신미약으로 감형될 수 있다는 소식이 전해져 범국민적 분노와 사회적 관심이 쏟아지고 있습니다. 그 가운데 이번 달, 있을 이번 사건 최종 공판에서 치매노인에 대한 법적 판결이 어떻게 내려질지 이목이 집중되고 있습니다."

'천호 치매 모친 살인사건'에 대한 보도들이 극장 안을 가득 메운다.
영상들이 겹쳐지고, 시끄럽게 쏟아진다.
그에 관련한 뉴스를 비롯하여 동반자살, 존속살해 등 사건·사고 뉴스 영상들이 반복된다.

– 사건 당일 뉴스보도, 사건에 대한 사회적 논란과 관심, 재판 일정에 대한 정보 또한 중첩되어 전달되며, 뉴스뿐만 아니라, 탐사보도, 시사, 다큐 프로그램들도 이 사건을 중점 보도 한다.

"천호치매노인사건에 대해 사회적 관심이 높아지고 있는 가운데 치매 가족의 살인 및 동반자살에 대한 사회복지전문가 의견 들어보겠습니다."
"치매 가족의 자살'과 '살인'사건은 치매 당사자의 다양한 증상에 대한 스트레스를 이유로 자살 혹은 살인하는 경우가 가장 많이 나타났습니다. 구체적으로는 치매 가족의 자살의 경우, 당사자가 가족을 알아보지 못하는 인지장애에 대한 충격, 난폭한 행동 및 폭언에 대한 스트레스로 인한 사건이 가장 많았으며, 치매 가족의 살인 사건의 경우, 치매 당사자의 폭언이나 판단력 저하로 걸레를 들이대는 행동 등에 그동안 쌓였던 스트레스가 폭발하여 우발적으로 살인하는 경우가 많았습니다. 또한 '살인 후 자살'과 '동반자살' 사건의 경우, 치매 가족 자신의 신체적 부담과 호전 기미가 보이지 않는 치매 당사자의 증상이 주요한 이유로 나타났습니다. '살인 후 자살'은 그 외에도 생활고로 고민과 남은 가족에게 부담 주기 싫어서 역시 주요한 이유로 나타났습니다."

사건관련 뉴스 및 다큐들이 지속적으로 반복된다.
배심원(관객) 입장 완료되면 음악 커졌다가 잦아들고, 정적.
사이.
실시간 뉴스속보가 보도된다.

자막 "뉴스속보. '천호 치매모친살인사건' 은오의 법원 호송."

#.1 법원 앞. 은오의 법원호송

박서연 서울동부방법원에 나와 있는 현장취재기자 박서연입니다. '천호 치매 모친 살인사건'의 피고인 이모씨의 3번째 공판이 금일 진행됩니다. 국민참여재판으로 진행되는 이번 마지막 공판에 어떤 판결이 내려질지 귀추가 주목되는 가운데 이모씨가 지금 법원으로 들어서고 있습니다. 새로운 소식 들어오는 대로 전해드리겠습니다.

기자1 모친을 살해한 이유가 무엇입니까?

기자2 돌아가신 어머니에게 하실 말씀 없으십니까?

기자3 변호사와 함께 정신과 치료를 받은 기록이 있던데, 따로 감형신청을 하신 건가요?

기자1 한 말씀 부탁드립니다.

기자2 하실 말씀 없으십니까?

기자들의 질문들이 쏟아지고, 은오의 법정 호송을 보러 온 사람들의 아우성이 어지럽게 뒤섞인다. 그때, 은오에게 쏟아지는 날달걀 세례. 경찰 뒤늦게 막아보지만 은오, 이미 얼굴을 비롯해 몸에도 많은 달걀을 뒤집어 써 만신창이다.

암전.

1. 공판 시작

대법정.

검사, 변호사 무대로 들어선다.

곧 이어, 법정경위, 날달걀을 대충 닦아낸 만신창이의 은오를 데리고 들어온다.

L.1 (라이브캠)_ 법정으로 들어서는 은오.

은오, 의자(피고인석)에 앉는다.

법정경위 (관객들에게) 오늘 '천호 치매 모친 살인사건' 공판에 와주신 배심원 및 방청객 여러분들 감사합니다. 곧 재판이 시작될 예정입니다. 모두 자리에서 일어나 주십시오.

판사, 법정으로 들어선다.

법정경위 배심원 선서가 있겠습니다.

(+영상에 선서내용 자막 타이핑)

T.2 배심원선서

본 배심원들은 이 재판에 있어 사실을 정당하게 판단할 것과 이 법정이 설명하는 법과

증거에 의하여 진실한 평결을 내릴 것을 엄숙히 선서합니다.

법정경위 (관객들에게) 모두 자리에 앉아 주십시오.

L.2 판사의 연설이 진행되는 동안, 라이브캠으로 배심원(관객)들의
얼굴이 스크린에 비춰진다.

판사 오늘은 국민참여재판이 열리는 매우 뜻깊은 날입니다. 국
민참여재판은 말 그대로 시민이 배심원으로 참여해 피고인
을 심판하는 것입니다. 재판부는 배심원들이 사실과 증거
를 토대로 판단할 것이라 믿고 있습니다. 시민의 상식과 소
통하며 올바른 판단을 내리리라 기대합니다. 법과 원칙에
충실하겠습니다. 본 재판은 피고인이 범행을 모두 인정한
사건으로 유무죄를 따지지 않는, 양형재판으로 진행됩니다.
따라서, 배심원 여러분은 피고인한테 징역을 몇 년 줄지 그
것을 정하시면 됩니다. 지금부터 2022 고합 2496번 피고
인 이은오에 대한 공판을 시작하겠습니다.

T.1 영상 / 타이핑(자막) PM 19:03 〈공판 개시〉 – 공연 당시, 실제 현
지 시각

판사 피고인 이은오는 자리에서 일어나주시기 바랍니다.

은오, 자리에서 일어난다.

판사 89년 10월 08일생 이은오, 본인 맞죠? 피고인은 앞으로 이
루어질 재판과정에서 진술을 하지 않거나 불리한 질문에
대해 말하는 것을 거부할 권리가 있고, 자신에게 이익이 되
는 사실을 말할 수 있습니다. 아시겠습니까?

은오, 아무런 대답이 없다.

판사   피고인?

은오, 여전히 아무런 대답이 없다.

판사   피고인, 자리에 앉아주십시오. 검사 측, 사건 진술 시작해주십시오.

검사   늦은 오후, 한강변 공원에서 한 어머니가 자신의 자녀에 의해 살해를 당했습니다. 그리고 저는 오늘 이 자리에서 피해자인 한 어머니가 평생을 일구어온 삶을 왜 그렇게 참담하게 마감해야 했는지 그 죽음에 대해 진실을 말하고자 합니다. 피고인 이은오는 2022년 1월 13일 오후 17시 23분경, 광나루 한강공원에서 피해자인 어머니 이상을 1차로 목을 조르고, 2차로 (P.1 지퍼백에 들어있는 과도/증거품 1호를 들어 보이며) 길이 20센티, 폭 3센티 가량의 과도를 사용하여, 피해자를 찔러 살해하였습니다. 이는 형법 250조의 의거, 살인 및 존속살인에 해당합니다. 또한 (P.2 증거- 현장사진/ 혹은 이상의 시체사진) 피해자 이상은 심각한 영양실조에서 기인한 피부병을 장기간 앓아 온 상태였다는 부검의의 소견 등을 종합해 볼 때, 피고는 모친을 장기간 방치·학대해 온 정황이 있다고 판단, 이는 257조 2항 존속상해죄에 해당합니다. 이 사건의 핵심은 피고인 이은오가 어떻게 살았느냐가 중요한 게 아니라, 어머니를 어떻게 살해했느냐, 그리고 왜 죽였느냐, 입니다.

은오   (살짝 실소가 터지듯, 웃는다)

L.3 증거품 / 웃는 은오의 입 / 눈 / 클로즈업 되어 화면에 보여진다.

뒤엉켜 있는 세 사람. (이상, 은오, 진우)

(멀리서 보이는 실루엣_

언뜻 보기에 이미 이상은 숨이 끊어져 축 늘어져 있고,

두 사람 그런 이상을 끌어안은 모양새이다)

영상이 재생되는 사이, 경찰, 등장하여 증인석에 앉는다.

경찰 제가 신고를 받고 광나루 한강공원으로 갔죠. 그… 현장에 딱 도착하니까, 멀리서 피해자랑 셋이 엉켜가지고 엎치락 뒤치락 하는데… 처음엔 뭔 일인가 싶더라고요. 제가 파출소업무만 13년입니다. 단순 주취자 신고부터 산전수전을 다 겪었다니까요? 그 사건현장에 좀 가까워지니까… 어휴, 이게! 일이 터져 버린 거죠!

검사 일이 터졌다?

경찰 암요!! 이거 일이 터졌다! 싶어서 헐레벌떡 뛰어갔죠. 가까이 가보니까, 그 어머니는 벌써 몸이 축 늘어져 있는데, 이미 숨이 끊어진 것 같고. 거기 피가… 어후… 그…그게 흉기로 사용 되… 됐죠? 그 칼에 피가 낭자해서 떨어져 있고, 그 당시 현장에서 공범으로 지목됐던 청년 하나가 막 칼을 들었다 났다, 피해자를 잡았다 피고인을 잡았다, 난리도 아니었어요. 그래서 이거 위험하다! 제가 칼부터 얼른 뺏어서 확보했죠. 그리고, 남 순경한테 지시해서 미란다원칙 고지하고 현장체포를 딱 했습니다. 암만 다시 생각해도 그 긴박한 순간에 제가 참 침착하게 잘 대처를 했다고 볼 수 있죠.

검사 증인, 지난 번 공판에서 참고인이자 목격자인 김진우 씨와

피고의 관계에 대해서 특이점을 언급했었습니다. 좀 더 구체적으로 말씀해주시겠습니까?

경찰   아, 예. 음… 뭐, 제가 이렇다 저렇다 단정 짓기는 어렵습니다만, 보니까… 그 두 사람 관계가 심상치 않아보였어요. 딱 봐도 또래 나이 같고, 남자와 여자. 그러니까, 저는요. 그 둘이 연인관계이지 않았나… 생각합니다.

검사   연인이요? 사건 당시, 현장에서 김진우 씨가 피고의 범행에 동조를 하거나 하는 정황이 있었나요?

경찰   … 뭐, 또 그게 뚜렷하게 증명할 만한 증거는 없습니다만…

검사   네, 그럼. 그때, 피고는 어떤 상태였나요?

경찰   아, 말도 마요. 그 현장에서 제가 딱 보지 않았겠습니까. 아수라장인 그 현장에서. 김진우 씨는 잠시도 가만히 있지를 못하고 안절부절 못하는데, 그 와중에 저기… 저… (은오를 가리키며) 피고인은 엄청 호흡도 불안정해보이고, 피해자를 뚫어지게 쳐다보는데… 그런데, 그 눈빛이…

경찰, 피고인석에 앉은 은오를 보며 당시를 회상한다.

#. 2_2 영상 / 한강_경찰의 증언_(시선/가설)

벤치에 앉아, 거칠게 숨을 몰아쉬며, 온 몸을 떨며, 이상을 노려보는 은오. 그 주변으로 진우 정신없이 오고간다. (진우, 포커싱 아웃)

L3. 법정 안의 은오의 눈. (영상 속 은오의 눈과 다시 오버랩 된다)

검사   피고, 사건 당일 어머니 살해목적으로 함께 한강공원에 갔죠?

은오   (대답하지 않는다)

검사	피고, 어머니 살해에 대해 누군가와 의논한 적 있죠?
변호사	이의 있습니다. 검사 측은 지금 추측성 질문으로 피고를 몰아가고 배심원들에게 혼란을 주고 있습니다.
판사	검사 측, 주의해주세요.
검사	피고! 사건당일, 현장에 함께 있던 김진우! 김진우 씨와 어머니 살해에 대해 사전모의하지 않았나요?
은오	(대답하지 않는다)
검사	김진우 씨와는 어떤 사이죠?
은오	(대답하지 않는다)
변호사	판사님, 검사 측은 지금 사건의 본질에서 벗어난 질문으로 피고에게 혼란을 주고 있습니다.
검사	판사님, 사건 현장에 함께 있던 주요인물에 대한 정보입니다.
판사	좀 더 들어볼 필요가 있다고 생각됩니다. 계속하세요.
검사	(증인에게) 당시 김진우 씨 또한 피고와 함께 현장에서 검거되었습니다. 맞습니까?
경찰	그렇죠. 당시엔 둘 다 현행범으로 체포가 됐습니다.
검사	경찰 조사 이후, 김진우는 용의 선상에서 제외 되었습니다. 왜 그랬을까요? 지난 공판에서 저희는 경찰차 블랙박스 영상을 증거로 봤습니다. 하지만, 안타깝게도 저를 포함한 여기 있는 어느 누구도 영상에 숨어있던 모순을 찾지 못했죠. 다시 한 번, 블랙박스 영상 보시겠습니다.

형사 등장, 경찰 퇴장.

#. 2_3 증거영상/ 진우의 차량 블랙박스 영상
(화질이 좋지 않고 중간 중간 끊긴다)

진우의 차, 빠르게 한강공원으로 들어선다.

저 멀리, 이상의 목을 조르는 은오.

이상, 고통에 몸을 꺾는다. 진우의 차량이 급하게 선다.

순간, 이상, 몸에 힘이 풀린다.

은오, 안주머니에 손을 넣어 칼을 꺼낸다. 진우, 차에서 내리는 소리가 들린다.

은오, 칼을 꺼내 이상을 찌르고. 이상, 기절한 채, 움찔한다.

은오, 모든 맥이 풀려 늘어진 이상의 품에 안겨 잠시 숨을 돌린다.

진우, 두 사람에게 다급하게 달려간다.

은오, 인기척을 느끼고, 감정이 격양되는 듯 어깨가 들썩인다.

별안간 칼을 치켜드는데, 진우에게 가려져 은오의 모습이 보이지 않는다.

세 사람 엉켜 붙어있다.

멀리서 들리는 경찰의 사이렌 소리.

형사 영상을 보시면, 피고의 1차 가해 이후에, 김진우 씨 차량이 현장에 도착하는 걸 볼 수 있습니다. 워낙 화질이 좋지 않아서 식별이 좀 어렵습니다만, 2차 가해 또한 김진우 씨가 했다고 보기는 좀 어렵다는 영상 분석 전문가들의 소견들이 있었습니다. 게다가 사건 당일, 최초신고자가 김진우 씨인데다가 저… 피고 이은오 씨의 진술이 자신의 단독 범행이었다고 일관되게 주장되어 증거부족으로 영장청구심사 대상에서 제외되었습니다…

검사 김진우 씨의 직접적 살해, 혹은 공범의 증거는 없다. 이 말인가요?

형사 네, 그렇습니다.

검사 공범의 정황이 없다는 건 어떻게 알 수 있나요?

형사 아… 예… 추가적으로, 김진우 씨가 사건 당일 신고접수를 한 것이 공범혐의를 벗게 된 결정적 요인이 되었습니다.

S.1 녹음/목소리 (진우_112신고접수센터)

진우 (다급하다) 광나루 한강공원이요. 지금 빨리요. 혹시 모르니까… 구급차도요!!
112 신고자분, 네 잠시 진정하시구요. 어떤 일 때문에 그러시죠?
진우 제발… 그렇게 써 있어요. 편지에… 위험해요!
112 편지요? 어떤 편지요?
진우 급해요! 한강!! 광나루. 광나루가 맞을 거예요!! 광나루 한강공원이요!! (종이 찢어지는 소리 –뚝)

진우의 신고음성 목소리를 듣는 은오, 눈을 감아버린다.

형사 신고내용에 반복적으로 '편지'가 언급되는데, 저희가 수사과정에서 그 '편지'를 확보하지 못했어요. 김진우 씨에게 아무리 추궁을 해보아도 '편지'의 구체적인 내용도, 편지가 어디 있는지도 모르겠다는 답변만 듣고 있는 상황입니다. 여기에는 상당한 모순점이 있다고 생각합니다.
검사 네, 지금 들으신 증인의 증언처럼 이 전부터 피고와 김진우 씨의 관계가 지속되어왔고, 김진우 씨의 신고내용을 보면… 사건당일 피고의 살해 가능성에 대해서 김진우 씨가 분명 인지를 하고 있었던 걸 알 수 있습니다. 저희 검찰은 김진우 씨가 공범까지는 아니더라도 최소 살인 방조죄가 성립될 가능성이 있는 상태라고 보고 있습니다.

/재현 1.

이상, 뛰어 들어온다.

목도리를 흔들며 신나게 은오의 앞을 스친다.

은오, 홀린 듯 이상에게로 향한다.

진우, 등장.

이상, 은오에게 목도리를 내민다.

은오, 이상에게 목도리를 해주자, 이상 신나서 뛰어나간다.

진우 어디 가세요?

은오 (사이)… 아 예. 갑니다.

진우 저기 어머니께서…

은오 예?

진우 아… 아니에요. 오늘 몇 시쯤 들어오세요? 오늘 귤이 들어왔
는데, 귤 좀 가져다 드릴게요. 어머님 귤 좋아하셨잖아요.

은오 아, 좀 늦을 것 같아요. 신경 써주셔서 감사합니다.

진우 아뇨, 별 말씀을…

이상 (밖에서) 빨리 가자!

은오 예. 예. 저희 먼저 가볼게요! 감사합니다! (퇴장)

진우, 물끄러미 나가는 둘을 바라본다. 진우, 테이블 위에 놓여있는
편지를 본다.

편지를 읽는 진우. 급하게 뛰쳐나간다.

검사 김진우 씨의 신고내용에도 등장하는 편지. 저희 검찰은 이
‘편지’가 사건의 답을 찾아줄 증거라 보았고, 편지를 찾기
위해 지금까지 많은 노력을 기울였습니다. 하지만 사건 이
후 감쪽같이 사라져 버렸죠. 저희는 이 잃어버린 편지를 드

디어, 찾았고, (L4. 검사가 집어든 증거품 - 은오의 편지 / 클로즈업)
이제서야 피고가 왜 모친을 데리고 한강공원에 가는지, 김
진우 씨는 어떻게 그 범행 장소를 한강공원으로 특정할 수
있었는지 알게 되었습니다. 피고, 다시 한 번 묻겠습니다.
피고는 애초에 어머니를 살해할 목적으로 한강공원에 갔습
니다. 아닙니까?

은오 (대답하지 않는다)

검사 (리모컨으로 스크린의 은오의 편지를 띄운다)

P.3 증거/ 은오의 편지
진우 씨, 미안하고 고마워요.
저는 오늘 그동안 미뤄왔던 선택을 하려고 해요.
진우 씨가 말했던 대로 되면, 참 아름다울 것 같아요.
그야말로 찬연한 순간이지 않을까요?
진우 씨 그리고 (뒷부분이 잘려있다)
(-연결-)
통장, 카드와 공인인증서가 담긴 usb는 책상 맨 위 서랍에 둘게요.
혹시 모르니, 비밀번호는 문자로 남겨놓을게요. (얼룩으로 인해 지
워짐)

검사 미뤄왔던 선택, 진우 씨가 말했던 대로. 피고, 이 편지에서
말하는 선택이 뭐죠?

은오 (고개를 떨군다)

검사 김진우 씨가 평소, 피고에게 말해왔던 선택은 무엇인가요?

은오 (호흡이 거칠어진다)

검사 이은오 씨! 이렇게 잔인한 일을 하고도 끝까지 입을 다물고
있을 겁니까? 이 편지를 보고, 김진우 씨가 단번에 사건에

대한 전말을 알아차릴 수 있었던 이유는 두 사람이 평소, 사건에 대해 공모해왔기 때문 아닙니까?

은오 (고개를 든다)

변호사 재판장님, 검사 측은 지금 사건에 대한 본질을 흐리고 있습니다.

판사 새로운 증거가 발견되었고, 더 들어볼 필요가 있다고 판단됩니다. 검사 측, 김진우 씨 증인소환장 발부되어있는데, 아직 출석하지 않은 건가요?

검사 맞습니다. 김진우 씨는 공식적으로 발부된 증인소환에도 이처럼 출석하지 않고 있습니다. 존경하는 재판장님, 이 사건은 우발적 살인이 아닙니다. 피고는 김진우 씨와 오래전부터 범행을 모의 후, 피해자인 어머니를 살해의 목적으로 한강으로 유인, 그곳에서 어머니를 2차례의 걸친 가해 끝에 살해하였습니다. 사안이 매우 중대합니다. 피고에 대한 엄중한 처벌로 대한민국의 법질서를 바로 세워 주시길 바랍니다.

방청석(객석)에서 진우모 벌떡 일어나, 소리친다.

진우모 야, 이년아!!! 어디 남의 아들을 잡으려고 그러고 뻔스럽게 앉아있어!! 우리 아들이 어쨌는데! 어쨌는데에!!!!

진우모, 재판장(무대)로 난입한다. 법정경위, 진우모를 말리려 하지만 역부족이다.

진우모 니가 니 입으로 말해봐!!! 우리 아들이 뭘 어쨌어!? 어쨌어??!! 말을 해!!!!

삐 — 강한 이명소리.

이명소리 길게 이어지다 사이렌 소리와 뒤섞인다.

은오 제가… 죽이지 않았습니다.

변호사 이… 은오 씨?!?

L4. 은오의 눈이 딥클로즈업되어 스크린에 비춰진다.

흔들리는 은오의 동공. (여러 각도에서 비춰지는 은오의 모습이 화면 분할되어 보여진다)

방청석(객석)에 앉아있던 한 사람(진우모). 온 몸을 부들부들 떨며 벌떡 일어나 소리친다.

진우모 야 이 무서운 악마 같은 년!! 야, 이 이년아 너, 어떻게 그렇게 말할 수가 있어!!!

재판부와 검사, 변호사 할 것 없이 모두가 당황해하고,

판사는 다급하게 진우모를 말린다.

판사 흠흠! 자, 자! 모두 신성한 법정에서 조용히 해주시…

진우모 (무대로 뛰쳐나온다) 저년이 지 애미를 죽였다고! 저 형사양반도 그렇고 검사, 하물며 변호사 양반까지도!! 다 저년이 죽였다고 하잖아!

법정경위가 나서서 진우모를 말린다.

진우모 (저항하며 이은오에 달려든다) 이 미친년아! 뻔스럽다! 뻔스러

워!! 지 애미 그렇게 죽여 놓고 어떻게 그렇게 앉아있나? 그것도 모자라서 내 아들까지 꼬드겨!!! 내 아들이 뭘 어쨌는데?! 뭘 어쨌는데?!!!!

변호사 (말리며) 어머니 이러시면 안 됩니다.

법정경위가 진우모를 잡아 끌어낸다.

진우모 (끌려 나가며) 이거 봐!! 내가 봤어!! 내가 봤다고!!!!! 왜 나는 증언을 못해!!! 왜!!! 저년이!! 매일 밤 지 애미 죽었으면 좋겠다고 소리 지르고!!! 때리는 거 내가! 내가 다 들었다니까!!!! 이거 봐!! 내 아들 어딨어!!! 봐봐요, 좀!! 내 말 좀 들어보라니까!! 제발!!! 야!! 니가 말해봐!!!!

법정은 고요해진다.
짧은 사이.

#. 2_4 영상 / 한강 (실루엣) – 은오 시선

엄마의 목을 조르는 은오. 품에서 칼을 꺼내는 은오.
멀리서 뛰어오는 진우. 손에 묻은 피. 쓰러진 엄마.
툭툭 끊어져 보여진다.

짧은 암전.

T.3 영상 / 타이핑(자막) PM 19:27 〈휴정〉

#.1_2 뉴스속보영상

앵커   방금 들어온 소식입니다. 천호 치매 모친 살인사건의 마지막 공판이 진행되고 있는 가운데, 피고인 이모씨가 공판 중 돌연 '무죄' 주장을 하면서, 재판이 휴정을 맞이했다는 소식인데요. 현장에 나가있는 박서연 기자 연결합니다.

기자   네, 지난 달 한강변에서 자신의 모친의 목을 조르고 칼로 찔러 살해한 혐의로 금일 오후 피고인 이모씨의 마지막 공판이 진행되던 가운데 이모씨가 돌연 '무죄'주장을 하면서 재판이 휴정을 맞았습니다. 기존 이모씨는 모든 범행을 인정하는 태도를 일관해 지금까지의 공판은 양형재판으로 진행되었는데요, 돌연 이모씨가 주장을 번복함으로써 새로운 국면을 맞았습니다. 특히 공판 가운데, 방청석에 앉아있던 이웃주민이 재판장으로 난입해, 재판부는 물론, 이모씨와 이모씨의 변호인도 상당히 당황한 모습인데요. 난입한 이웃주민은 참고인 김 씨의 모친으로 이모씨의 무죄주장에 난색을 표한 것으로 알려졌습니다. 이후 재판부는 다급하게 휴정을 맞이했고, 기자들이 인터뷰요청을 시도해보았으나, 말을 아끼는 모습이었습니다. 새로운 소식 들어오는 대로 전해드리겠습니다. 지금까지 서울동부지방법원에서 현장취재기자 박서연이었습니다.

사이.
변호사와 승우(신입 부검의) 재판장 구석에서 짧은 이야기를 나눈다.
변호사, 승우에게 증인명찰을 건넨다.
(L.5 이 장면이 흔들리는 라이브캠으로 송출된다)

2. 이판사판

T.4 타이핑(자막) PM 19:40 〈공판 재개〉
은오, 자리에 착석해 있다.
재판부 (판사, 검사, 변호사) 입장한다.

판사   자, 피고인이 공소사실을 부인하고 있기 때문에 이제부턴 유무죄를 다투는 재판이 될 겁니다. 배심원분들도 이 사실을 다시 한 번 인지하시고, 유념하여 재판에 임하여 주시길 바랍니다. 변호인 측, 반대심문 해주시길 바랍니다.

변호사   네, 증인, 좀 전에 검찰측이 제시한 증거, 편지와 함께 피해자의 일지 또한 대거 확보한 걸로 알고 있습니다. 맞습니까?

형사   네, 맞습니다.

은오, 놀라 고개를 든다.
L.6 은오의 흔들리는 시선. 꽉 쥔 손.

P.4 증거품/ 이상의 일지들이 (사진) 겹쳐져 스크린에 비춰진다.
– 2019년 9월 3일, 나는 치매다. 나는 오늘 치매 판정을 받았다. 은오가 많이 울었다. 나는 치매다. 치매란 것을 잊지 말자. 잊지 말자. 잊지 말자. 내가 방금 한 행동을 나는 잊어버렸을 수 있다. 나는 틀렸을 수 있다. 잊지 말자. 나는 치매다. 내가 치매란 것을 잊지 말자. 은오를 잊지 말자.

– 2020년 10월 17일, 정신을 차렸을 땐, 은오가 많이 울고 있었다. 은오가 많이 말랐다. 1년 동안 무슨 일이 있었던 걸까. 아득하다. 앞으로 살아내야 할 삶이 두렵다. 은오의 짐이 되지 말자.

– 2021년 3월 23일, 자식을 앞세운 부모는 또 다시 자식을 잊은 부모가 되었다. 내 인생은 절망적이다.

– 2021년 4월 1일, 벌써 봄이 왔나 보다. 만우절이라더니, 정말 거짓말 같다. 이 모든 게. 내 죽음이 실패했다. 은오에게 잊지 못할 상처를 줬다. 씻지 못할 죄를 지었다. 살고 싶지 않아. 제발 누가 날 좀 죽여줬으면…

형사 일지의 양이 상당히 방대하여, 아직 분석 중에 있습니다만, 보시다시피 중요한 건 피해자가 치매 발병 이후, 피고인 이은오 씨를 염려하고 걱정하고 있었다는 지점이 일지에 지속적으로 드러나고 있다는 걸 볼 수 있습니다.

변호사 피고의 어머니, 피해자의 일지입니다. 그녀는 일지에서 확인되는 바와 같이 피고인과 피해자는 '치매'라는 병으로 인해 삶의 균형이 상당 부분 무너져 내렸으나, 그럼에도 불구하고 모녀는 상당히 애틋한 관계였으며, 피고 이은오 씨는 그런 어머니를 간병하며 지속적으로 살고자하는 의지를 내보였습니다. 영상 먼저 보시겠습니다.

#.3 구청내부 영상/ 시민 제보 핸드폰 촬영 영상

은오가 구청 내부에서 무릎을 꿇고 사정을 한다.
이내, 들고 있던 서류를 집어던지고 행패를 부린다.

변호사 증인, 이때 상황을 기억하십니까?

구청직원 네, 기억하고 있습니다.

변호사 어떤 상황이었는지 설명해주시겠습니까?

구청직원 일주일에 한 번, 아니 거의 3일에 한 번은 구청으로 찾아왔어요. 저희 구청직원들뿐만 아니라 청소아주머니들까지 다 이은오 씨를 알 정도로요. 그래도 별 수 있나요? 안 되는 건 안 되는 건데. 저희들도 난감하죠.

변호사 안 된다. 피고가 구청에 요청한 건 어떤 거죠?

구청직원 생활보호신청입니다. 데이케어서비스하구요.

변호사 그게 거절당한 건가요? 피고가 데이케어나 생활보호를 받을 수 없었던 이유는 무엇인가요?

구청직원 당시에 이은오 씨는 직장에 퇴직처리가 완료되지 않은 상태였고, 보증금이 있는 월세도 자산으로 측정을 합니다. 저희는 객관적인 자료로 판단을 해요. 모친인 이상 씨의 택시 또한 명의가 이전되어 이은오 씨였구요. 그러기엔 소년소녀가장, 독거노인들 중에도 중증치매노인이 많습니다. 경제활동이 가능하고, 일정의 자산이 있는데다가 경제활동 및 경제능력이 있는 청년의 부양자에게는 혜택이 돌아가기 쉽지 않아요. 복지지원, 이 또한 누가 더 많이 힘든가에 대한 경쟁이라구요.

은오 똑같은 소리.

변호사 전문 요양보호사가 피해자의 가정에 방문했던 기록이 있습니다. 맞습니까?

구청직원 네, 맞아요. 하루 방문했는데, 그날로 그만뒀어요. 그만 둔 사유를 정확히 알 수는 없지만, 하는 일에 비해 요양보호사의 급여는 매우 낮은 상태라, 꾸준히 활동을 하는 요양보호사는 많지가 않습니다.

변호사 그렇습니다. 게다가 파견된 요양보호사가 활동을 그만 둔

가정에 다시 요양보호사가 배정되는 일은 정말 어렵습니다. 증인, 전국에 자격증을 보유하고 있는 150만 명의 전문 요양보호사 중 실제 활동을 하고 있는 요양보호사는 얼마나 됩니까?

구청직원 이런 말씀… 부끄럽습니다만, 저도, 저희 관할지역밖에 일은 잘 모릅니다. 제가 얼핏 알기로는 33만 명 정도로 알고 있습니다.

변호사 얼핏 알기로도 150만 명 중 33만 명… 매우 적은 수치 아닙니까?

구청직원 그렇죠. 그 정도로 힘들게 자격증을 따고도 활동을 안 하시는 경우가 많고, 애초에 자격증을 따시는 목적이 요양보호사 활동이 아닌 경우도 많습니다.

검사 간병이 힘들었다면 요양원을 선택하는 방법도 있지 않습니까?

변호사 피고는 공공요양원에 입소할 요건에 충족하지 못했으며, 사설 요양원을 선택할 수 있는 현실은 되지 못했습니다.

/재현 2.
이상, 등장해 은오를 흔든다.

이상 은오야, 나 배고프다.

은오 엄마 지금 밥이 없어. 내가 내일 새벽에 쌀 사올 거니까. 일단 오늘 새벽은 참으셔야 돼.

이상 난 배고픈데? 빨리~ 밥 먹고 싶단 말이야,

은오 엄마. 지금 밥이 없어. 내가 내일 새벽에…

이상 빨리! 빨리! 퍼뜩 밥 먹고 싶다고!!!!!!

은오 엄마 잠깐만 기다려줘… 잠깐만…

이상	기다리다 배곯아! 빨리 밥 도!
은오	엄마 삼각 김밥 있는데 그거라도 먹을래?
이상	내놔라!

은오가 가지고 온 삼각 김밥을 얼른 채간다. 포장지도 뜯지 않고 입에 쑤셔 넣는 이상.

은오	엄마! 포장지 까고…
이상	지금 당신 나 무시하나! 싸가지 없는 놈이 어디서 굴러먹다가…
은오	(사이) 엄마, 나 은오야.
이상	어른이 밥 먹고 있는데 건드나? 이 싸가지 없는 새끼야!
은오	… 아뇨 엄마…
이상	당신이 왜 내 딸인데! 내 딸은 당신처럼 싸가지가 없지 않다! 얼마나 착한데!
은오	엄마… 나라고… 은오.
이상	엄마라고 부르지 마라! 화가 난다!!
은오	엄마를 엄마라고 부르지 뭐라 불러요?
이상	이년이! 엄마라고 부르지 말라고!
은오	… 그럼 뭐라 부를까.
이상	됐다. 고마 입 그만 놀리고 밥 가져온나.
은오	묻잖아요. 뭐라 불러요.
이상	어어? 내가 지금 말했는데?
은오	엄마! 내가 엄마를 뭐라 부를까요?
이상	엄마라고 부르지 말라고!!!!

이상, 괴로운 듯 자신의 머리를 때리며, 자해한다.

은오, 이상의 해를 말리지만 한계점이 온 듯 감정이 격해진다.

은오 엄마… 엄마… 제발 나만 나만 알아봐주면! 나만 기억해주면… 이은오! 엄마 딸이잖아. 엄마가 나 낳았잖아!! 엄마… 제발!!!

재현이 진행되는 동안 구청직원 퇴장, 역장 등장.

검사 피고가 국가복지시스템의 대상이 아니었다고 해서, 피고의 잔혹한 살해행위를 비롯한 모친에 대한 혐오가 정당해지는 않습니다.

/재현 3.
역장, 등장에 탁자에 서류철을 탁! 내려놓는다.

역장 안 돼.
은오 예?
역장 지금 가뜩이나 일 안하는 놈들 때문에 골머리가 썩는데 그 시간을 못하겠다고 하면 나한테 어쩌라는 거야. 출근길 인력이 제일 딸리는 거 알면서 그래?
은오 사정이 있어서 그럽니다.
역장 무슨 사정. 나보다 힘들어? 난 위에서 프레스 주는 게 장난이 아니라고. 마빡이 번질번질하다 아주.
은오 엄마 치매 증상이 심해지고 계십니다.
역장 치매?
은오 예. 저 아버지도 안 계셔서 저 아니면 봐드릴 사람이 없어요.
역장 알았어. 다 이해는 가. 많이 힘들겠네. 그런데… 좀 그렇다

	고. 지금 어쨌든 도입 된 거야, 성과봉급이. 경쟁이야. 경쟁에서 밀리면 잘린다고.
은오	… 경쟁…
역장	나라고 너희들 쪼고 싶겠어? 생각을 해봐. 난 은오 씨 동기들 복귀 안 시키면 잘려. 지금 내가 하는 일이 승객들 편의를 챙기는 건데. 지금 승객들 편의를 챙기는 게 복귀시키는 거니까 열심히 해야지. 이제부터 안 그러면 잘리니까. 여기가 공공기관이면 뭐해. 예전엔 민영화한다고 설쳐댔고, 그게 안 되니까 공무원도 해고하기 쉽게 개편됐잖아. 우리 지금 절벽 위에서 패싸움 하고 있는 거야. 은오 씨가 그렇게 물처럼 굴면 안 된다는 말이야. (한숨) 은오 씨, 나도 은오 씨 상황 너무 힘들고 안타까운 거 알아. 그런데 일을 안 하면 돈을 못 벌고, 성과를 못 내면 해고야. 어떡할까 은오 씨.
은오	조금만 도와주시면 안 되겠습니까. 최대한 주실 수 있는 만큼만. 시간을 조금만 주세요. 저희 엄마 이제 저도 못 알아보십니다.
역장	요즘 세상에 유급휴가가 어딨어! 휴가에도 업무 보는 실정인데. 예전에 말했잖아.
은오	아니 그래도, 그럼 자세하게 설명을 좀 해주시지, 너무 갑작스럽게.
역장	매뉴얼을 읽어 보던가 그럼! 내가 자른 게 아니야. 법이 자른 거지.
검사	이는 피고가 원치 않는 사직을 당했다고 해도 어떠한 사정이 있었다고 해도 마찬가지입니다.
변호사	검사 측의 주장처럼 피고인은 직장에서 원치 않는 사직을 당했고, 국가복지시스템의 대상이 아니라는 이유로, 사각지

대로 내몰렸습니다. 통장에 잔고가 있다는 이유로 돌봄지
원대상에서도 제외됐습니다. 피고가 갈 곳은 어디에도 없
었으나, 우리 사회는 '그건 너의 책임이고, 너의 탓이야'라
고 말하고 있습니다. 저는 묻고 싶습니다. 설령, 피고가 모
친을 살해했다고 한다면. 우리는, 우리 사회는 그 책임에서
자유로울 수 있을까요?

#.4 영상/ 시민 제보영상 및 거리 CCTV
– 도시철도의 파업 및 시위현장.

경찰 (음성) 허가되지 않은 집회입니다. 경찰의 지시에 따라 행동
해주십쇼.

시위대 (음성) 노동자 인권 유린하는!!

이상이 은오의 팔을 잡아끌지만, 은오, 꼼짝하지 않고 서 있다.
이상과 은오의 말은 들리지 않는다.

시위대 (음성) 물러나라! 물러나라!

이상, 매우 절실하게 은오에게 매달린다.
은오, 이상을 뿌리친다. 이상에게 무어라 소리치고 다그친다.
이상, 자리에 그래도 얼어버린다.
영상이 나오는 동안 남자, 등장해 앉는다.

검사 피고는 어머니가 치매에 걸리고 증상이 악화되자, 어머니
에 대한 증오와 혐오가 극에 달했습니다. 거리에서도 개의
치 않고 폭언과 폭행을 일삼았습니다. 증인, 이 영상을 촬영

하게 된 계기가 있나요?

남자 (이은오를 바라보고) 오!! 와… 씨… 제가 이 영상 촬영한 게 신의 한수네요. 우선, 높으신 선생님들한테 제가 도움이 된다니 영광입니다. 증인으로 출석해달라고 연락 와서 그날부터 잠을 한숨도 못 잤다구요.

재판부와 검사 측, 변호사 측은 모두 조용히 그를 쳐다본다.

남자 흠흠!! 네. 지금부터! 제가 그날의 팩트! 아주 정확한 진실을 말해보도록 하겠습니다! (명품백 안에서 종이를 꺼내어 읽는다) 안타깝게… 자녀에게서 죽음을 맞이한 아주머니가 나의 사랑하는 여자친구의 백을 쳤다. 900만 원짜리 백이 아작이 났다. 그런데 안타깝게 자녀에게 죽임을 당한 그 아주머니와 그 아주머니를 죽인 여자는 그냥 내뺐다. (종이를 내리며) 예. 여기까지입니다.

검사 아, 네. 그래서 어떻게 됐죠?

남자 예? 아… 저기 어머니 죽였다는 사람! 그 딸!! 저 여자요!! (점차 흥분해서) 저 여자가! 나한테 와서! 아니!! (중국어) 치매 걸렸는데 뭐 어쩌라는 거냐는 식으로 존나 얘기 하길래. 아… 존나가 아니라 겁나 얘기하길래.

통역사 치매에 걸렸는데 어쩌겠냐,는 식으로 존나, 아니 막 얘기를 했습니다.

남자 (중국어) 아니! 치매 걸리면 뭐 사람들 다 밀치고, 치고 해도 된답니까? 아! 저도 아주 조금 열이 받았습니다.

통역사 치매에 걸리면 사람을 다 밀치고 치고 해도 되는 건 아니지 않습니까? 제가 아주… 매우 열이 받았습니다.

검사 열 받아서 어떻게 했죠?

통역사	(중국어로) 열 받아서 어떻게 했죠?
남자	알아들었어요! 열이 받았어도! 어쩌겠어요! (중국어로) 여자들한테 뭘 어쩝니까? 그냥 가방 값만 물어내고 가시던 길 가라고 했습니다.
통역사	여자들한테 뭘 어쩝니까? 가방 값만 물어내고 가던 길 가시라고 했습니다.
검사	보상을 요구했다. 그런데요?
남자	보상 뭐야?
통역사	(중국어로) 보상.
남자	보상! 어어!! (중국어로) 근데 와 씨… 저기 앉아있는 저 여자가! 갑자기 막!! 소리를 지르고,
통역사	근데 와 씨… 저기 앉아있는 저 여자 분이 갑자기 막!! 소리를 지르고,
남자	(중국어로) 지랄염병을 떨더라구요.

통역사, 난감해하고, 사람들 통역사만 바라보고 있다.

통역사	(눈치를 보다) 지랄염병을 떨더라구요.
남자	(순간 아차) 아, 선생님들 죄송합니다. 와씨… 그때 일이 갑자기 떠올라서… (중국어로) 무튼, 그래서 촬영을 했습니다.
통역사	아무튼 그래서 촬영을 했습니다.
남자	(중국어로) 요즘 세상에 또라이들이 너무 많으니까요.
통역사	요즘 세상에 또라이들이 너무 많습니다.
남자	(중국어로) 제가 이렇게 생겼어도 사람은 안 때립니다. 하… 하도 어이가 떡을 쳐서… 오죽하면 바로 촬영을 했겠냐구요.
통역사	제가 생긴 건 이래도 사람은 안 때립니다. 하도 어이가 없어서, 오죽하면 바로 촬영을 했겠습니까.

검사　그러니까, 증인의 말을 정리하자면, 망가진 가방에 대한 보상을 요구했는데, 보상절차가 이뤄지지 않았다 이 말이네요?

남자　네!!

변호사　이의 있습니다. 현재 제시되고 있는 증거 및 증인의 증언은 피고가 증인을 가해했다거나 피해자 이상에 대한 폭언 및 폭행이 있었다고 보기 어렵습니다.

남자　제 여친은요!! 그날만 떠올리면 막 몸을 부들부들 떨어요! 아놔… 저희도 완전 피해자라니까요?

/재현 4.
이상이 굴러 들어온다.

경찰　(음성) 허가되지 않은 집회입니다. 경찰의 지시에 따라 행동해주십쇼.

시위대　(음성) 노동자 인권 유린하는

이상　몸종아 가자! 지금 우리 빨리 도망가자! 이러다가 우리 다 죽는다!

시위대　(음성) 물러나라! 물러나라!

이상　몸종아! 우리 지금…

은오　(은오, 매달리는 이상을 뿌리치며) 엄마! 제발! 어떻게든 해줘! 부탁이야 엄마! 엄마! 엄마! 제발! 제발 좀! 어떻게든 좀 멈춰줘! 제발!! 제발!!

이상　(서럽게 운다) (비명을 지른다) (발광한다) 닭! 닭이! 닭이!!!

엄마　엄마!!!!!!!!!

이상, 자리에 얼어버린다.

사이렌 소리.

법정경위, 다급하게 들어와 변호사에게 귓속말을 하고, 판사에게 쪽지를 전달한다.

변호사   피고와 현장에 함께 있던 김진우 씨를 증인으로 신청합니다.

L.7 놀란 은오의 눈, 진우의 얼굴, 검사, 변호사, 판사, 등 사람들의 모습,
클로즈업 되어 스크린에 비춰진다.

진우 등장.

판사   증인, 선서해주세요.

진우, 선서를 하지 못하고, 피고인석에 앉은 은오를 보고 있다.

판사   증인?
진우   (사이)… 양심에 따라 숨김과 보탬이 없이 사실 그대로 말하고 만일 거짓말이 있으면 위증의 벌을 받기로 맹세합니다.
판사   증인, 착석해 주세요.

진우, 증인석에 앉는다.

변호사   증인은 피고와 어떤 사이인가요?
진우   (사이) 은오 씨 아랫집에 거주하는… 이웃사촌입니다.
변호사   이웃사촌. 그게 다인가요?

진우	… (은오를 본다) 또… 서로 반찬도 나눠먹고… 제가… 컴퓨터로 하는 것들을 잘 못해서 도움을 좀 많이 받았습니다.
변호사	도움을 많이 받았다구요. 피고는 평소 어떤 이웃이었습니까?
진우	상냥하고, 배려심도 많고…

진우, 은오를 본다. 말을 잇지 못한다.

변호사	피고와 평소 자주 이야기를 나누었나요?
진우	(대답을 망설인다)
변호사	괜찮습니다. 증인, 편하게 이야기해주세요.
진우	… 은오 씨는 원래 자기 속 이야기를 잘 하지 않았어요. 속도 모르고 제 얘기만 늘 많이 했던 것 같습니다. 그래도 항상 잘 들어줬어요… 그런데 어머니가 아프시면서부터는 어떤 여유가 없었던 것 같아요… 어느 순간 안부를 묻는 것조차 미안할 정도로 하루가 다르게 얼굴이 안 좋아졌어요…
변호사	그때가 언제인지 기억하시나요?
진우	한 3년 전? 벌써 꽤 됐어요… 그동안… 은오 씨는… 아… 아닙니다…
검사	존경하는 재판장님, 변호인은 지금 피고인의 특정 지인과의 과거사에 대한 추론을 본 재판에 대한 본질을 흐리고 배심원들의 온정판결을 유도하고 있습니다.
판사	인정합니다. 변호인 측, 주의해주세요.
변호사	네, 증인, 평소, 피고와 피해자, 즉 이은오 씨와 그의 어머니는 어떤 모녀관계였나요?
진우	예뻤어요. 친구처럼… 화목해보였어요. 저에게도 늘 가족처럼 따뜻하게 대해주셨죠…

/재현 5.

이상, 은오 옆에 앉는다.

뜨거운 군고구마를 까서 호호 불어, 은오에게 내민다.

은오, 이상을 본다. 신이 나서 웃으며 이야기하는 이상.

이상   내는 오늘도 멋진 추억을 하나 만들었다 아이가. 세상에서
제일 가는 타이밍을 몸으로 느꼈다.

은오   오늘은 또 뭘 느끼셨는데.

이상   운이 좋았다. 사가정에서 손님을 태우고 집에 가는 길이었
거든, 용마터널로 들어가서, 쭉 시원하게 달리고 있었다. 내
가 평소에는 손님이랑 이야기를 하면서 일하는 걸 좋아한
다 아이가. 근데 손님이 깍쟁이 같아가꼬 라디오를 틀었거
든. 이문세의 붉은 노을을 틀어준다고 디제이가 주절거리
고 있데? 어느새 용마터널을 통과하는 순간? 올림픽대교랑
워커힐 사이에, 홍시 같은 노을이 지고 있는 거 아이가? 워
커힐하고 올림픽대교가 젓가락이 된 마냥 노을이 딱 그 사
이로 서서히 미끄러졌다. 눈으로 그걸 보고 있는데 귀에서
는 노을을 찬미하는 노래가 흐르고 있제. 엄청나제? 올해
일하면서 최고로 좋았다.

은오   난 또. 그렇게 따지면 난 매일 매일이 추억이야.

이상   매일 매일이 추억이면 더 좋지.

말갛게 웃는 이상을 바라보는 은오.

(L7. 라이브캠- 은오의 얼굴이 서서히 클로즈업 되어 스크린에 비춰
진다)

다시, 은오의 시선이 진우에게로 향한다.

변호사	평소 사이가 좋은 모녀였다는 말이군요. 그럼, 어머니가 아프시면서 두 사람은 어떻게 달라졌나요?
진우	어머니가 너무 급격하게 변하셨어요… 그때부터…

/재현 6.
멍하니 허공을 보고 있는 이상. 낱말카드를 뒤적거리고 있다.

은오	엄마 뭐 읽어?
이상	니 아빠가 맨날 붙들고 있던 거.
은오	왜, 뭐 하러 그래.
이상	그냥.
은오	안 그래도…
이상	하늘에 계신 우리 아버지여. 이름이 거룩히 여김을 받으시오며,
은오	엄마, 밥 뭐 먹고 싶어?
이상	니 먹고 싶은 걸로 먹자.
은오	…
이상	하늘에 계신 우리 아버지여. 이름이 거룩히 여김을 받으시오며,
은오	엄마.
이상	하늘에 계신 우리 아버지여. 이름이 거룩히 여김을 받으시오며,
은오	돈까스?
이상	하늘에 계신 우리 아버지여. 이름이 거룩히 여김을 받으시오며,
은오	엄마. 돈까스?
이상	하늘에 계신 우리 아버지여. 이름이 거룩히 여김을 받으시

오며,

은오   엄마. 우리 돈까스 먹으러 갈까?

사이.

이상   하늘에 계신 우리 아버지여.
은오   엄마!!
이상   다시 처음부터 해봐! 이게 아니잖아!

은오, 이상이 붙들고 있던 낱말카드를 엄마의 가방에 넣어준다.

은오   엄마. 아빠랑 가던 돈까스 집 가자. 나 돈까스 먹고 싶어.
이상   (은오를 본다. 사이) 그래. 그러자.
은오   어떻게 가지? 나 기억이 안 나네, 엄마.
이상   응?
은오   나 길눈이 어둡잖아. 엄마가 데려가 줘야지.
이상   …
은오   엄마, 나 돈까스 먹고 싶은데.
이상   그래, 오야. 돈까스 먹자. 돈까스.
은오   나 엄마 없으면 돈까스 못 먹어요. 알지? 엄마 없으면 돈까스 집 못 찾아.
이상   그래, 그래. 돈까스 먹으러 가자. 오야. 내 따라 온나. 오야. 우리 돈까스 묵자.
        돈까스 먹으러 가자. 돈까스. 돈까스.

변호사   네, 존경하는 재판장님, 2019년 1월, 피해자 이상은 치매판정을 받았으며, 피고는 그런 모친의 간호에 매달리다 직장을 잃은 후, 생활고에 시달렸지만 그럼에도 불구하고 2년이 넘는 시간 동안 지극정성으로 간호하였습니다.

/재현 7.
벌떡 일어나는 이상.
은오, 이상을 따라 일어난다.

이상　　배 아파.

은오　　화장실 갈래?

이상　　응.

화장실에 가는 두 사람.

은오　　앞에서 기다릴까?

이상　　응.

은오　　어때? 이젠 좀 괜찮아?

이상　　응.

이상, 입가에 똥을 묻히고 등장.

이상　　배가 고파서 배가 아픈 거다. 내가 바보 같았던 거지.

은오, 놀라 얼른 이상의 입가에 묻은 똥을 닦아준다.

은오　　엄마! 앞으로는 내가 주는 거 말고는 아무거나 입에 넣고 그러면 안 돼, 알았어?

이상, 조용하다.

이상, 은오의 손을 거칠게 뿌리치고, 일어나 나간다. (퇴장)

은오   엄마?… 엄마!!

은오, 이상을 따라 나선다.

검사   이의 있습니다. 피고가 어머니를 지극정성으로 간호했다는 주장은 근거가 없는 변호인의 추측성 주장이며, 배심원들의 감정을 호도하기 위한 주장에 불과합니다. 또한 피고는 평소 어머니를 향한 혐오가 드러나는 만행을 저질러 왔습니다.

–영상으로 장면 연결(오버랩)–

#.5 영상/ 가로수 CCTV(폐쇄회로)/시민제보영상 교차편집

이상을 따라 걷다 이상의 팔을 잡는 은오.

두 사람 일정의 대화를 한다.

은오, 이상의 팔을 천천히 놓는다.

이상, 은오에게서 멀어져 간다.

은오, 이상을 가만히 바라보고 서있다.

검사   피고 이은오는 치매에 걸린 어머니인 피해자를 한 차례 유기했던 사건이 있었습니다. 그만큼 평소 치매에 걸린 모친으로 인한 삶의 불만족과 모친을 부정하는 피고의 심리적 상태가 지속되어 왔다고 보여집니다.

변호사 판사님, 검사 측의 지나친 비약입니다. 이 사건은 이번 사건과는 별개의 사건이며, 제시된 영상만으로, 피고가 어머니를 유기했다고 판단하기 어렵습니다.

판사 네, 양측 의견 모두 참고하겠습니다. 배심원 여러분들도 양측 진술을 모두 고려하여 신중히 판단해주시기 바랍니다. 검사 측, 변호인 측 증인에 대한 반대심문 하시겠습니까?

검사 네, 증인은 스스로 정직하다고 생각하나요?

진우 네?

검사 증인이 정직한 사람인지 물었습니다.

변호사 이의 있습니다. 검사 측은 지금 증인에게 사건과 무관한···

진우 정직한 편이라고 생각합니다.

검사 대답을 바꿀 수 있는 기회를 드릴까요?

진우 아니요.

검사 증인, 사건 당시, 현장에 피고와 함께 있었죠?

진우 (사이) 네, 그렇습니다.

검사 증인은 피고 이은오가 모친을 살해하는 걸 목격하였습니까?

진우, 대답하지 못하고, 은오를 바라본다.

검사 증인, 피고를 도와 피고의 어머니, 즉, 피해자를 살해하였습니까?

변호사 이의 있습니다. 검사 측은 지금 피고인의 유죄 입증에 충실하지 않고, 사건의 목격자이자, 참고인인 증인을 용의자로 몰며 배심원들에게 혼란을 주고 있습니다.

검사 재판장님, 이미 앞서 경찰이 의혹을 제기한 김진우 씨의 사건 관여 혹은 방조죄의 가능성에 대한 질문입니다.

판사 좀 더 들어볼 이유가 있다고 판단됩니다. 검사 측 계속하세요.

검사 증인 대답하세요. 피고를 도와 피고의 어머니를 살해하였습니까?

진우 … 잘 모르겠습니다.

은오, 놀란 듯 진우를 본다.
두 사람, 눈이 마주친다.

검사 잘 모르겠다는 건 무슨 뜻인가요?

진우 … 잘… 정말… 잘 모르겠습니다.

검사 잘 모르겠다. 내가 한 행동이 그녀에게 도움이 되었는지 모르겠다? 이 말인가요? 아니면 내가 그녀를 잘 도운 건지 모르겠다. 이 말인가요?

진우 그… 그게 아니라… 그냥… 다… 모르겠습니다. 전 그냥… (은오를 본다. 사이) 모르겠습니다.

검사 모르겠다… 증인. 증인은 사건을 가장 먼저 인지한 최초신고자이면서 피해자와 피고 두 사람을 가장 제일 가까이서 지켜본 최측근이기도 합니다. 피고가 그 어떤 친인척보다도 의지하던 이웃입니다. 그런데, 증인은 용의자로 체포된 그 순간부터 '모르겠어요'를 139회나 말했습니다. 수사과정에서. 본인이 정직하다고 생각하는 김진우 씨에게 묻겠습니다. 증인, 그날 사건이 벌어질 것이다. 또 그 범행장소가 한강공원이라는 건 어떻게 인지 하셨죠?

#. 2_5 영상 / 한강 (몽타주)

한강변 벤치에 앉아있는 은오와 진우.

진우   (지쳐서) 그냥… 확신이 들었어요. 늘 생각이 많아지면 그곳을 자주 가요. 은오 씨가 너무 힘들었을 거예요… 너무 괴로웠을 거예요.

진우, 은오를 보면, 은오 고개를 숙인 채, 아무 미동이 없다.

진우   (점차 목이 메여) 나한테… 미안하다고… 고맙다고… 그때 그 선택을 (순간 아차! 싶다)

검사   편지. (리모컨으로 다시 은오의 편지내용을 스크린에 띄운다)

P3. 증거/ 은오의 편지 –스크린

검사   증인, 신고 때 언급했던 편지. 이번에 발견된 편지, 숨기셨죠?

진우   (대답하지 못한다)

검사   숨긴 이유가 뭔가요?

진우   (무의식적으로, 은오를 보다가 얼른 고개를 돌린다)

검사   이은오 씨가 편지를 없애라고 했나요?

진우   아닙니다.

검사   다시 한 번 묻겠습니다. 의도적으로 편지를 숨기셨죠?

진우   … 네.

검사   편지 내용에 등장하는 선택과, 말했던 대로, 찬연한 순간이 말하는 건 무엇인가요?

진우   (고개가 작게 끄덕인다) … 제가… 제가… 은오 씨를.

은오   차라리 죽어버렸으면.

변호사   이은오 씨!

모두 놀라, 은오를 본다.

검사	지금 피고는 인정했습니다. 엄마가 죽어버렸으면 했다.
변호사	이의 있습니다! 피해자인 이상의 일지에서도 드러나는 바와 같이 2021년 4월 1일 피해자의 자살미수가 있었음을 알 수 있었습니다. 실패로 돌아간 이 자살, 누가 그녀를 살렸을까요? 그녀의 딸, 이은오 씨입니다. 검사 측의 주장처럼 피고가 어머니를 혐오했고, 지속적으로 학대해왔으며 오래 전부터 이 살해를 계획하고 모의해왔다면 이런 일지가 있을 수 있을까요? 존경하는 재판장님, 판결이 나기 전까지 재판장에서 피고는 무죄추정의 법칙 하에 보호받아야 하며, 아직 죄가 밝혀지지 않은 피고에 대한 검사 측의 지나친 모독을 멈춰주시길 바랍니다!
판사	검사 측! 경고하겠습니다. 주의해주세요!
검사	다시 한 번 묻겠습니다. 이은오 씨, 당신은 단 한 번도 엄마를 죽이고 싶었던 순간이 없었나요?
변호사	또한 2021년, 가족 간병인을 대상으로 한 설문조사에 의하면, 95.7%가 '간병으로 신체와 정신이 한계에 몰렸다고 느낀 적이 있다'고 대답했으며, 10명 중 3명은 '간병이 어려워 환자를 죽이거나 동반자살을 생각한 적이 있다'고 답했습니다. 피고의 심정이 담긴 발언이 살해의 증거나 인정이 될 수는 없습니다.
은오	… 진우 씨는 아무 잘못 없어요.
검사	질문과 다른 대답을 하셨습니다. 좋아요. 김진우 씨는 아무 잘못이 없다. 피고의 주장처럼 김진우 씨는 정말 아무런 잘못이 없을까요?

#2_6. 영상 / 한강 (실루엣) – 진우차의 블랙박스 / 다각도 다시선 (섞여서 보여진다)

한 사람의 목을 조르는 다른 한 사람. 목이 졸린 사람, 고통에 몸을 꺾는다.

순간, 목이 졸리던 사람, 몸에 힘이 풀린다.

목을 조르던 사람, 안주머니에 손을 넣어 칼을 꺼낸다.

칼을 꺼내 기절한 사람을 찌른다. 칼에 찔린 사람, 움찔한다.

자신이 죽인, 생명이 끊어진 사람의 품에 안겨 잠시 숨을 돌린다.

감정이 격양되는 듯 어깨가 들썩인다.

다시 칼을 들어 자신의 목에 들이대는 그 순간, 들리는 경찰의 사이렌 소리.

검사   피고, 피고인은 타인의 생명을 위협하는 사람입니까?

은오   아니요. 아닙니다.

검사   피고, 평소 어머니가 죽어버렸으면 좋겠다. 생각했습니까?

은오   (긴 사이) 아니요. 그런 생각한 적 없습니다.

검사   생각한 적은 없지만 행동은 달랐죠. 피고는 자신만을 믿고 의지하는 어머니를 한강으로 유인, 한강에서 시간을 보낸 뒤, 어머니의 목을 조르고 집에서부터 준비해서 가지고 나간 칼로 가해했습니다. 이 사실을 부정할 수 있겠어요? 어땠나요? 기분이.

은오   … 모르겠습니다. 그럴 때 검사님은 어떠신데요, 기분이.

판사   피고인 자중하세요.

은오   입장을 바꿔서 생각해보세요. 엄마가… 맞아요. 엄마를 죽이려고 했습니다. 엄마를 죽이고, 저도… 저도 죽으려고 했어요. 그런데 죽지 않았어요. 죽이지도… 죽지도 못했습니다. 그런데… 죽었어요. 죽어버렸어요… 어떨 것 같으세요? 검사님은, 판사님은 어떠신데요?

검사   죽이지 않았는데 죽었다? 이 문장이 성립이 됩니까?

은오	아니!! 그게 아니라!!! 하지만 사실이에요!!
검사	그럼 누가 죽었죠? 누가 목을 졸랐습니까?? 칼은 누가 찔렀죠?
은오	… 정말… 정말 모르겠습니다…
변호사	피고, 어머니가 언제까지 살아계셨는지 다시 한 번 잘 기억해내 보시겠어요?

#2_7. 영상 / 한강 (은오의 시선 – 이상의 얼굴 위주로 보여진다)

이상의 목도리로 목을 조르는 은오. 이상, 고통에 몸을 꺾는다.
이상, 몸에 힘이 풀린다. 은오, 이상을 끌어안는다.
은오, 안주머니에 손을 넣어 칼을 꺼낸다.
칼을 꺼내 바라본다.

L.8 은오, 혼란스러워한다.
누군가 혹은 무언가를 찾는 듯 급하게 주변을 두리번거린다.

은오	… 엄마… 엄마… 엄마가…
변호사	피고, 어머니가… 스스로 본인을 찌른 건가요?
검사	판사님, 변호사 측은 지금 추측성 질문으로 논지를 흐리고 피고와 배심원들을 혼란스럽게 하고 있습니다.
변호사	판사님, 진실을 파악하기 위한 질문입니다.
판사	계속하세요.
변호사	이은오 씨, 어머니와 있었던 일에 대해 자세히 설명해주실 수 있으실까요?
검사	재판장님! 범행동기와 범행도구, 피해자 사인, 범행 후 정황 등이 모두 공소사실과 일치합니다. 스스로 인정했던 범행

을 이제 와서 공소사실 자체를 부인하고 무죄를 주장한다
는 건 대한민국 재판을 모독하는 행위입니다. 게다가 과거
피고는 어머니를 유기했던 사실까지 있습니다.

은오 왜… 제가 버려졌다고는 생각하지 않으시나요?

#. 4_2 (동시간대 주차차량 블랙박스) / 재현 6. 거리

– 영상과 재현이 각각 스크린과 무대에서 동시 진행되며, 각각의 이
미지와 사운드 등이 오버랩되어 중첩되기도 때론 상충되어 어긋나
비춰지기도 한다.

어디론가 바삐 걷는 이상.
은오, 이상을 따라 걷다 얼른 이상의 팔을 잡는다.
이상, 은오에게 잡혀 걸음이 멈춰진다.
돌아서는 이상. 그 앞에 은오와 마주선다.

이상 놔주라. 오야.
은오 엄마?? 엄마 나 알아보겠어?
이상 내 방금 먹은 게 뭔지 안다.
은오 엄마… 엄마, 괜찮아. 괜찮아. 내가 있잖아. 나 있잖아. 엄마.
이상 그니까. 너가 있으니까.
은오 무슨 말이야… 우리 둘이 못할 게 뭐가 있어…
이상 니 할머니가 나한테 했던 거, 나는 너한테 못해. 오야. 너랑
       못 있어.

이상, 은오가 잡은 팔에 힘을 줘 서서히 빼내려 한다.

은오 아니야. 아니야! 엄마! 제발…

이상 오야. 좀 전에 내가 오야 니 앞에서 똥을 내가 내 똥을 스스로 내 입에 넣었다고!! 너 이거 안 놓으면 엄마 그냥… 여기서 혀 깨물고 죽어!! 그 꼴 볼 거야?

은오 엄마, 난 나는… 난 괜찮아… 엄마아… 제발… 제발…

두 사람의 대화는 영상에서는 들리지 않고, 도시의 소음들로만 가득하다.
이상, 완곡하게 은오의 팔을 뿌리치고, 은오에게서 멀어져 간다.
은오, 아무것도 하지 못한 채, 가만히 바라보고 서 있다.

변호사 재판장님, 피고 이은오는 아주 성실하고 모범적인 삶을 살아왔습니다. 특히 피고는 전과가 없는 대한민국의 국민으로서 지금 검찰이 주장하는 일방적인 정황증거들과 증인들의 증언이 진실이라고 보기엔 의구심이 드는 부분이 분명 존재하며, 피고가 무죄를 주장하고, 피해자가 스스로 목숨을 끊었을 확률 또한 새롭게 제기되었습니다. 또한 실제로 피고의 범행 사실을 직접 목격한 사람은 단 한 사람도 없습니다. 이 점 현명하신 판사님과 배심원 여러분들께서 잘 판단해주시리라 믿습니다.

검사 판사님, 그리고 배심원 여러분, 이 사건은 자신의 어머니의 목을 조르고 칼로 찔러 살해케 한 중대하고도 악랄한 범죄임을 다시 한 번 확인합니다.

법정경위 등장해, 변호사에게 쪽지를 하나 전달한다.
사이.
생각에 잠겨있는 변호사. (L.9 B.C.U – 쪽지와 쪽지를 읽는 변호사의

모습)

판사 검찰 측 최후 진술과 구형, 변호인 측의 최종 변론에 이어서 배심원단의 최종 평결로 이어지겠습니다. 검찰 측 건의 사항 있으면 말씀하세요.

검사 없습니다.

판사 변호인?

변호사 (사이, 생각에 잠겨있다)

판사 변호인?

변호사 … 재정증인을 신청합니다.

판사 재정증인이라면, 지금 이 법정에 출석해 있다는 거죠?

변호사 네. 이번 사건 국과수 부검보조의 현승우 씨입니다.

승우, 증인석에 앉는다.

변호사 증인, 국과수에서 일한 지는 얼마나 되셨죠?

승우 1년 정도 되었습니다.

변호사 (P.5 증거품 목록에서 부검소견서를 든다) 부검소견서에 다른 가능성이 있다고 보십니까?

승우 가능성이 없지 않다 정도로 말씀드릴 수 있을 것 같습니다.

변호사 어떤 가능성이죠?

승우 피해자의 피부 조직, 강직도를 봤을 때, 피해자에게서 나타난 영양실조가 장기간 금식이나 단식으로 보기 어려운 형태의 영양상태이며,

검사 이의 있습니다. 지금 증인의 증언은 피고의 범행과 검찰이 재기한 기소 내용과는 아무런 관련이 없는 사실입니다.

판사 좀 더 들어 볼 필요가 있을 것 같네요. 추가 가능성이 더 있

습니까?

승우 피해자에게서 나타난 자상을 보면 근육의 응축도를 통해 피해자가 1차 가해를 당한 이후에도 의식이 있었다, 라는 가능성을 제기할 수 있습니다. 한 번에 푹! 망설임이 없으며, (P.6 증거품─이상의 혈흔이 묻은 옷) 당시 피해자와 피고의 몸과 옷 등에 묻은 혈흔의 흔적들을 분석해보면 피해자가 살기 위해 저항한 흔적을 찾아보기 어렵습니다. 이는 기존 존속살해의 패턴과는 극명한 차이가 있습니다.

검사 이의 있습니다. 증인은 국과수에서 일한 지 1년밖에 안 되는 신입으로, 왜곡되었을 가능성이 있으며 증인의 추측의 불과합니다.

변호사 존경하는 재판장님, 그리고 배심원 여러분. 저는 자상의 소견이 충분히 논란의 여지가 있어 보이며, 배심원 여러분과 재판부의 판단이 매우 중요하다고 생각합니다.

판사 증인, 지금 증인의 의견은 본 사건을 담당한 국과수 부검의 의견에 정면으로 반박하는 내용인데요. 본인도 이 사건을 담당한 직원으로서, 괜찮으시겠어요?

승우 저는 소견서가 너무 한쪽으로 치우쳐 있다고 봤습니다. 여러 가지 가능성이 있음에도 너무 유죄추정에 집중했죠. 문제는 배심원들이 그 전문가들의 증언을 진실로 받아들인다는 겁니다. 저는 같은 증거도 관점에 따라 다른 의견을 낼 수 있다는 사실을 말씀드리기 위해 이 자리에 섰습니다. 배심원들은 서로 다른 의견을 모두 청취할 권리가 있으니까요. 검사님을 포함해서요.

검사 원론적인 말씀 잘 들었습니다.

변호사 법조인의 한 사람으로서 저는 이런 수사 관행에 심히 우려를 금할 수 없으며 이 수사결과를 기반으로 피고를 기소한 검찰의 공소제기 또한 적법하며 정당했었는지 의심하지 않을 수 없습니다. 배심원 여러분, 존경하는 배심원 여러분. 그렇다면 과연 저기 앉아있는 피고 이은오에게 죄가 있을까요? 이 재판을 계속해야할 의미가 있을까요?

판사 네, 증인, 증언 잘 들었습니다.

승우, 퇴장.

판사 변호인 측 최종 변론 하시죠.

변호사 피고와 피고의 어머니는 열심히 살아가는 시민들이었습니다. 그러던 중 피고의 어머니가 치매라는 병에 걸렸고, 삶이 힘들어졌고, 피폐해졌습니다. 이 사건은 분명, 비참하고 비극적이지만 합리적 의심을 넘어서 확고한 증거가 나오기 전까지 용의자든 피해자든 피고든 유죄로 추정해서는 아니 된다. 대한민국 헌법의 대원칙. 무죄추정의 권리입니다. 또한 살인사건이지만, 모든 상황이 설명하듯 계획적이고 악의적인 범죄 행위가 아닙니다. 어쩌면 우리의 사회가 피고를 가해자로 내몰고, 피고의 어머니를 살해한 것일 수도 있습니다. 지금 이 자리에서 검찰이 피고의 직접살인의 증거를 제시하지 않는 이상 우리는 피고에게 무죄를 선고해야 합니다. 오늘 여기 계신 배심원 여러분들이 저기 한 청년의 남은 인생을 지금 이 순간 결정하시는 겁니다. 이상입니다.

검사 우리는 이 사건의 진실, 명확히 밝혀진 팩트를 간과해서는 안 됩니다. 그리고 우리는 '동반자살'이라는 말에 대해 다시금 사유해볼 필요가 있습니다. 피고의 어머니는 자살을 한 것이 아니라, 살해를 당한 것입니다. 피고의 선택은 어머니와의 '동반자살'이 아니라 '살해 후 자살'이었으나, 실패했죠. 피고가 모친을 간병 중이었다고 해서, 모친의 생명권을 해하는 범죄가 정당화 될 수는 없습니다. 또, 그 과정에서 피해자는 어떤 선택도 한 적이 없습니다. 피고는 자신이 어머니의 부양자라는 이유만으로 그 생명권 그리고 그 남은 인생까지 판단하고 마음껏 쥐고 흔들었습니다. 그리고 우리는 그 사실을 알아야 합니다. 피해자가 처참하게 살해당했다는 사실, 그것도 자신의 딸에게, 비참하게 생을 마감했다는 사실, 삶이 힘들다는 이유로, 치매라는 이유로, 어머니에게 있는 최소한의 권리, 생명권마저 자신의 소유물이라고 생각했었다는 사실, 그 오만한 판단으로 어머니를 끔찍하게 살해했음에도 불구하고! 이토록 잔혹한 범죄행위에도 반성 없는 태도로, 재판과정에서 돌연 자신은 죄가 없다! 라며, 살인을 부정하고 있는 피고에게 징역 12년을 구형합니다.

판사　배심원들의 표결을 마친 후, 판결을 선고하도록 하겠습니다.

3. 유야무야

T.6 타이핑(자막) PM 20:03 〈배심원 표결〉

판사 피고인 이은오가 무죄라고 생각하시는 배심원 여러분들은 착석하신 자리 오른쪽에 놓여있는 전등의 줄을 당겨, 불을 켜, 투표를 해주시길 바랍니다. 네, 꺼주시길 바랍니다. 유죄라고 생각하시는 배심원 여러분들은 불을 켜주시길 바랍니다. 꺼주시길 바랍니다. (사이) 배심원단의 의견이 통일되지 않았습니다. 국민 참여재판의 경우 배심원단의 만장일치가 어려울 때, 다수결 표결로 최종 평결을 내리게 되어있습니다. (투표결과 발표-유죄 몇, 무죄 몇) 배심원들은 다수결에 따라 유/무죄를 선고하셨네요. 피고인 마지막으로 할 말 있으면 하셔도 좋습니다.

(/유죄일 경우)

은오 제가 엄마를 죽였다고 생각하시나요? 저에게 돈이 없었기 때문에? 제 삶이 위태로웠기 때문에? 저는… 저는 잘 모르겠습니다.

판사 판결하겠습니다. 본 법정은 직접증거가 없다는 변호인 측의 주장과 국과수 부검의소견서의 다른 가능성을 충분히 심의 숙고하였으나, 경찰이 수사하고 검찰이 제시한 기소의견에 이유가 상당함을 인정하며, 피고인의 객관적 혐의 또한 충분히 인정된다고 판단하였다. 또한 피고인이 피해자를 수년간 간병하면서 겪은 삶의 한계점 등을 고심하였으나 피고인과 같은 처지에 있는 사람이 모두 같은 선택을 하는 것은 아니며, 이 사건 범행 외에 다른 대안이 전혀 없다고 보기도 어렵다. 하여, 재판부는 검찰이 주장한 피고인의 혐의 대부분을 사실로 인정하며, 피고인 이은오가 피해자 이상을 살해했다고 최종판단. 배심원단의 다수결 의견을 종합하여, 피고인에게, 징역 10년형을, 선고하는 바이다. (재판봉을 세 번 두드린다)

(/무죄일 경우)

은오 (방청석에 앉은 진우를 보며) 궁금한 게 있는데요. 정말 제가 엄마를 안 죽였다고 생각하세요? 우리 엄마. 제가… 제가 죽인 거면요?

변호사 이은오 씨!

은오 (방청석을 둘러본다) 사람이 참 많네요. 저한테 궁금한 게 참 많으신가 봐요. 진작… 조금만 빨리… 궁금해 하지…

판사 판결하겠습니다. 변호인 측의 주장처럼 최종 살해도구인 과도를 직접 사용하여, 살해했다는 직접 증거가 없으며, 피해자가 살기 위해 저항한 흔적이 보이지 않는다는 가능성 등. 위에서 인정되는 사실만으로 피고인이 피해자를 살해했다고 단정하기 어렵습니다. 하지만 이 사건의 공소사실 기재와 같이, 피고인 이은오는 사건 당일 오후 03시경, 피해자인 모친 이상과 한강공원으로 향했으며, 당시 집에서 평소 사용하던 과도를 피해자와 피고 자신에 대한 위해 목적을 가지고 품에 피고의 점퍼 주머니에 챙겨나간 점도 인정됩니다. 위와 같은 정황에 비추어 피고인이 피해자를 잔혹하게 살해했다고 강하게 의심하지 않을 수 없습니다. 그러나 피고인의 삶이 간병인으로서 매우 고단하고 처참했던 점 등을 고려하고, 피해자를 직접 살해하지 않았을 수 있다는 가능성을 고려하여, 피고인에게, 징역 1년 2월, 집행유예 2년 8개월을 선고합니다. (재판봉을 세 번 두드린다)

암전.

Outro. 그날의 진실

(영상)

벤치에 앉은 이상, 은오. 두 사람 끌어안는다. 이상이 은오의 손을 잡고 본인의 복부의 칼을 찔러 넣는다. 은오, 너무 놀라 칼에서 손을 뗀다. 은오, 엄마의 복부에서 쏟아지는 피를 막아보다.

칼을 집어 들어 자신의 목에 가져다대는데, 막는 엄마의 손… 그러다 힘없이 떨어진다. 멀리서 진우가 달려온다. 사이렌 소리.

은오　엄마는 나였으면 어떻게 했어? 엄마는 부득불 그냥 살았겠지? 어떻게든? 나 붙잡고, 엄마 몸 으스러질 때까지?

암전.

(무죄일 경우에만 보여지는 스페셜 엔딩)

이상　오야, 요즘 뭐 필요한 거 없나?

은오　없는데? 왜?

이상　아! 그냥, 엄마한테 뭐 말해봐라!

진우 등장.

진우　안녕하세요. 술 드시고 계셨네? 늦은 시간에 죄송해요. 김치 가져다 드리려고 갖고 왔어요. 오늘 김장했거든요.

이상	내 항상 말하지만 총각네 집 김치는 굴을 너무 많이 넣는다. 물김치도 아이고.
은오	엄마!
진우	어머니한테 전해드릴까요?
이상	그라든지~ 내는 솔직하게 말했는데 그래 무섭게 쳐다보면 늙은이 뭐가 되누.
진우	그럴 줄 알고 이번엔 굴 별로 안 넣었어요. 이번엔 제가 했거든요.
이상	아유. 그럼 감사히 잘 먹겠습니다~ 마트 김치보단 집에서 담군 김치가 최고지.
진우	어머님은 넉살로 이 세상을 덮으시겠어요.
이상	맞다, 맞다. 내 정도 넉살이면 박정희랑 술친구 하지.
은오	바래다 드릴까요?
진우	두 계단만 내려가면 저희 집인데요 뭐.
은오	(어색한 웃음) 네. 그럼 안녕히 가세요.
진우	(아쉬운 듯) 예~그럼 갈게요.
이상	야, 니 저 총각 마음에 드나?
은오	그건 왜.
이상	아니 그냥~ 워낙 드세다 아이가. 노약자 배려도 안 하고.
은오	엄마가 자꾸 뭐라고 하니까 그렇지.
이상	지금 저 총각 편 드는 기가? 속상하다!
은오	엄마가 잘못하셨으니까.
이상	(의미심장한 웃음) 아유, 아유, 나도 이제 옛날처럼 돈 많이 벌어야 쓰겠다. 우리 딸 시집가는 건 봐야지. 맞제?

서서히 암전.

'정의'란 무엇일까? 철학자 파스칼은 정의를 그저 '강한 힘'에 불과하다고 이야기한다.

사회적 정의를 '법'으로 규정하고 그렇게 구현해낸 법적 규율을 따르고자 할 때, '정의'에 대한 본질과 실체를 규명하려는 수많은 논의가 생기기도 한다. 이런 사회적 논쟁에서 〈유야무야〉는 시작한다. "절대적 '정의(正義)'는 결코 '정의(定義)'할 수 없는 것이지 않을까." 란 물음에서…. 그리하여, 다수의 힘이 관찰되는 '법'이란 사회적 규정이 한 개인의 삶을 정의 내릴 수 있다면?이란 질문이 국민참여 재판형식의 재판극 〈유야무야〉를 만들게 된 이유라 할 수 있다.

향후에도 수많은 사연들을 가진 피고인, 사건들은 우리 사회 안에서 이어질 것이다. 피고인들의 삶과 죄에 대한 이야기는 유야무야에서 은오의 이야기처럼 형의 선고로 모두 끝이 났다. 다만, 이후의 이야기는 각자 써내려가야 한다. 설령 앞으로 채워갈 그 이야기가 처절하고, 애달프다 해도 그 이야기는 절대로 도중에 끝이 나서는 안 될 것이다.

이것이 〈유야무야〉의 시작이다.

무지성의 집단지성
회사원 이야기

극작 : 김승철

등장인물

하루 : 권도균
이틀/회사원 : 신윤재
탈옥수 : 편해준
알바생 : 이장희
야구선수 : 송유정
청소부 : 심민찬
아이 : 김세린

이 극은 극작가 하루가 쓴 글이다.
극에 등장하는 여섯 인물들은 극작가 하루의 의도대로 무엇이든 될 수 있고 어디든지 갈 수 있다.
극 중 하루는 실제로 등장할 수도, 등장하지 않을 수도 있다.
이 극은 하루의 실제를 바탕으로 하고 있으며 동시에 허구일 수도 있다.
이 극은 하루의 상상과 기록의 일부분이다.

[House]

커다란 종이를 형상화한 무대가 있다. 종이의 위쪽은 접혀있는 모양 (극 상 미완결된 이야기를 표현하고자 누군가가 접어놓은 듯한 형상 or 기억하고 싶거나 중요한 부분에 대해 접어놓았다는 의미를 가진다) 종이 모양의 무대 주변 한 곳에는 책상, 의자, 스탠드 등이 놓여 있고 작가의 공간으로 형상화 되어있다. 무대 곳곳에는 종이나 원고, 책 뭉치들이 놓여있다. 이야기 속에 나오는 등장인물들은 작가의 지시, 혹은 설명을 토대로 무대 밖을 벗어날 수 있다. 무대 양 옆에 대기를 할 수도 있다. 작가는 무대 안과 밖을 자유로이 드나들 수 있지만, 등장인물들은 그럴 수 없다. 전체 무대는 결국 작가가 상상으로 만들어낸 공간과 작가의 현실 속 공간이 합치된 곳이다. 작가는 작가의 공간에서 글을 쓰고 있다. 작가가 쓰는 글은 무대 위에 글자 그대로 써진다. 무대 위에는 직장인 차림의 인물이 일정한 동선을 밟고 있다. 작가가 글을 쓸 때 움직이다, 글쓰기를 멈출 때 인물 또한 정지한다.

1장

하루　이야기의 시작은 항상 중요합니다. 이상적인 이야기의 시
　　　작은 이야기가 담고자 하고 전달하고자 하는 모든 것을 선
　　　보여야 합니다. 이야기는 항상 다른 이야기를 낳습니다. 무
　　　한히 반복됩니다.
　　　나는 평소와 같이 대필 일을 하는 중입니다. 아, 예전에는
　　　'하루'라는 필명으로 저의 글을 쓰던 작가였습니다. 몇 년
　　　전부터 입에 풀칠이라도 하자는 심정으로 대필 일을 시작
　　　했습니다. 정해진 소재와 설정만 있다면 그걸 곧바로 꾸며
　　　내는 것은 생각보다 간단합니다. 남들의 이야기를 써준다
　　　는 건, 저로서는 반가운 일은 아니지만 앞뒤 가릴 처지가
　　　아니라는 것쯤은…

　　　전화가 울린다. 하루 급하게 전화를 받는다. 통화음 너머로 소리치는
　　　소리가 들린다. 하루, 연신 사과를 올리며 허리를 굽힌다. 그러고는
　　　다시 전화를 놓는다.

하루　확실한 것은 요즘의 저에겐 연극적 사건보다는, 이 밀려있
　　　는 일처리가 더 급선무입 니다.

　　　초인종이 울린다. 밖에선 누군가 "택배요!!" 하며 외친다. 그리고 날
　　　라 오는 소포. 하루, 맞을 뻔한다.

하루   아무리 생각해도 제가 시킨 것은 아닙니다. 궁금한 마음에 열어본 소포에는 옛 친구의 것으로 추정되는 사진과… 간단한 편지와 노트들. '너의. 글을 써라…' (사이) 얼마만큼의 시간이 흘렀을까요.

전화벨소리 울린다. 하루, 전화를 받지 않는다. 그리고 자신의 공간에서, 오래된 노트를 꺼낸다.

하루   오랜만에 짐 정리를 하다, 발견한 비어있는 노트. 난 친구가 보내준 사진과 편지 그리고 나의 노트를 번갈아 보며 지금 내가 해야만 하는 것들을 생각하기 시작합니다. 오랜만입니다. 나의 글을 써내려가는 건. 설렘과 두려움을 안고서 결말이 어찌될지는 모르겠지만 나는 하루 이틀의 이야기 속으로 들어갑니다.

2장

[Unit 2-0 이야기 속으로]

하루   1막 시작.

인물들   이 장소에서

하루   이 시간에서 인물들 우리들만의

하루   이야기를 실은 채

인물들   살아간다.

하루   살아진다. 이 극에는 6명의 등장인물이 존재한다. 인물들은
삶과 죽음 그 애매한 경계 속에 서 있다.

[Unit 2-1 아이 엠 그라운드 자기 소개 하기]

다 같이   아. 아. 아. 아아아아 / 아이엠 그라운드 자기 소개 하기!

하루   가출한 아이!

아이   10년 인생의 유일한 친구 Ben Davis가 말도 없이 사라졌
어요. 저번에 좀 모질게 대하긴 했는데, 하루 가고 이틀 지
나도 돌아오지 않다니요! 말썽꾸러기 Ben Davis. 더 이상
가만히 기다리기만 할 수는 없다! Ben Davis를 찾기 위한
여정길에 오른다!

하루   알바생!

알바생   알바생입니다! 전 모두 부러워하는 삶을 살고 있는, 아니
살고 싶어 하는, 키득! 뷰티 유튜버(인플루언서)이기도 합니

다. 그러기 위해선 알바해서 번 돈으로 명품을 더더더! 모아야 합니다. 까르띠에가 나를 부릅니다. 까르띠에야, 기다려 언니가 곧 갈게~

하루   다음은 야구선수, 인물들은 누구나 이겨내야 할 위기가 있다.

야구선수   야구선수입니다! 그렇지만 10년째 벤치선수. 여전히 배트를 휘두른다. 휭휭 굳은살 팍팍 내 미래 깜깜. 벤치에 너무 오래 앉아있어 엉덩이가 네모네지겠습니다. 프로무대에 서기 위해선, 오늘 선발시합에 반드시 붙어야합니다!

다같이   야 벤치! 여기 와서 빨래 좀 해라! 야구선수 내 엉덩이가 해방될 시간!

하루   변칙적인 인물은 관객의 호기심을 자극한다. 탈옥수!

탈옥수   탈옥수입니다. 후회와 자책이 가득합니다. 그런데~ 아아 아아아 암으로 시한부 판정을 받습니다. (죽는다) 윽 억! 안돼!!! 이대로 죽을 수는 없습니다. 동생을 만나야겠습니다! 그 말인즉슨? 탈옥을 하겠다는 뜻! 탈옥수 탈옥한다!

하루   등장인물이 구체적일수록 이야기는 더욱 풍성해진다. 다음! 청소부!

청소부   청소부입니다!

하루   쓱싹!

청소부   청소는 언제나 짜릿합니다. 더러운 사람을 보면 참을 수가 없습니다. 청결한 상태를 유지하고자 타인과의 단절된 삶 속에서 살아갑니다. 일정한 패턴과 규칙 강박을 가지고 청소합니다! 손걸레, 대걸레, 락스 세제, 다이슨 청소기. 청소는 언제나 짜릿합니다!

하루   마지막으로 회사원.

회사원   저는 회사원입니다. 평범한 그냥, 그냥 회사원입니다. 삶에서 중요한 무언가가 무너졌습니다. 멍하니 하늘을 쳐다봅니다. 더 이상 이 사회에 내가 속할 곳은 존재하지 않습니다. 무너진 것을 쌓아올릴 힘도 남아있질 않습니다. 내가 앞으로 나아가도 이걸 나의 발전이라고 할 수 있을까. 삶에서 죽음으로, 정지에서 전진으로 신호가 떨어졌습니다. (사이) 평범한 나는, 조금 다른 오늘 하루, 죽고자 합니다.

음악 꺼진다. 반복적인 행동동사와 일정한 패턴으로 돌아다니던 인물들 서서히 멈춘다.

[신호등 깜빡]

하루 횡단보도. 하나, 둘, 셋, 넷, 다섯, 여섯 명의 인물들, 그리고 하나의 이야기.

음악 꺼진다. 반복적인 행동동사와 일정한 패턴으로 돌아다니던 인물들 서서히 멈춘다.

하루 빨간불. '정지' 노란불. '예고' 그리고 초록 불.

정지해있던 인물들 각자 존재해야 할 곳으로 걸어간다.

하루 전진. 다음 장

3장

[버스]

하루   인물들은 거대한 이야기 속에 탑승한다. 하나의 이야기에서 시작된 인물들은 다시 여러 갈래로 퍼지고, 또 다시 이야기로 돌아온다. 증명. 우리는 이야기 속에서 끊임없이 증명해야 한다. 초록불. 출발.

아이   증명. 쓸모없는, 버려진 존재를 증명해내는 과정.

하루   오르막길.

야구인   무엇인가를 끊임없이 바라고 집중했던 때가 있었을까.

청소부   증명. 아저씨! 저 여기서 내릴게요!

하루   빨간불. 급정거.

하루   하지만 좋았던 시절은 가고 더 이상 삶으로써의 증명은 남아있지 않다.

하루   초록불. 출발.

하루   모든 이들이 초록불의 점등과 동시에 목표한 방향으로 나아갈 수 있는 것은 아닙니다. 저 또한 마찬가지였습니다. 스스로 나아가기를 포기하고 무의미한 현실에 순응해 보려고 했던 때가, 저도 있었습니다. 저기 저 반듯한 자세로 서 있는 사내처럼.

회사원   오늘도 출근길에 올랐다. 하지만 다른 날과는 사뭇 다른. 오늘도 같은 노선을 빙빙 돌고 나서야, 원래의 목적지보다 한 정거장 앞에서 하차한다. 신호를 기다린다. 나와 같은 차림의 인간들이 수도 없이 진열되어 있다. '서로 서로 독서로!'

저 멀리 내가 다니는 출판사의 슬로건이 들려온다. 초록불. 인간들이 일제히 걷기 시작한다. 저들은 어디로 가는 걸까. 난 어디로 가는 걸까. 이 사회는 피비린내 나는 경쟁사회. 내가 올라가기 위해서는 남을 짓밟아야만 한다. 그게 내가 삶을 살아가는 방식이었다. (사이) 난 오늘 이 하루에서. 죽고자 한다.

회사원, 천천히 횡단보도를 건너려 한다. 차에 치일 뻔한 것을 탈옥수가 구해낸다. 지나가는 자동차 소리와 경적음. 구해내면서 같이 뒤로 자빠지는 탈옥수와 회사원.

사이.

탈옥수 중간중간 기침하며.

탈옥수 이봐요! 지금 뭐하는 짓입니까!
회사원 아… 죄송합. 아니 감사합. 아니 왜 살리셨죠?
탈옥수 당신 지금 차에 치일 뻔했어. 공중분해! 될 뻔했다고.
회사원 공중분해…! 그렇군요.
탈옥수 에잉 쯔쯧. 젊은 사람이 말이야.
회사원 그렇게 젊지는 않죠.
탈옥수 그렇다고 늙은이도 아니지! 정신 차리고 살아!
회사원 몸이 안 좋으신가 봐요.
탈옥수 어. 시한부라우.
회사원 솔직한 타입이시군요.
탈옥수 나이도 비슷해 보이는데, 젊은 양반이.
회사원 … 혹시 나이가 어떻게 되시죠?

탈옥수   서른 마흔다섯 살. 넌 몇 살이야?

회사원   서른… 아홉…

탈옥수   나이는 중요한 게 아니야 이 자식아!

회사원   그럼 뭐가 중요하죠..?

탈옥수   하루하루 산다는 게 중요한 거지.

회사원   삶이 무슨 의미가 있나 싶어서요.

탈옥수   후회하면서 죽는 것만큼 불쌍한 게 없어. 아득바득 살아야지.

회사원   멀쩡한 난 죽음으로 달려가고자 하는데, 시한부인 이 사람은 죽음으로부터 도망치고자 한다.

탈옥수   (약도 같은 것을 보여주며) 혹시 이 회사 어딨는지 아나?

회사원   (약도를 보고, 손가락을 가리키며) 저기- 출판사 옆 큰 사거리 쪽이네요.

탈옥수   그래? 젊은 친구 복 받을 거야. 갈게 안녕!

하루   탈옥수 퇴장.

회사원   세상에는 참 여러 종류의 인간들이 존재한다. 젊었을 적엔 뒤처지지 않기 위해 노력했는데. 나이를 먹어가면서 느끼는 건 아집만 짙어진다는 것. 더 이상 남을 짓밟고 올라가는 것에 대한 회의를 느끼며 살아갈 자신이 없어졌다. 내 인생의 결말은 삶과 죽음의 애매한 경계 속에 있다.

9시를 알리는 타종 소리.

회사원, 오늘만큼은 평소와는 다른 하루에 편승한다.

하루   회사원은 회사 반대편으로 발길을 돌린다. 이른 아침 공터, 야구선수 등장!

야구선수 이른 아침! 난 배트를 휘두른다. 어릴 적 유소년 클럽에 있을 당시 난 벤치 자원으로 경기에 나선다. 상황은 9회말 2아웃. 그냥 존나게 중요한 상황. 그런 중요한 순간에 팀의 4번 타자가 부상을 당한다. 난 그 녀석을 대신해 타석에 선다. Play Ball 자세를 잡는다. 그날 난. 코에 반창고를 붙이고 있었다!

하루 우연은 항상 필연적인 순간에 찾아온다.

야구선수 에라 모르겠다!

〈자막〉 깽!

하루 공은 펜스를 넘어간다! 뛰어.

야구선수 뛰어!! 그 뒤로 난 10년째 야구를 하고 있다.

하루 애매한 재능은 악마의 재능이다.

야구선수 죽어라 노력했다. 진심도 쏟아봤다. 그렇지만 난 여전히 벤치 선수.

야구선수, 땅에 떨어진 배트를 주워들고서 다시 휘두른다.
멍하니 걸어가다 배트에 맞을 뻔하는 회사원.

야구선수 깜짝이야!!

회사원 아… 아깝네요…

야구선수 미쳤나봐!!

회사원 미쳐있진 않죠.

야구선수 이 아저씨가 죽으려고 환장했나!

회사원 … 죽으려고…

야구선수 아저씨! 아저씨…! (때린다)

회사원　야구선수, 이신가 봐요.

야구선수　보면 모르나.

회사원　뭐 하나만 여쭤봐도 될까요.

야구선수　나 바빠. 오늘 아주 중요한 선발 시합이 있단 말야. 방해 말고 가쇼.

회사원　야구… 선발 시합… 좋은 소재네요.

야구선수　아저씨가 보기엔 좋아 보이겠지. 매번 벤치선수인 나한텐 목숨보다도 중요한 일이라구.

회사원　야구를 좋아하시나요?

야구선수　야구? 좋아하니까 하겠지!! 그냥 뭐 하다보니까 그렇게 된 거지.

회사원　그래도 그걸 꼭 하겠다고 다짐했던 때가 있지 않았나요?

야구선수　어릴 때. 딱 한번 홈런을 쳤었거든. 우연히.

회사원　우연… 혹시 코에 붙은 반창고도 우연인가요?

야구선수　이거? 이건 내 부적이야. 이제는 안하면 허전하달까.

회사원　반창고를 보니, 친구와 야구경기를 보러 갔던 날이 생각난다. 10년 전 잠실에서 열렸던 프로야구 결승전.

야구선수　아~ 그 경기 명경기였지.

회사원　그랬죠. 경기가 다음 날까지 이어지고… 경기를 끝낸 선수의 등번호가.

야구선수　13번!

회사원　반창고가 트레이드 마크였던.

야구선수　맞아. 내가 제일 좋아하는 선수야.

회사원　무릎 부상으로 바람처럼 사라졌죠. (사이) 그 선수. 끝내기 홈런을 쳤을 때는 반창고를 떼고 있었습니다. 은퇴가 아쉽긴 했지만, 연습벌레로도 유명했고요.

야구선수　아니야. 분명 반창고를 붙이고 있었어.

회사원 그렇게 믿고 싶은 건 아닐까요. 야구도 엉덩이 싸움이라고 하더군요. 징크스라는 거 믿지 않아도 그만큼 노력했으면 언젠간 벤치에서 일어날 수 있지 않을까요.

야구선수 떠나가는 아저씨의 축 처진 어깨를 보고 있자니 문득 이런 생각이 든다. 나에게 밝은 내일이 존재할까. 내가 다시 9회 말 2아웃의 타석에 당당히 설 수 있는 날이 올 수 있을까. 그 순간이 다시 돌아와서, 다시 공을 치게 된다면 정말 그게 나의 발전이라고 말할 수 있을까.

하루 회사원은 현재, 버스정류장으로 향하는 길. 정류장 앞, 집에는 단란한 가족이 살고 있습니다. 그 집의 다락방에서 놀고 있는 한 아이.

아이 Ben!

하루 유창하네요! 조기교육이 확실합니다.

아이 Davis!

하루 잃어버린 반려견을 찾고 있는 듯합니다.

아이 Ben Davis!

하루 사실 Ben Davis는 무지개다리를 건넜습니다.

아이 Ben Davis는 늦잠꾸러기였어요. Ben Davis는 3650밤을 지낸 덩치 크고 성격 더럽고 침이나 질질 흘리고 다니는 그런 친구!

하루 Ben Davis가 사라졌던 그날로 돌아가 본다. 왈.

아이 늦잠꾸러기, 말썽꾸러기 Ben Davis. 그날은 유독 이상했어요. 잠도 평소보다 많이 자고 밥도 안 먹구. 짖지도 않고. 으이구 우리 못난이 삐졌어요?

하루 왈!

아이 산책 가고 싶다고?!

하루	왈왈왈!!
아이	간식 줄까?!
하루	왈오라왈오라왈왈!!! <u>으르르르르</u>.
아이	Ben Davis가 날 향해 짖는다. 왜 나한테 화만 내는 걸까.
하루	짖는다.
아이	짖는다.
하루	짖는다.
아이	짖는다.
하루	더 크게 짖는다!
아이	계속해서 짖는다!
하루	짖는다-
아이	짖는다-
하루	아이는 Ben Davis의 목줄을 푼다.
아이	이제 너 마음대로 살아!
하루	아이는 화가 나서 그대로 방으로.
아이	쾅!
하루	들-어간다. 하루가 멀다. 하고 방으로 들어간다.
아이	그날 이후 저의 가장 소중한 친구 Ben Davis는 말도 없이 사라졌어요. 하루 이틀이 지나도 돌아오지 않았어요.
하루	그날 이후 아이는 집 앞에서 친구를 기다리고 있습니다. 회사원 등장.

아이는 버스정류장에 앉아있는 회사원의 옆에 앉는다.

아이	(그림을 보여주며) 혹시 제 친구를 보신 적이 있나요.
회사원	멧돼지니?
아이	멧은 아닌데 돼지는 맞아요.

회사원   사진은 없니 ?

아이   (주머니에서 강아지 사진을 꺼낸다) 여기요.

회사원   아 이 친구. 출근길에 마주쳤는데.

[하루 / 버스 안내음을 흉내 내며] 7번 버스가 도착했습니다.

아이   아저씨!!! 제 친구 좀 같이 찾아주세요!

회사원   그 친구가 원하지 않았어도, 찾고 싶은 거니?

아이   네! 당연하죠!

회사원   그렇다면 이 버스를 타는 게 어때?

아이   왜요? 설마 납치? 싫어요. 안 돼요. 하지 마세요.

회사원   니 친구가 이틀 전에 이 버스를 탔거든.

아이   그치만 전 돈이 없는 걸요.

회사원   두 명이요.

[하루 / 버스 안내음을 흉내내며] 다인승입니다.

하루   버스는 매서운 속도로 달린다!

아이   아저씨~ 저희 집이 날아가요

아이   아저씨. 저 귀찮죠?

회사원   아니 괜찮아.

아이   Ben Davis는 어디서 내렸을까요? 돈도 없는데 버스는 어
떻게 탔지?

회사원   내가 태워줬어.

아이   왜요?

회사원   그 강아지가 원하는 것처럼 보였거든.

아이   아저씨도 제 친구랑 대화할 수 있는 거예요? 아저씨도 짖을

수 있는 거죠! 왈!!

회사원 말하지 않아도 알 수 있었어.

아이 말도 없이 누굴 따라갈 애는 아닌데.

회사원 나를 보는 것 같았어.

아이 누가 보고 있어요??

회사원 축 처져 있는 니 친구의 표정이. 나랑 매우 닮아있었어.

아이 아저씨도 침 흘려요?

회사원 너 죽는다는 게 뭔지는 아니?

아이 무지개다리를 건넌다는 거. 맞죠?

회사원 아이스러운 답변이네. (사이) 그 친구는 작별하고 싶어 했던 거야. 너랑.

아이 전 잘못한 게 없는데요? 짜증은 걔가 먼저 냈어요.

회사원 맞아. 너도 그 친구도, 잘못한 거 없어. 다 과정 중 하나인 거야.

하루 종점, 종점입니다.

회사원, 가출 아이. 버스에서 내린다. 버스 문 닫히는 소리가 들려온다.

회사원 저 언덕 위로 쭉 올라가봐.

아이 언덕 위 어디까지요?

회사원 그야 모르지. 쭉 가다보면 친구를 만날 수 있지 않을까.

아이 네! 감사합니다! (잠시 고민한다) 아저씨, 어깨 좀 피고 걸어요!

회사원, 아이는 언덕 위로 달리기 시작했다. 내가 괜한 오지랖을 부린 게 아닐까. (사이) 나조차도 지나간 과거를 붙잡아두고 살면서, 누군가에게 의미 없는 말을 해줄 자격이 있을까.

하루	회사원은 무작정 땅만 보며 지하철 승강장으로 걷기 시작한다. 자신의 어깨가 다른 사람들과 부딪히는 것도 모른 채. 청소부 등장.

지하철 승강장 소리 들려온다.

청소부	아!!!!!!!!!!!!!!!!!!!!!!!!!!!!!!!!!!!!!!! 무도 없군요. 휴. 청소는 언제나 짜릿!합니다. 틀을 잡고 경계를 맞추고 정리 정돈을 하고 무언가를 쓸고. 전 이곳 승강장에서 누군가가 남기고 간 쓰레기를 청소합니다!
하루	청소부는 사람과의 만남을 두려워한다. 인적이 없는 시간대. 그는, 지하철의 야간 청소부로 취직을 한다. 하지만 회사원과의 만남을 위해 인파가 가장 몰리는. 낮 시간대 청소부로 변경!!!!

사람들이 몰려나온다.

청소부	아!!!!!!!!!!!!!!!!!!!!!!!!!!!!!!!!!!!!! 무도 없지 않습니다!! 갑자기! 저의 청소 시간대가 변경됩니다. 운명의 장난일까요!!

하루	위기를 맞은 인물을 보는 건 언제나 짜릿!합니다. 분주히 사람들을 피해가며 청소를 하는 청소부의 앞에 심정지 환자가 등장!
청소부	이 또한 신의 장난일까요! 매뉴얼에 따라 심폐소생술을 해야 하는데!!!!
하루	결벽증을 앓고 있는 청소부는 쉽사리 인공호흡을 하지 못한다. 걱정스러운 눈빛으로 청소부를 바라보며 웅성대는

사람들.

다 같이, 웅성웅성… 웅성웅성… (청소부 첫 대사 동안 작게)

청소부 환자의 잇몸 사이 묻어있는 고춧가루. 누런 이빨. 새하얀 혓바닥. 아… 아… 아, 난 할 수 없다. 난 입을 맞출 수 없다!

하루 시점은 잠시 먼 과거로! 현재 청소부의 상태를 설명하기 위해 그의 고등학교 시절로 돌아가 본다.

청소부 고등학교 시절 만난 저의 첫 여자친구. 그때부터 전 다한증을 앓고 있었습니다. 물론 첫 연애가 선사하는 행복은 너무나도 컸지만. 전 그 아이의 손을 잡을 수 없었습니다.

하루 오빠는 내가 싫은 거야?

청소부 그럴 리가!!

하루 오빠는 항상 그런 식이야.

청소부 아니야!! 너가 생각하는 그런 거 아니야!!!

하루 됐어. 헤어져. 손도 안 잡을 거면 헤어졋!

청소부 아!!! 그때부터 저의 결벽증은 더욱 심해져 갑니다!!

하루 그 이후 청소부의 트라우마는 점차 심해져, 대인기피증상까지 보이게 된다. 시점은 다시 현재로!

청소부 난 입을 맞출 수 없다!!!

하루 그때 회사원 등장!

회사원, 빠르게 청소부의 손을 잡아 환자의 가슴 중앙에 올린다.
회사원은 인공호흡을 실시한다.

하루 둘은, 환자를 살리는데 성공한다.

회사원 죽음. 방금 죽음을 봤다. 죽을 뻔한 사람이 나에게 고맙다고 했다. 내가 죽게 된다면 누군가 알아주기는 할까. 죽었을 때 어떤 기분이었을까. 물어볼 걸 그랬다.

청소부, 잃어버린 손 소독제를 찾고 있다. 지하철 소리. 회사원, 청소부에게 다가간다.

회사원   저기요. 고생하셨습니다.

회사원 빠르게 지하철에 탑승한다.

청소부   아 네. 가. 감사합니다. 누군가가 남기고 간 따뜻한 마음씨. 내 손끝으로 전해지던 누군가의 심장 박동. 분명 난 남에게 다가가기를 꺼려해야 하는데. 유독 저 인간에게는 말을 걸어보고 싶었다.

하루   지하철에서 내린 회사원은 담배 한 갑을 사기 위해 편의점에 들른다.

편의점 벨 소리.

하루   20세 대학생. 그녀는 알바 중.
알바생   #해시태그. 알바 중. 아! 아니지. 촬영 준비 중.
하루   그녀는 쳇바퀴 같은 하루에 갇혀있다.
알바생   어서 오세요. #해시태그. 이상한 아저씨가 쳐다보는 중.
회사원   그녀가 이상한 눈빛으로 날 쳐다본다.
하루   인스타 라이브 방송 시작!
알바생   꾸러기들 안뇽~ 오늘은 얏! 편의점 광고 촬영 중~ 오늘 진

짜 너무 덥지~ 이럴 땐 내가 추천해준 뉴트로지나 파운데
이션 바르는 거 알지~? 어머! 이게 뭐야~ 여기 포켓몬 빵
도 있네~ 우리 꾸러기들 아~~ (저기요…) 앗 우리 꾸러기들
잠~시만~! (회사원에게) 아저씨! 잠시만 기다려주세요!! 큼
큼. 꾸러기들 오늘은 여기서 마무리 할게! 아! 내일 컨텐츠
는 두구두구두구 까르띠에 구경 예정~! 안녕~ / 네 좀 도
와 드릴까요?

회사원	아… 네… 말보루 한 갑이요.
알바생	아! 4500원이요!
회사원	감사합니다.
알바생	계산.
회사원	아. 잠시만요. (지갑을 찾는다)
하루	그때! 알바생의 동창들이 들어온다.

알바생, 회사원과 위치를 바꾼다.
입고 있던 조끼를 회사원에게 던지고 회사원의 뒤로 숨는다.

회사원	이… 게 무슨.
알바생	빨리 계산하고 보내요!!
하루	어? 얘 라방했네. 개지림 레알. 편의점 광고 촬영? 고딩 땐 찐따였는데. 아 개부럽. 나도 인생 역전 좀. 아저씨 여기 포켓몬 빵 없어요?
회사원	아 있습니다. 어… 없다네요. 아 네 없습니다.
하루	아~ 개 짜증. 레알. 그럼 말보루 하나요.
회사원	아 네… (삑- 효과음)
하루	떠나가는 동창들.

사이.

알바생　갔어요?

회사원　네.

알바생　감사합니다.

회사원　근데 이걸 왜 저한테…

알바생　그리고 오해하실까봐 말씀드리는 건데 쟤네 제 고딩 때 친구들이에요. 근데 사정이 조금 있어서. 아니 그렇다고 제가 절대 따돌림을 당했다거나 절대 그런 건 아니고, 그냥 제가 조금 사정이 있어서… 뭘 그렇게 아련하게 쳐다보시나. 뭐 사인이라도 해드려요?

회사원　괜찮습니다.

알바생　원래 사람들이 화려한 것만 좋아하잖아요. 이 빵만 봐도 그래요. 요즘 애들한테 유행은 필수거든요. 이런 걸로 시선을 확! 끌어줘야 한다구요. 그 과자는 이제 유행이 지나서 창고에 이만큼 쌓여있다니까요?

회사원　그렇군요. 질소포장된 덩어리가 뭐가 좋을까요.

알바생　네?

회사원　안녕히 계세요. (사이) 겉표지보다는 속에 있는 내용물이 중요한 거 아닐까요. 사람도 마찬가지고요.

하루　회사원 퇴장.

알바생　내용물… 흥. 뭐라는 거야. 포스기 마감, 포스기 마감, 포스기 정산, 포스기… 정산을 하다가 문득! 그런 생각이 듭니다! 하루의 1/24, 60분, 3600초. 살면서 한 시간 안에 할 수 있는 일은 너무 많다. 6시 기상, 7시 요가, 11시 쇼핑, 12시 경락마사지. 여기까지가 사람들이 아는 나의 삶. 하지만 그 이후 오후 12시부터 택배 상하차, 홀서빙, 배달, 막노동,

편의점 그 이후 3가지 알바를 더 마친 뒤 새벽 4시 마감. 후후후. 하지만 난 힘들지 않다! 왜냐! 난 특별한 사람이니까! 만약 먼 훗날 내 이름을 건 자서전이 나온다면 지금의 못난 모습들이, 반대로 내 자서전을 더 드라마틱하게 만들어 줄 것이다. 덤벼봐라~ 세상아~. (사이) 어? 좋은데? #해시태그 덤벼봐라 세상아!

회사원, 무대를 계속해서 걸어간다. 회사원을 쳐다보는 하루.

하루   편의점을 나온 회사원은 다시 길을 따라 걷는다. 다음, 탈옥수의 과거!

탈옥수   깊은 숨을 – 들이쉬는 중. 며칠 전 감옥에 있을 당시. 충격적인 소식을 듣게 됩니다!

[하루] 시한부 판정을 받게 된다.

탈옥수   이렇게 감옥에서 소리 소문도 없이 죽겠다는 생각. 이 머릿속을 스칩니다. 이렇게 죽을 수는 없었습니다! 간수들이 잠든 어스름한 새벽! 기회를 엿보다 헐레벌떡 철창을 넘는다. 뒤도 돌아보지 않고 뛰었습니다. 그리고 도착한.

[하루] 도시

탈옥수   도시. 마땅히 차비도 없고, 도움을 구할 사람도 없어 무작정 앞만 보고 달렸습니다. 우연히 횡단보도에서 마주쳤던 직장인이 알려줬던 길을 따라! 수많은 신호등과 수많은 횡단보도를 건너 도착한.

[하루] 회사

횡단보도 신호음 들려온다. 회사원과 헤어진 이후, 친구를 만나러 가지 못하고 횡단보도에 우두커니 서 있는 탈옥수. 회사원 또 다시 횡단보도로 돌아온다. 초록불이 되었다는 신호등의 음성이 들려온다. 하지만 건너지 않고 우두커니 서 있는 탈옥수와 회사원. 둘은 서로를 쳐다보진 않지만, 서로의 존재를 알아채고 대화를 이어간다.

하루 탈옥수는 동생이 다니던 회사 앞 횡단보도에 서 있다. 회사원, 다시 횡단보도로 돌아온다. 둘은, 대화를 시작한다.

회사원 안녕하세요.
탈옥수 네.
회사원 무사히. 도착하셨네요.
탈옥수 아. 퇴근하는 길이신가 봐?

사이.

탈옥수 혹시 소중한 사람한테 용서를 구해본 적 있어?
하루 둘은 횡단보도를 지나다니는 사람들을 쳐다본다. 그리고 손을 꼭 잡고. 횡단보도를 건너는 한 형제를 보게 된다.
탈옥수 나도 저랬던 때가 있었던 것 같은데.
회사원 누구에게나 행복했던 시절이 있기 마련이죠.
탈옥수 언제 이렇게 나이를 먹었는지도 모르겠다. 어릴 때는 동생이랑 정말 친구 같은 사이였는데. 지금은 남보다도 못하네.

동생이 저 회사에 취직했다는 소식을 들은 게 10년 전이었
는데.

회사원   자랑스러우셨겠어요.

탈옥수   그럼~ 자랑스러웠지. 애가 얼마나 의젓한지 나보다 형 같
았다니까. 사실 나랑 동생은 버려지기 전에 부모한테 매일
같이 맞으면서 자랐어. 그럴 때마다 절대 똑같은 사람이 되
지 말아야겠다고 다짐했는데.

회사원   삶이란 게 어떻게 될지 모르는 거잖아요.

탈옥수   그렇더라고. 어느 날. 술에 잔뜩 취해서 동생이랑 싸우고 걔
를 때린 거야. 날 때리던 부모처럼. 동생 이빨이 부서지고,
눈에 피멍이 든 걸 보고 나서야 술이 확 깨더라고. (사이) 이
제 와서 용서를 구하는 게 너무 늦은 건 아니겠지?

회사원   재밌네요. 어떤 결말이 나올지 예상도 안될 만큼. (사이) 결
말에 집착하지 마세요. 스스로 걷고자 했던 길을. 그대로 따
라가시면 되는 거예요. 그 과정이 중요한 거니까.

신호등   음 들려온다. 초록불이 되었다는 신호등의 음성이 들려온다.

회사원   여기 횡단보도 신호가 참 짧아요. 보행자한테 참 배려가 없
는 신호에요.

탈옥수, 빠르게 회사로 향한다. 그 모습을 지켜보는 회사원.

회사원   나에게도 용서를 구하고 싶은 친구가 있다. 나와 그 친구는
작가라는 같은 꿈을 꾸며 살아갔다. 이따금씩 그때 생각이
난다. 우린 서로의 이야기를 통해 서로를 알아갔고, 절대로
떠나가지 않겠다고 약속했다. 성인이 되고 나서도 글을 쓸
때면 그 친구는 항상, 나에게 이런 말을 했다.

'미사여구 좀 그만 붙여. 무슨 할 말이 그렇게 많다고. 남들은 너가 하는 말에 관심 없어. 좋은 글을 쓰는 건, 짜여진 구성과 결말을 보여주는 거야.'

회사원 라고 말하던 그 친구는 이어서 말을 덧붙인다. '그래서 말인데, 여기서 인물이 무슨 선택을 해야 할까. 도저히 결말을 지을 수가 없어.'

회사원 '결말에 집착하지 마. 지켜봐주는 노력이 필요한 거야. 인물이 알아서 결말을 지을 수 있게. 인물이 걸어간 길을 따라가 봐.' 우린 너무도 달랐지만, 같은 꿈을 꿨었다. 하지만 몇 년 뒤. 난 현실에 짓눌려 글 쓰는 것을 포기하고 출판사에 취직을 했다. 그렇지만 난 여전히 출판사 앞 횡단보도. 초록불이 켜진다. 고개를 든다. 건너려 하는데 횡단보도 건너편에는 그 친구가 서 있다. 여전히 손에는 원고들을 들고 서 있다. 우린 서로를 쳐다본다. 내가 이야기 속 등장인물이라면, 나는 그저 비극적 결말을 위한 도구. 가족에게 버림받고 꿈을 포기한 삶. 반복되는 하루 속에서 내일을 두려워하다 유일한 친구마저 잃어버린 인물. 노란불. 나는 남을 짓밟으며 이 사회를 버티고 있었다. 지금이라도 달려가서 말해야 할까. 다시 글을 쓰고 싶어졌다고 나는 너무 지쳤고 내 자리가 이곳이 아님을 이제야 알았다고. 빨간불. 그 친구가 뒤를 본다. 희미하게 보이는 그 친구의 얼굴에 그려진 알 수 없는 표정. 부끄럽다 나 자신에게. 그 친구는 자신이 걸어왔던 길을 되돌아간다. 내가 돌아갈 곳은 어디에도 남아있지 않다는 확신. 고개를 떨군다. 수많은 발걸음들. 나를 제외한. 수많은 이야기들이 전진을 준비하고 있다. 저들은 나를 제쳐놓고 전진할 것이다. 삶에서 죽음으로 정지에서 전진으로. 아무것도 내게 남아있지 않기에 나는 전진한다. 아직 여전히 빨간불. 이제 결말이 맺어질 시간이다.

회사원, 죽고자 했던 때와 같은 자세로.

사이.

회사원, 빨간 불. 건넌다.
하루, 건너지 않는다.
회사원, 건넌다.
하루, 건너지 않는다.
회사원, 건넌다.
하루, 건너지 않는다.

4장

글 쓰는 소리가 들려온다.

이틀   등장인물은?
하루   여섯 명 정도.
이틀   관계성은?
하루   출근길에 마주치는 사람들.
이틀   소재는?
하루   꿈, 친구, 후회, 허영, 결벽증… 시한부?
이틀   야 그건 너무 클리셰다.
하루   클리셰가 클래식인 거야… 세상에 새로운 게 어딨냐?
이틀   꽤나 상업작가 같은 소리를 하네.
하루   돈. 벌어야지.
이틀   더러운 자본주의!
하루   글이나 써.

사이.

하루   흔한 고아원 이야기.
고아원에서 자란 남자아이가 있었다.
두 아이는 자연스레 친해졌다.

이틀   너가 단어를 말하면 난 이야기를 만들어.

하루	내가 아무리 개떡 같은 단어를 말해도
이틀	난 찰떡같이 이야기를 만들 수 있으니까.

하루 아무것도 가지고 놀게 없었던 두 아이는 서로 단어를 뱉어 가며, 문장을 만들고 함께 글을 쓰고, 책을 읽으며 서로의 이야기로 이야기를 만들었다. 두 아이는 고아원을 나와 성인이 되고 나서도 함께 공모전을 준비하기도, 작업실을 알아보기도 하며 오랜 시간을 함께했다.

사이.

하루 여느 때와 다름없이 나는 글을 쓰다가. 글 속으로 들어가 있는 널 보며 나는 물었다. 여기서 이 인물이 무슨 선택을 해야 할까. 도저히 결말을 지을 수가 없어.

이틀 그야 모르지. 직접 물어봐.

하루 녀석은 항상 알 수 없는 말들을 늘어놓고는 했다.

이틀 결말에 집착하지 마. 지켜봐주는 노력이 필요한 거야. 인물이 알아서 결말을 지을 수 있게. 넌 그냥 인물이 걸어간 길을 그대로 따라가면 되는 거야.

하루 똑똑한 척하기는.

하루 야.

이틀 왜.

하루 우리 팀명 좀 별로야.

이틀 난 좋은데.

하루 아니 내가 이틀이고 니가 하루면. 내가 지는 느낌이잖아.

이틀 너가 지는 느낌 맞는데. 너 나보다 글 못 쓰잖아.

하루	나 간다.
이틀	가.
하루	어딜.
이틀	알았어. 그럼 너가 하루 해.
하루	그래. 무르기 없기다.
이틀	헛소리 말고, 가자.

글 쓰는 소리 멈춘다.

하루·이틀	우리는 글이 써지지 않을 때면 산책을 갔다. 자전거를 타고 길거리와 공터를 지나, 근처에서 가장 긴 노선을 가진 버스를 타고 내린 뒤 다시 지하철을 내려 가장 가까운 편의점에서 술을 마시고 담배를 폈다. 그리고 회사들이 들어선 골목길을 지나 10여 분을 걷다보면 수많은 교차로가 얽혀있는 횡단보도 앞 출판사.
이틀	더러운 자본주의!
하루	라고 이틀이는 말하곤 했다.

사람들이 지나다닌다. 하루와 이틀은 그들을 바라본다.

하루	우리는 그 횡단보도에서 신호를 기다리기도.
이틀	빨간불이 되기 직전 뛰어다니기도.
하루	느릿느릿 건너보기도 하며 수많은 사람들이 지닌 이야기를 소리쳐보곤 했다.
이틀	그렇게 시간을 보내고 다시 작업실로 돌아와.
하루	우리가 상상하며 소리쳤던 이야기들은 글이 되었다.

5장

하루   어느 날, 우리의 글은 멈췄다. 녀석은 떠나가기 몇 달 전부터. 나의 반대에도 불구하고 번듯한 직장 생활을 시작했다. 녀석이 없는 나의 글은 더 이상 어느 곳에서도 주목받지 못했다. 난 그 이후 대필작가 일을 해왔고 녀석과는 연락이 끊긴 지 오래였다. 그러다가 들려온 (사이) 그 애가, 죽었다는 소식.

    하루, 소포를 쳐다본다.

하루   그 애가 남기고 간 물건들. 안에는 고작 노트 한 권이 들어있었다. 노트에는 미완성의 문장들이 나열되어 있었다. 그리고 꽤나 정갈한 글씨체로 이런 글이 적혀있었다. 너의 글을 써라.

하루   그렇게, 그 녀석이 남겨둔 결말만을 가지고 난 미친 듯이 이야기를 쏟아내기 시작했다. 그 녀석을 이야기 속에서나마 살리고자 한 회사원의 이야기를 써나가기 시작했다. 그리고, 그 회사원이 살게 되는 결말을 맺었다.

    사이.

하루   이틀이의 행적을 쫓아본다. 고아원. 원장에게 묻는다. "혹시 이틀이가 최근에 방문한 적이 있나요" 원장은 고개를 젓는다. 이틀이가 죽었다는 소식을 전한다. 원장은 그게 누구냐는 표정을 짓는다. 나는 이틀이 친부의 집을 방문한다. 하지만 이틀이의 자리에는 다른 누군가가 대체되어 있다. 그리고 마지막으로 도착한, 출판사. 그때, 누군가 나의 어깨를 잡으며 "이틀 씨 일은 정말 안됐어요. 오신 김에 이틀 씨 짐 좀 챙겨가 주세요"라고 말한다. 이틀이의 짐은 창고 구석에 방치되어 있다. 나는 말없이 짐을 챙겼다. 그리고,

하루 닫혀있는 문을 열고 그 앞에 펼쳐진 이름 모를 길을 따라 걷고 또 걷는다. 그리고 도착한 집.

이틀이의 죽음은 여전히 이해가 되지 않는다.

하루 작가라는 부푼 꿈을 포기하고 회사원으로서 살아갔던 그 아이. 나의 상상 속 이틀이는 어떤 결말을 맞아야만 하는 걸까.

6장

하루 그리고 다시 횡단보도. 모든 이야기는 작가의 상상에서 출발한다. 그 아이라면 어떤 선택을 했을까. 이번만큼은 이틀이의 방식 그대로 회사원의 발자취를 따라가 볼 필요가 있다는 생각이 듭니다. 정해진 구성과 이야기가 아닌, 인물 그대로를 따라가 보는 것.

2막 시작.
탈옥수 등장. 탈옥수, 빨간불 신호 때 차도로 향하는 하루를 구해낸다. 탈옥수와 하루 함께 넘어진다.

[횡단보도 – 탈옥수]

탈옥수 이봐요! 지금 뭐하는 짓입니까!

하루 와!! 이거 정말 쉬운 일이 아니네요! 탈옥수 당신 지금 차에 치일 뻔했어.

탈옥수 공중분해!! 될 뻔했다!… 이거 어제 말했던 건데… 하루이틀 사이에 왜 이렇게 정신 못 차리는 사람들이 많아? (아파한다)

하루 몸이 더 안 좋아지셨네요.

탈옥수 어. 시한부야.

하루 시간이 얼마 안 남으셨을 텐데.

탈옥수 그러게. 시간이. (사이) 얼마 안 남았지.

하루 원하는 바는 이루셨나요.

탈옥수 원하는 바… '후회하면서 죽는 것 개죽음이 없어!!'라고 생각했는데… 어휴

사이.
길거리 소음 점차 잦아든다.

하루 얼마 전에 제 친구가 죽었어요.

탈옥수 죽는다는 건 너무나도 당연하니까.

하루 정말 절친한 친구라고 생각했는데. 연락이 오랫동안 끊겼었거든요.

탈옥수 그거 꼭 내 얘기 같네. (하루를 때리면서)

하루 죽은 건 제가 아닌 친구였는데도 왜인지 친구가 너무 원망스럽더라고요.

탈옥수 (사이) 내 동생도 날 그렇게 생각할 수도 있으려나.

하루 난 왜 말도 없이 떠나간 그 친구가 뭐가 좋다고 아직도…

탈옥수 나도 똑같아. 도망치면서 몇 번이나 내 생각을 번복했는지 몰라. 말해야겠다, 아니!… 말하지 말아야겠다 하면서.

하루 그래서 도달하신 결론이 있나요.

탈옥수 아직은 없지.

하루 그럼 전 어떻게 해야 하는 걸까요.

탈옥수 뭐… 나도 모르지! 그건 남겨진 사람 몫이 아닐까.

탈옥수, 주머니에서 편지와 펜을 꺼낸다.

탈옥수 이렇게 만난 것도 인연인데. 나 한 번만 도와줘.

하루	뭘요?
탈옥수	내가 말주변이 없는 편이라. 보고 읽을 게 없으면. 말이 안 나오더라고. 좀 도와줘.
하루	그치만. 제가…
탈옥수	딱 봐도 잘 쓰게 생겼네! 자 어깨 피고!!
하루	네 그럽시다. 솔직한 심정을 말씀해 주시면. 제가 정리해서 적어보겠습니다.
탈옥수	(목을 가다듬는다) 사랑하는 동생에게. 못난 형 올림.
하루	그 너무 연기하시는 것 같으세요. 편하게 낭독하듯이 해보실래요.
탈옥수	아 그래… 사랑하는 동생에게 못난 형 올림. 반갑다 이 새끼야. 형이 미안하다. 형이 진짜 개새끼다 이 개새끼야! 이 개 같은 세상에 개처럼 태어난 형이 개문제다!
하루	너무 무서워요. 뭐가 잘못됐어요. 잠시만요.
탈옥수	부끄러워서 못하겠어!!!!!
하루	제3자한테 말하듯이 해보실래요?
탈옥수	그동안 동생한테 연락 한 번 제대로 못해 미안했습니다. 우리가 헤어진 지 너무나도 오랜 세월이 지났지만. 단 하루도 잊은 적이 없습니다.
하루	그는 계속해서 편지를 읽어갔다.
탈옥수	간간이 동생의 소식을 들었습니다. 내가 떠나가고 나서도 나와 동생을 버린 부모와는 다르게 번듯한 직장을 가지고 꽤나 좋은 아버지가 되었다는 소식들. 믿지 못 하시겠지만. 동생이 매 순간 자랑스러웠습니다.
하루	어쩌면 이틀이도 나에게 저런 말들을 건네고 싶었을까.

탈옥수 아파한다. 신호등 소리 들려온다.

탈옥수	제가 죽기 전에 이 말을 전할 수 있겠죠?
하루	이건 굳이 필요 없을 것 같네요. 직접 말해주세요.

하루	탈옥수를 만나고, 난 계속 회사원의 길 위를 걸어가고 있습니다. 그리고 얼마 안 가 도착한 지하철 승강장. 생각에 잠기다. 잠에 든다.

청소부	아!!!!!!!!!!!!!무도 없는 승강장! 흐억! (사이) 취객일까요. 웬 이상한 아저씨가 누워있습니다. 칼퇴를 하기 위해선 이 몹쓸 병균덩어리를 내보내야 합니다!
하루	병균덩어리?
청소부	아!!!!!!!!!!!!
하루	말씀 좀 묻겠습니다!
청소부	다른 사람 알아보세요!!
하루	다른 사람이 없는 걸요!
청소부	이상한 아저씨다!!
하루	저 이상한 사람 아닙니다. 잠시만요!!!!
하루	제발 잠시만 시간 내주시면 안 될까요! 전 도움이 필요합니다!
청소부	도움… 도움이 필요한 사람!
하루	네 그렇습니다!
청소부	(사이) 어… 네… 도와드리죠.
하루	간단하게 질문 몇 가지만 하겠습니다. 시민영웅으로 등극하셨는데 소감이 궁금합니다.
청소부	저 혼자 한 게 아니었어요. 그 매번 여기 지하철을 이용하는 회사원 한 분이 계시거든요. 그분이 아니었으면 하지 못했을 겁니다.

하루	혹시 그때 그 회사원을 만나고 무엇이 가장 크게 변했나요.
청소부	어… 그래도 조금은… 사람을 마주볼 수 있게 된 거 같아요.
하루	그렇군요. 그 회사원을 만난 걸 후회하시나요.
청소부	(고민하다) 아니요.
하루	다시 돌아가도, 심폐소생을 하셨을까요.
청소부	사실 잘 모르겠어요. 그 아저씨가 없었다면. 그래도 아무리 저여도 반드시 했을 거라고 믿어주고 싶어요.

청소부 하루에게 악수를 건넨다.

하루	무엇이 그를 달라지게 만든 걸까. 인물들은 나에게. 무엇을 말하고 싶었던 것일까. 여전히 알 수 없는 질문들을 안고서, 회사원의 길 위를 걸어본다. 편의점과 공터. 두 인물의 필연적인 만남.

마감 후 퇴근길의 알바생, 그리고 여전히 연습을 하러 나온 야구선수. 야구선수, 실수로 알바생을 칠 뻔하다.

[편의점, 공터 – 알바생 / 야구선수]

알바생	편의점 마감을 하고 택배 상하차, 홀서빙, 배달, 막노동을 마친 뒤 집으로 가는 길.
야구선수	선발시합을 치르고 치기는 쳤는데 잘 쳤는지 못 쳤는지 에라 모르겠다. 연습을 하러 가는 길.
알바생	#해시태그. 감수성. 텅 빈 공터. 찰칵.
야구선수	분명 치기는 쳤는데. 플라잉 아웃. 점수는 냈는데 뛰지는 못

하고. 여전히 찜찜하다.

마감 후 퇴근길의 알바생, 그리고 여전히 연습을 하러 나온 야구선수. 야구선수, 운동 중 알바생을 발견한다.

알바생　아 깜짝이야!

야구선수　여긴 내 구역이니까 좀 비키지.

알바생　뭐하는 짓이야! 왜 남의 핸드폰을 가져가고 난리야.

야구선수　다른 데 가서 찍으라고.

알바생　근데 어쩌지. 난 이 자리가 너무 좋은데.

야구선수　하. 너 진짜 혼나고 싶구나?

알바생　하. 꼬마야. 자야할 시간 아니니?

야구선수　키는 내가 더 큰데?

알바생　너 몇 살이니?

야구선수　고3이다 왜.

알바생　역시! 어린놈의 자식들은 싸가지 없다! #해시태그 야구하는 찐따.

야구선수　지금 그걸 혼잣말이라고 한 거냐?

알바생　언니가 지금 피곤하니까 봐준다.

야구선수　피곤하긴. 어디서 술이나 퍼마셨겠지.

알바생　야 나 일하고 왔거든? 아~ 운동만 해서 현실감각이 없구나.

야구선수　현실감각? 현실감각이 없는 건 니 말투고. 너 말투 존나 재수 없어. 편순이 주제에.

알바생　뭐? 편순이? 경기에도 못 서는 야구선수 주제에, 그 정도 해서 안 되면 안 되는 거 아니니?

야구선수　그 정도? 너가 말하는 그 정도가 뭔데?

알바생　그 정도! 나는 매일이 전쟁이야.

야구선수　우리도 매일이 전쟁이야.

알바생　매일 같이 알바하고 촬영하는 게 쉬운 줄 알아?

야구선수　아침부터 저녁까지 연습만 하는 게 얼마나 힘든지 알아?

알바생　모르는 사람한테 욕먹는 기분을 니가 알아?

야구선수　알아!

알바생　항상 웃어야 되는 기분을 니가 알아!

야구선수　알아! 매일 죽어라 달리기만 하는 기분을 알아!

알바생　알아!

야구선수　하루만 실수해도, 뒤처지는 기분을 니가 알아!

알바생　알아!

야구선수　난 선발대회에 꼭 붙고 싶단 말이야!!

알바생　나도 꼭 성공하고 싶단 말이야!!

투게더　더 이상. 무시받기 싫단 말이야! 왜냐면 난, 왜냐면 난, 왜냐면 난. 항상 혼자였으니까.

알바생　분명 그렇다고 생각했는데.

야구선수　친구 따위는 없다고 생각했는데.

알바생　매일 똑같은 쳇바퀴 속에서.

야구선수　벗어날 수 없다고.

알바생　분명 그렇다고 믿었는데.

야구선수　왜일까. 저 사람은.

알바생　저 아이는.

투게더　왜 나와 닮아있는 걸까.

알바생　저기 괜찮으면, 맥주나 한잔 할래?

야구선수　너 마감했다며?

알바생　문이야 다시 열면 그만이지.

야구선수　그거 괜찮은 생각이네

알바생　너 근데 19살 아냐?

야구선수 나 20살. 유급했어.

알바생 그럼 우리 동갑이네.

야구선수 그러게, 동갑이네

하루 저기.

알·야 뭐요!

하루 말씀 좀 묻겠습니다. 혹시 이렇게 생긴 사람 보신 적 있나요.

알·야 (고민한다) 아!

알바생 담배를 사러왔던.

야구선수 공터에 앉아있던.

알바생 이해 안 가는 말을 했었던.

야구선수 왜인지 모를 용기를 줬던.

알·야 그 회사원 아저씨.

알바생 오늘은 못 봤어요. 넌 봤어?

야구선수 아니. 나도 오늘은 못 봤어.

알·야 근데 왜요?!

하루 제 친구인데. 꼭 만나야 하거든요. 어디로 갔을까요.

알바생 정확히 어딘지는 몰라도. 늘상 가는 곳으로 향하긴 했어요!

야구선수 출근하는 길이었던 거 같기도 하고.

[Ben Davis 가 있는 언덕 – 가출한 아이]

아이 Ben Davis가 사라진 지 삼 일째에요! 그때! 버스에서 아저씨가 가리켰던 언덕을 향해 달려가는 길! 언덕에 도착하고 아무리 풀숲을 뒤져봐도 Ben Davis가 보이질 않아요!

하루 뭘. 그렇게 멀뚱멀뚱 찾고 있어.

아이 싫어요. 안 돼요 하지 마세요!

하루 버스 아저씨 친구야. 니 친구 찾는 거 도와줄게.

아이	아저씨!
하루	아저씨 아니야.
아이	그럼 오…
하루	그냥 아저씨라고 해라.
아이	버스 아저씨랑 아저씨는 진짜! 친구예요?
하루	그랬지. 예전에는.
아이	왜 오늘은 같이 안 왔어요?!
하루	오늘 하루는 내가 대신해서 걷고 있거든.
아이	아저씨는 뭐하는 사람이에요?
하루	난 글 쓰는 사람이지.
아이	글 쓰는 거 재밌어요?
하루	일을 재밌어서 하나.
아이	재밌지도 않은 걸 왜 해요?
하루	그야 해야 되니까 하는 거지.
아이	아저씨는 글을 왜 쓰는데요?
하루	끝을 알고 싶어서.
아이	아저씨! 잘 좀 찾아봐요!
하루	니 친구는 여기 없을 거야.

사이.

아이	아저씨는 제 친구 어딨는지 알아요?
하루	그 친구가 원하지 않았는데도 알고 싶어?
아이	네 당연하죠! 버스 아저씨랑 비슷한 말을 하네요!
하루	너가 원하면 데려다 줄게! 너한테 그만큼 중요한 과정이니까. 난 아이와 함께, 언덕 위로 걷기 시작한다. 터벅터벅 걸었다. 스무 걸음도 채 걷지 않았을 때.

하루	아이는 힘없이 누워있는 친구를 마주한다. 친구를 흔들어 보지만, 반응이 없다. 산책을 가자고 해도, 간식을 준다 해도, 반응이 없다. 친구는 축 늘어진 채로. 아이를 반기지도, 짖지도 않으며. 그냥 그 자리에 가만히 누워있다. 아이는 서서히 뒷걸음질치다 친구의 반대편으로 달린다. 수많은 추억들을 지나, 수많은 이야기들을 지나, 과거와 추억 속에서 빠져나오지 못하고 계속해서, 계속해서, 계속해서 달린다.

아이	짖는다!
하루	짖지 않는다.
아이	짖는다!
하루	짖지 않는다.
아이	짖지 않는다.

아이, 무작정 달리기 시작한다. 죽어있는 강아지의 모습을 외면하고자 계속해서 달린다. 그리고 이내. 다시 돌아온다.

사이.

아이	뭐하고 있어요?
하루	묻어주려고.
아이	이게 죽는다는 거예요?
하루	응. 무지개다리를 건너는 거.
아이	아파할까요?
하루	아니. 전혀.
아이	제가 싫어서 떠난 걸까요?
하루	그건 더더욱 아니야.

아이	이게 제 친구가 원하는 걸까요?
하루	아마도.
아이	그럼 저도 같이 할래요.

하루	아이는 조심스레 친구를 묻어준다. *Ben Davis*의 편지. 아이에게.
아이	쓸모없는 버려진 존재로부터.

아이	돌아가고 싶진 않아요?
하루	언제로?
아이	과거의 어느 날로요.
하루	넌?
아이	잘 모르겠어요.
하루	난 안 돌아가.
아이	왜요?
하루	돌아가봤자 달라지는 건 없으니까
아이	그 아저씨도 그렇게 말했었는데.
하루	달라지는 건 없다고.
아이	힘없이 축 늘어져 있던 아저씨.
하루	분명 그렇게 말했는데.
아이	그 아저씨가 아니었다면 친구를 만나지 못했을 거예요.
하루	난 이제 어디로 가야하는 걸까.
아이	덕분에 친구를 찾을 수 있게 해준 버스 아저씨. 아저씨. 그래도 전 가끔은 돌아가 볼 거예요!

하루	아이는 웃으며 떠나간다. 과거를 추억할 수 있게 된 채로. 자신만의 현실을 받아들인 채로. 모든 인물들은 다 각자의 결

말을 향해 뛰어간다. 하지만 난 여기 이야기 속에 갇혀있다. 회사원의 이야기는 점차 하루 이틀의 이야기로. 내가 외면했던 사실들이 떠오른다. 그날, 이틀이와의 마지막 기억이 떠오른다. 분명, 난 여느 때와 다름없이 대필원고들을 들고 집을 나섰다. 우리가 매일 같이 산책하던 경로를 따라 걸었다. 익숙한 풍경들이 이야기 속에 채워진다. 채워지고, 지워진다. 이야기는 계속해서 진행된다. 나는 마주하고 싶지 않은 결말을 향해 걸어간다. 누군가들의 이야기가 정지해 있다 다시 전진한다. 그리고 새로운 이야기들로 채워진다. 각자만의 결말 앞에 서 있는 인물들을 지나친다. 내가 작가로서 맺고 싶지 않았던 결말. 그리고 그 이야기가 펼쳐질 마지막 장소를 향해. 난 계속해서, 계속해서 걷는다. 그리고,

[하루-이틀의 마지막 이야기]

하루　횡단보도. 이야기의 끝은 여전히 이곳. 그리고 그날의 기억.

비가 세차게 내리던 날. 나는, 대필작업물을 들고서 여기 횡단보도에 서 있다. 멍하니, 출판사를 쳐다보고 있다.

초록불. 사람들이 일제히 걸어 나간다. 각자의 이야기를 실은 채로 움직인다. 그리고 나의 맞은편에 오래 전 친구였지만 지금은 갈라선 그 녀석이 서 있다. 난 건너지 못한다.
노란불. 신호는 속절없이 지나간다. 그렇지만 나와 그 녀석은 서 있다. 번듯한 양복차림의 이틀이와, 여전히 과거의 미련한 꿈에서 벗어나지 못한 내가 서로를 빤히 쳐다보고 있다.
빨간불. 나와 이틀이는 신호를 건너지 못했다. 나는 집으로 발길을

돌린다. 그리고 도망친다.

하루   난 무작정 도망쳤다. 미친 사람처럼 뛰고 또 뛴다.

회사원 유일한 친구였던 그 녀석이 떠나가기 시작한다.

하루   친구는 나에게만 이 종이 쪼가리를 하나 남기고 갔다.

회사원 뻔한 이야기. 내가 이야기의 결말은 오로지 비극뿐이다.

하루   흔한 회사원의 자살은 그 누구도 알아주지 않았다.

회사원 수많은 이야기가 오고 가는 이곳에서.

하루   친구는 횡단보도에서 죽기를 택했다.

회사원 내 인생은 그저 지루하고 무료한 비극의 연속.

하루   나는 친구가 떠나가는 그날까지도. 그 친구를 원망했다. 부끄러웠다.

회사원 나 자신에게. 내 인생에 이런 극적인 순간이 있었을까. 더 이상의 도망침은 없다.

하루   난 친구의 죽음을 외면했다.

회사원 난 다시 신호를 기다리고 있다.

하루   남겨진 누구도 이틀이를 추억하지 않았다.

회사원 나에게 돌아갈 곳은 없다.

하루   난 그 친구의 죽음을 여전히 이해할 수 없다.

회사원 (고개를 든다) 나뿐만이 아닌 모두가 각자 자신들의 이야기를 끝맺으려 정지와 전진을 반복한다. 하지만 내가 여기 당도하게 된 것은 나의 이야기를 끝내기 위해 그리고 누군가가 정해 놓은 대로가 아닌 나 스스로가 내린 결정 속에서 난 완전한 결말을 맞는다.

하루, 회사원이 걸어갔던 길을 뛰어다닌다. 회사원은 정지된 상태에서, 죽음을 맞는다.

7장

하루　돌아가고 싶진 않아?

이틀　언제로.

하루　과거의 어느 날로.

이틀　돌아가도. 달라질 게 있을까?

하루　그야 모르지.

이틀　난 돌아가지 않을 거야.

하루　왜.

이틀　끝을 알고 싶어서.

하루　녀석은 항상 알 수 없는 말들을 했다.

이틀　그래도 가끔은. 돌아가 보고는 싶어.

하루　우리는 그렇게 아무 말 없이.

이틀　신호를 기다린다.

하루　서로를 쳐다보며.

회사원　신호가 열린다.

하루　빨간 불이 되기 직전.

회사원　건넌다.

하루　건너지 않는다.

회사원　건넌다.

하루　건너지 않아야 하는데.

회사원　왜 난 건너고 있는 걸까.

하루　횡단보도의 정중앙에

회사원   나는.

하루   그 아이는.

하루·회사원 멈춰 선다.

하루, 글을 쓰는 행위를 하다. 책을 닫는다.

암전.

8장/ 막

하루   결말을 내고서는 집을 나섰다. 닫혀있는 문을 열고 그 앞에 펼쳐진 이름 모를 길을 따라 나는 걷고 또 걸었다. 그리고, 그 애가 다녔던 출판사에 우리의 이야기를 던진다.

사이.

몇 개월 뒤. 우리의 이야기는 한 공모전에 뽑히게 되었고, 누군가들의 손을 타서 대학로의 한 공연장에서 공연을 올리게 되었다.
난 그 공연을 보러 가지 않았다. 아니 갈 수 없었다. 공연 마지막 날. 관객과의 대화 시간.
나는 작가로서 초청을 받았고 (사이) 집을 나섰다. 그리고 도착한 공연장.

'관객과의 대화 시간' 자막이 뜬다. 객석 조명이 켜진다.
하루는 무대의 가운데 앉아있다.

하루   관객들의 질문세례와 배우들의 감사인사가 오갔다. 난 그 사이에서 가만히 있었다.
부끄러웠다. 나 자신에게. 그러다. 관객 중 누군가 나에게 말을 걸었다.

'참 회사원다운 결말이었다. 별 볼일 없었지만. 왜인지 모르

게 살아갈 이유가 한 가지 더 늘어났다'

고, 말했다. 그 이후 집을 어떻게 돌아왔는지는 기억나지 않는다. 묵묵히 걸어왔다. 집에 도착하자마자 난 다시 책을 폈다. 회사원의 결말은 그 과정 속에서. 인물들에게 희망이라는 씨앗을 뿌린 채 글로써나마 남게 되었다.

하루, 책을 덮는다. 무대 위를 쳐다본다. 서서히 암전.
이틀과 하루만을 비추고 있다.
1장과 같은 구도로 앉아있다.
이틀은 글을 쓴다. 하루는 이틀을 바라본다.

사이.

이틀 결말에 집착하지 마. 지켜봐주는 노력이 필요한 거야. 알아서 결말을 지을 수 있게. 넌 그냥 인물이 걸어간 길을 그대로 따라가면 되는 거야. 그렇게, 닫혀 있는 문을 열고. 그 앞에 펼쳐진 길을 따라. 걷고 또 걷다보면. 보일 거야.

하루, 무대에서 내려와 객석 쪽을 향한다. 걷는다. 하루, 문 앞에 선다. 문을 열고 나간다.

막.

작가의 말

| 무지성의 집단지성 – 회사원 이야기

| 김승철

이야기는 우리의 삶을 담고 있습니다. 그러한 이야기가 쌓이다 보면 어느샌가 우리는 길을 잃기도 합니다. 예상치 못했던 결말을 맞을까, 혹은 원치 않은 결말을 맞을까 두려움에 떨기도 하겠죠. 우리 모두가 제각기 다른 모습을 하고 있는 것처럼, 누군가는 이야기 속에서 쉼표를 또 다른 누군가는 온점을 남기기도 합니다. 길을 잃었다 생각했을 땐, 본인이 이야기 속에서 남긴 발자취를 따라가 보세요. 그럼 그 과정 속에 본인이 찾고자 하는 무언가를 발견할 수 있을 겁니다.

숨의 무게

극작 : 김희경

한 명의 배우가 모든 역을 연기한다.
육지에서의 모든 소리는 먹먹하게 들린다.

1장

어둠 속 마스크 안 숨소리. 마스크를 쓴 K가 보인다. K가 마스크를 벗는다. 앞으로 걷는다. 비틀거린다.

K   어지러워요. 물속에서 나와 땅을 밟을 때면 마치 멀미라도 하는 듯 울렁거립니다.

한 발자국 더 걷는다. 비틀거린다.

K   일을 끝내고 집에서 누워 쉴 때도, 이 어지러움은 사라지지 않아요. 오랜만에 잠수일을 쉬고, 병원에 가기로 합니다.

K가 병원에 간다. 먹먹한 병원 소리.

음성   성함이 어떻게 되세요?
K   K.
음성   어디가 불편해서 오셨나요?
K   어지러워서요.

K가 진료실 의자에 앉는다.

음성   검사 결과 아무런 이상도 없습니다. 말씀드리기 조심스럽지만, 정신과 진료를 받아보는 건 어떠세요?

K, 이상이 없다는 의사의 말에 저는 병원을 나와 바다로 향합니다.

K가 비틀거리며 밖으로 나와 바다로 향한다.
파도 소리(파도 소리는 병원의 소리와 다르게 선명하다)
K가 바다를 바라보며 크게 심호흡한다.

K   아내는 바다를 좋아했습니다. 바다에 자신의 유골을 뿌려
       달라고 부탁할 만큼. 그녀는 가끔씩, 병원에 누워있는 와중
       에도 바다에 데려가 달라며 졸라댔습니다.
       '바다 속에서 살고 싶어.' 아내는 내 손을 잡은 채, 바다를
       멍하니 바라보며 나지막하게 속삭이곤 했습니다.

       전화벨이 울린다.

음성   K, 오랜만이야. 잘 지냈어? 이번에 우리 연구소에서 모트에
       있는 블루홀을 조사하기로 했어. 그레이트 블루홀 말이야.
       그 아래 수중동굴을 탐사할 베테랑 잠수사들을 구하고 있
       는데… 생각 없어?
K   블루홀. 남미 끝자락에 있는 나라 모트에는 세상에서 가장
       큰 블루홀인 그레이트 블루홀이 있습니다. 빗물에 침식된
       지대가 침수되면서 바다에 거대한 구멍이 난 것처럼 보이
       는 곳이에요. 바다의 블랙홀이라고도 불리죠. 블루홀 아래
       엔 무엇이 있는지 아무도 모릅니다.

       사이.
       수많은 다이버들이 죽어가는 곳.

사이.
저는 이곳에 가기로 합니다.

2장

비행기 소리 들린다. 공항의 시끄러운 사람들 소리.
K, 비행기에서 내린다.

K   내리자마자 덥고 습한 공기가 훅 끼쳐옵니다

       K, 비틀거린다. 호객행위를 하는 시끄러운 온갖 사람들.

K   택시!

       K가 택시에 올라탄다.

K   바다로 가주세요.

K   얼마 가지 않았는데도 벌써 해안선이 보이네요. 저는 택시에서 내려 해안선을 따라 걷기 시작합니다.

       바다 소리.

K   바닷물이 너무 투명해서 수평선이 어디인지 알 수 없을 정도예요. 저는 강한 햇빛에 부신 눈을 찡그려가며 거대한 바위에 부서지는 흰 포말을 구경합니다.

       K가 소녀와 거대한 고래 석상 그림자를 발견한다.

K　　　석상 밑 안내판엔 '바다의 거인. 고래'라고 적혀있습니다.
그 아래 기도하고 있는 한 아이가 보입니다.
저는 한참 동안 그 고래와 아이를 바라보았습니다. 무엇을
위해 기도하는 걸까요.
본격적인 탐사일까지는 열흘 정도가 남았고, 저는 매일 이
곳에 와서 기도하는 아이와 고래의 석상을 바라봅니다.
기도는 소용없을 거라는 사실을 알지만, 아이에게 그런 말
을 하지는 않습니다.

3장

K   드디어 탐사 시작일입니다.

K가 잠수 마스크, 전등 등 장비를 챙겨 배에 올라탄다. 파도 소리.

K   오늘은 동굴 안쪽까지 깊이 가진 않을 겁니다. 입구 근처를 조사하고, 새로운 미생물이 있을지도 모르는 바닷물을 채취할 거예요. 첫날이라, 채취가 끝나면 동굴 밖으로 나와 더 깊은 곳으로 내려가 한번 둘러보기로 했습니다.

K   블루홀엔 다른 잠수사들과 함께 들어갈 겁니다. 혼자 잠수하는 건 자살행위나 다름없으니까요. 다른 잠수사들이 제게 말을 겁니다. 안녕하세요.

K   시끄럽게 떠들어대는 그들에게 적당히 대꾸해주고 다시 앞을 바라봅니다. 불편해하는 제 표정을 읽은 건지, 제게 더 이상 말을 걸지는 않네요.

K   블루홀이 보이기 시작합니다.

K가 마스크를 쓴다. 손목의 시계를 만진다. 잠수한다. 물소리와 마스크 안 숨소리 계속 들린다.

K   커다란 검은 구덩이. 바다가 검은 아가리를 쩍 벌려 저를 삼킬 준비를 하고 있었습니다. 제가 들어오기만을 기다리는 것 같았어요. 이제 그 안으로, 들어갑니다.

K   물속으로 들어가자마자 미약하게 남아있던 어지러움마저 전부 사라집니다.

무대가 점점 어두워진다. K가 손전등을 킨다.

K   저는 작은 병을 꺼내 물을 담습니다. 이걸로 오늘의 임무는 끝이에요.
한 번도 본 적 없는 물고기들이 헤엄치고 있어요. 눈이 아주 커다란 물고기 한 마리가 제게 다가옵니다. 저는 조심스럽게 손을 대어봅니다. 물고기가 입을 뻐끔거리며 제 손에 관심을 보이네요.
다른 잠수부가 이제 슬슬 올라가자는 수신호를 보냅니다. 다른 이들을 따라 위로 올라가려는 찰나, 은색으로 빛나는 물고기 하나가 지나갑니다.
저는 홀린 듯 그 물고기를 쫓아가요. 손을 뻗어 그것에 닿으려할 때, 무언가 저를 아래로 잡아당깁니다. 강한 물살이 저를 아래로 가라앉히고 있어요.

다이빙 시계가 울린다.

발버둥을 쳐보지만 소용없습니다. 검은 구덩이가 저를 빨아들이고 있어요. 잠수부들이 내려가는 저를 발견하고 손을 뻗으며 다가옵니다.

아래에서 엄청나게 큰 공기방울이 올라와 저와 다른 이들의 시야를 가립니다. 그리고 저는 보이지도 않는 캄캄한 아래로.

무대가 점점 어두워진다. 손전등을 킨다.

어디까지 내려온 걸까요.

한쪽에서 무언가 빛난다. K가 그곳을 향해 다가간다. 낮은 고래 울음소리.

K   고래?

고래의 그림자. 고래가 입을 쩍 벌려 K를 삼킨다.
암전.

4장

점점 밝아지지만 여전히 어두운 무대. 빗소리가 들린다.

K 비가 와요. 저는 그 비를 맞으며 한참을 어둠 속에 서 있습니다. 쏟아지는 비에 눈을 뜰 수가 없습니다. 눈을 뜬다고 해도 어둠 때문에 앞이 보이진 않겠지만, 그래도 눈가의 물을 닦아내고, 또 닦아냅니다. 다행히 빗물 때문인지 어지럽지는 않아요.
이제는 앞으로 나아가야 할 때입니다. 어디로 향하는지도 알 수 없는 어둠 속에서 한걸음, 한걸음. 비는 계속해서 쏟아져 점점 바닥을 채우기 시작합니다.

K가 앞으로 조금씩 걸어 나온다. 여전히 어둠 속이다.

완전한 어둠 속을 걷다보면 물속에 있는 것처럼 몸이 붕 떠오르는 듯. 내가 땅을 밟고 있는 것인지, 땅이 내 다리를 밀어내는 것인지 헷갈릴 때가 있어요. 왼손과 오른손. 다섯 개의 손가락.

K가 한참동안 자신의 손을 빛에 비추어보며 바라보고 관찰한다.

두드러진 푸른 핏줄, 자유롭게 구부러지는 관절들. 어쩐지 조금 징그럽습니다. 제 것이 아닌 것 같아요.

순간, 어깨를 두드리는 감각.

K가 흠칫 놀란다.

저는 그 감각을 무시하고 앞으로 나아가기 시작합니다.
뒤돌면 안 돼. 뒤돌면 안 돼. 앞을 보자. 무시하자. 앞으로
가자.
저는 이렇게 계속 되뇌며 앞으로 한 발, 한 발.
심장이 두근거리고, 손에 땀이 흐르고, 온몸의 모든 감각들
이 날세워집니다. 빗물이 점점 차올라 앞으로 걸어가는 것
이 벅차요.
뒤돌면 안 돼. 뒤돌면 안 돼.
이제 빗물은 제 목 끝까지.

K의 숨소리가 거칠어진다. 숨을 크게 들이키고 물속으로 잠수한다.
헤엄친다.
갑자기 빛 한줄기가 강하게 K를 비춘다.
K가 홀린 듯 그곳을 향해 나아간다. K의 그림자가 비친다.
K가 그 그림자를 바라보고 있다. K의 그림자가 고래의 그림자로 변
한다.

K   이상해요. 제 꿈에 다른 것이 나오는 것은 처음입니다.

물소리가 들리고, 고래의 울음소리가 들리기 시작한다.

고래가 제게 무언갈 말하고 있는 것 같아요.

K가 고래 그림자를 향해 나아간다. 건드린다.
뿌우우 울리는 소리. K가 고래로 변한다.

고래 내게도 지느러미와 꼬리 대신 팔과 다리가 있었다. 느릿하게 분에 한두 번씩 뛰는 심장 대신 빠르고 크게 두근대는 심장과 흐릿한 눈 대신 멀리까지 뚜렷하게 보이는 눈까지도 난 있었다. 유일하게 지금과 같은 것이 있다면, 나는 여전히 혼자라는 사실이다.
끝없이 펼쳐진 메마른 땅과 높이를 가늠할 수 없는 무한한 하늘.
뜨거운 햇빛을 온몸으로 느껴보기도, 하늘을 올려다보며 반짝이는 별의 개수를 세어보기도 한다. 하나, 둘, 셋, 넷, 다섯… 어제는 보이지 않던 별 하나가 새로 반짝인다.

고래가 자리에 앉는다.

혹여나 누군가가 날 찾아오지는 않을지, 이곳을 지나치지는 않을까 하며 항상 귀를 쫑긋 세워댔고, 덕분에 내 귀는 아주 밝았다. 잠깐의 부스럭대는 소리에도 나는 벌떡 일어나 저 먼 지평선을 바라보곤 했다. 가끔은 누군가 아주 멀리 존재할지도 모른다는 생각에 우렁차게 노래를 부르기도 했다.

내 노래가 누군가에게 닿는 날이 올까.
나는 끝없는 황무지 위를 다시 걷는다.

고래가 걸음을 멈춘다.

너무나도 울적할 때면 직접 만든 피리로 검은 새들을 유혹한다.

고래가 피리를 분다.

피리 소리에 놀러왔던 검은 새들은 내가 그들의 친구가 아니라는 사실을 깨닫고 다시 날개를 퍼덕이며 내 곁을 떠나간다.
수 초에 불과한 그 순간을 위해 폐가 아파올 때까지 온종일 피리를 불어대는 날도 있었다.

고래가 날아가는 새를 향해 손을 뻗는다. 달린다.

날아가는 새들을 쫓아 이 메마른 땅을 심장이 터질 때까지 달린다!

새가 멀리 날아가 사라진다. 고래가 멈춘다. 숨을 거칠게 몰아쉰다.

왜 눈물이 나는 걸까. 오랜만에 터져버린 눈물은 그칠 줄을 모르고 하염없이 흐르기만 한다. 메마른 땅이 축축해진다.
어?

고래가 바닥에서 새싹을 발견한다.

새싹을 보는 게 얼마만인지 모르겠다. 간혹 있던 새싹들은 하루도 버티지 못하고 모두 죽었으니까. 작고, 푸른 새싹.

고래가 자리에 앉아 새싹을 관찰한다.

왜 새싹들은 모두 죽어버리는 걸까. 이것도 내일이면 곧 푸른빛을 잃고 말라비틀어지겠지.
내일 네가 사라질 때까지 옆에 있어줄게.

고래가 새싹을 한참이나 바라본다.

짙은 푸른색. 새싹에게서 눈을 뗄 수가 없었다. 내가 볼 수 있는 푸른색이라곤 한낮의 연한 하늘뿐이다. 잠이 밀려와 감기는 눈을 억지로 부릅뜬다. 오늘이 지나면 이 짙은 푸른빛이 사라질 테니까.
이상하다. 한참이 지나 태양이 뜰 때가 되었는데도 새싹은 시들어가지 않고 쌩쌩하기만 하다.
새싹이 삐죽 고개를 든다. 어제보다 아주 조금, 자란 것만도 같았다.

고래가 웃는다.
고래가 새싹 주위를 빙글빙글 돈다.

이렇게 오래 산 새싹은 네가 처음이야.
내일도, 내일도 네가 살아있으면 좋겠어.
밤이 되었는데도 새싹은 그대로다.
죽지 않았어!
새싹이 오늘 아침보다도 더 자란 것 같다.

고래가 새싹의 길이를 가늠한다.

얼마나 커질 수 있을까.

고래가 새싹 옆에 앉아 밤하늘을 바라본다.

오늘은 피리를 불지도, 노래를 부르지도 않았다. 그럴 필요
가 없으니까.
하나, 둘, 셋, 넷, 다섯, 여섯… 별의 수가 점점 많아져.
다 어디서 오는 걸까? 어떻게 생각해?

고래가 새싹에게 말을 건다.

네가 내일도 살아있으면 좋겠어.
내가 피리도 불어주고, 검은 새들도 보여주고, 노래도 불러
줄게.

고래가 새싹 옆에 눕는다.

잘 자.

고래가 눈을 뜬다. 일어나 새싹을 본다.

왜 그래? 왜 비틀거리는 거야?

고래가 눈물을 흘린다.

사실 떠날 걸 알고 있었는데, 괜한 기대는 자꾸만 눈물이 나
게 만든다. 이제 이 새싹도 죽을 것이다. 다른 새싹들처럼.

한참 동안 앉아서 눈물을 흘려대고 나니 눈이 따가웠다.
어.
시들거렸던 새싹이 다시 쌩쌩해졌다.
왜지? 왜일까?

고래가 새싹 주변을 샅샅이 살펴본다.

뭐가 새싹을 살아나게 만든 걸까?

고래가 땅을 매만진다.

아. 문득, 내 눈에서 흐른 눈물 때문일지도 모른다는 생각이
들었다. 새싹을 발견한 그날에도, 나는 울고 있었다!

고래가 웃는다.

내가 널 위해 매일 눈물을 흘려줄게.
노래도 불러주고, 피리도 불어줄게.
노래는 좀 형편없지만, 그래도 피리는 좀 나아.

고래가 피리를 분다. 새소리가 난다.

새들이 헷갈려서 가끔 놀러올 정도야.
너도 곧 보게 될 거야. 날개가 있고, 아주 검고, 자유롭게 하
늘을 비행하는 새들을…
새싹은 무럭무럭 자라 이제 내 무릎만큼이나 커졌다. 잎사
귀가 더 많아지고, 더 튼튼해지고, 더 많은 눈물을 필요로

했다.

새싹 옆에 누워 함께 햇빛을 맞는 것도, 밤하늘을 바라보는 것도 너무나 행복했다.

새싹을 만난 이후로 눈물 흘리는 일이 쉽지 않아졌다.

별거 아닌 일에도 웃음이 절로 나오니까.

그래서 난 손가락으로 눈을 찔러 억지로 눈물을 흘려냈다.

새싹이 자랄수록 더 많이, 자주 그랬다.

그래서 그런지 또렷했던 시야가 조금 흐려졌다.

하나, 둘, 셋… 이젠 밤하늘의 별을 세는 것도 어렵다.

그래도 괜찮아. 네가 있으니까.

어!

잎사귀들 가운데에 동그란 망울이 생겼다. 이건 뭘까. 처음 보는 건데.

고래가 조심스럽게 망울을 건드린다.

태양보다 훨씬 빨간 것이 초록색 망울 틈 사이로 아주 조금 보인다.

이렇게 아름다운 색은 난생 처음이다!

이제 새싹은 어떻게 될까?

나는 다시 내 눈을 찔러 눈물을 흘린다.

망울의 끝이 점점 벌어지고, 빨간 것이 더 많이 보이기 시작했다. 그 아름다움에 나는 웃음이 절로 지어지곤 했다. 그러나 왜인지 눈물의 양이 점점 적어져 나는 더 자주, 더 세게 눈을 찔러야했다.

고래가 바람소리를 낸다.

고래 바람이 무척이나 많이 부는 날이었다. 모래가 바람에 휩쓸려 흩날리고, 새싹도 바람 따라 이리저리 움직여댔다. 난 불안한 마음에 새싹을 감싸 안았다. 모래 바람이 새싹을 날려 버릴 것만 같았다.
그때, 아주아주 강한 바람이 불어오고, 모래 더미가 내 눈 안으로 들어왔다.

고래가 눈을 비빈다. 눈을 뜨기가 어렵다.

눈이 너무 따갑다. 나는 한참 동안이나 눈을 감은 채 바람이 지나가길 빌었다.
밤이 되고 바람이 잠잠해질 때쯤이 돼서야 나는 눈을 뜰 수 있었다. 새싹에 모래가 덮여 시들거렸다.

고래가 조심스럽게 모래를 털어낸다.

하루 종일 모래바람을 맞아서인지 잎사귀 끝이 살짝 말라 있었다. 나는 또다시 눈물을 흘리기 위해 눈을 찌른다.
어? 눈물이 나오지 않는다. 내 눈 안으로 들어간 모래가 내 눈물을 다 마셔버린 걸까.

고래가 계속해서 눈을 찌른다. 아무것도 나오지 않는다.

한 방울. 딱 한 방울의 눈물만이 전부다.
걱정하지 마, 내일은 다시 눈물이 나올 거야.

고래가 바람 소리를 낸다. 어제보다 더 강한 바람 소리다.

고래   내 희망과는 다르게, 그날은 전날보다 더 바람이 강하게 불었다. 나는 눈을 꼭 감은 채 새싹을 감싸 안았다. 모래바람이 나를 덮쳤지만, 힘을 주어 버텨냈다.

바람은 멈출 생각이 없었다. 밤이 오고, 다시 아침이 오고, 다시 밤이 오고… 시간이 얼마나 흘렀을까.

드디어 바람이 멈췄다.

고래가 눈을 뜬다. 새싹이 죽어있다.

고래가 새싹을 매만진다. 고래가 절규한다.

나는 내 눈을 후벼 파고, 또 후벼 판다. 그제서야 엄청난 양의 눈물이 쏟아져 나온다.

괜찮아. 괜찮아 새싹아. 이제 괜찮아질 거야. 괜찮아…

일어나, 제발 일어나.

눈물이 계속 쏟아져 나와 바다의 모든 모래를 적실 때까지도 새싹은 쓰러져 있었다. 멈추지 않는 눈물은 이제 내 발목까지 차올랐다. 새싹이 눈물에 쓸려간다. 나는 계속 운다. 울고, 울고 또 운다.

눈물은 계속해서 늘어나 내 허리, 내 가슴, 그리고 내 목까지.

나는 내 짜디짠 눈물 속으로 들어간다. 더 깊이, 더 깊이. 숨이 막혀온다. 하지만 계속해서 나는 아래로…

억겁의 시간이 흐르고, 내 팔과 다리는 점점 짧아지더니 완전히 사라졌다. 대신 내 눈물 속에서 헤엄칠 수 있도록 지느러미와 꼬리가 생겼고, 땅 위에선 살 수 없는 몸이 되었다.

땅 위엔 나의 새싹과 비슷하게 생긴 다른 새싹들이 자라났고, 예전의 나처럼 팔과 다리가 달린 생명체들이 생겨났다. 나는 가끔씩 숨을 쉬기 위해 눈물 위로 올라갈 때마다 잘 보이지도 않는 눈을 찌푸려가며 그들을 훔쳐보곤 한다.

그들은 내 눈물을 보며 이렇게 부른다.
바다.

고래가 퇴장한다. 멀리서 들리는 고래의 울음소리.

5장

조명 바뀌고, K가 등장한다.

K 그날따라 아내가 이상했습니다. 제게 바다를 보게 해달라고 부탁한 적은 몇 번 있었지만, 그렇게 심하게 조른 적은 없었거든요. 아내는 그때 제 부축 없이 걷는 것조차 힘든 상태였습니다. 그래서 바다를 보고 싶다는 아내에게 안 된다고 몇 번이나 말했지만, 그녀는 고집을 꺾을 생각이 없어 보였습니다. 저는 그녀를 이겨본 적이 단 한 번도 없어요. 그날도 그랬습니다. 사람이 득시글거리는 점심시간을 틈타, 사람들이 저희에게 관심을 잃었을 때 나는 아내의 어깨를 잡고 몰래 병실 안을 빠져나갔습니다.
조심해. 내 허리 잘 잡고.
병원 밖으로 나가려는 찰나, 뒤에서 간호사가 소리칩니다.
환자분! 보호자분!
잘 걷지도 못하는 아내에게 어디서 그런 힘이 났는지, 갑자기 제 손을 잡고 달리기 시작합니다.

K가 달린다.

병원이 보이지 않을 때까지 한참을 달렸어요.

K가 숨을 몰아쉰다. 웃는다.

하하하하! 아내와 눈이 마주치자마자 누가 먼저랄 것도 없이 웃음이 터져 나옵니다.
택시! 가장 가까운 바다로 가주세요.

K가 택시에서 내린다.

K   출렁거리는 파도. 따뜻한 햇빛. 손을 잡고 모래사장을 걷다가 갑자기. 아내는 함박웃음을 지으며 바닷물을 향해 달리기 시작합니다.
뛰지 마! 물에 들어가면 안 돼!
아내는 내 말이 들리지도 않는지, 나를 향해 물을 뿌립니다. 이젠 저도 모르겠어요. 저는 그녀를 향해 물을 뿌리기 시작합니다.

K가 앉는다.

잔뜩 젖은 몸으로 모래사장 위에 앉아 함께 햇빛에 빛나는 바다를 바라보고 있자니 눈물이 날 것만 같습니다.
'바다 속에서 살고 싶어.' 그렇게 말하는 아내가 밉기만 합니다. 날 두고 어디서 살겠다는 건지.
인간은 바다 속에서 살 수 없어.
내 토라진 말투에도 아내는 말없이 웃기만 합니다.
우리는 바닷가의 해가 지고 별들이 뜰 때까지 바다를 바라보았습니다.
하나, 둘, 셋, 넷… 별의 수를 세던 아내는 너무 많다며 모래사장 위에 누워버립니다.
당연히 많지.

K가 눕는다.

하나, 둘, 셋, 넷, 다섯… 내가 다섯까지 셌나? 여섯까지 셌던가?
나에게 바보라고 소리치는 아내에게 저는, 그래! 나 바보다!
그게 저와 아내의 마지막 추억입니다.
병원으로 돌아간 새벽, 아내는 내 손을 잡고 고맙다는 말과 함께.

K   혼자 잠수하는 것은 자살 행위나 다름없습니다. 항상 누군가와 함께 들어가야 해요. 그렇지만 저는 그 규칙을 깨고 가끔 아무도 없는 바다로 나와 잠수합니다.

K가 물속으로 들어간다. 물소리.

그래야만 그녀를 만날 수 있으니까.

K가 아래로 향한다. 아내의 그림자가 나타난다. K는 그쪽을 향해 헤엄친다. 손을 뻗는다. 아내가 사라지고, 또 다른 곳에서 나타난다.

K   그때 기억나? 당신 죽기 전날. 병원에서 몰래 나가서 바다 보러 간 거. 알고 있었어? 그래서 그렇게 바다에 가자고 떼 쓴 거야?

K가 아내의 그림자를 따라잡으려 한다.

K   바다 속에서 사니까 어때? 살만해? 땅에서 살 때보다 더?

나랑 살 때보다 더?

K가 겨우 아내의 그림자에 다다른다. 아내를 향해 손을 뻗는다. 아내가 커다란 입을 가진 괴물의 그림자로 변한다. K가 그 그림자에 놀라 넘어진다. 그림자가 K를 잡아먹는다. K가 마스크를 벗은 상태로 숨을 거칠게 몰아쉬며 깨어난다. K가 자신의 손, 팔과 다리를 찬찬히 살펴본다. 눈을 매만진다.

K   누군가의 눈물 속에서 산다는 건 어떤 걸까요.

K가 웅크려 앉는다. 천 뒤에서 인간 형태의 고래와 꽃이 활짝 핀 새싹의 그림자가 보인다. 주위의 무성한 나무들과 풀들의 그림자. 꽃이 활짝 핀 새싹의 옆에 작은 꽃 한 송이가 피어있다.
고래가 새싹 주위를 빙글빙글 돈다. 고래가 피리를 분다. 새가 날아들어 고래의 어깨에 앉는다. 떠나지 않는다. 고래가 새를 쓰다듬는다. 새싹을 바라본다. K는 이를 지켜본다.

K   고래와 새싹.

고래가 K에게 손짓한다. K가 반응한다. 고래가 K의 손을 잡아 일으킨다.

K   같이 놀자고?

고래가 고개를 끄덕인다.

K   그래.

고래가 새를 자신의 어깨에서 손으로 옮긴다. K에게 가까이 댄다. 새가 K의 손 위로 올라간다. K가 새를 쓰다듬는다.
K가 조심스레 새를 날린다. 새가 새싹 옆 바닥에 안착한다. K가 새싹 옆의 작은 꽃을 본다.

K   다른 새싹도 생겼구나. 꽃도 피우고.

고래가 작은 꽃에 얼굴을 가까이한다.

K   왜?

고래가 고개를 젓는다.

K   이젠 아예 안 보이는 거야?

고래가 고개를 끄덕인다.

K   아무것도?

고래가 다시 고개를 끄덕인다.

K   그래… 그래. 그래서 나무들도 자라고, 다른 풀들도 생겼구나.

고래가 고개를 끄덕인다. 고래가 새싹 옆에 앉는다. K도 앉으라는 듯 자신의 옆 바닥을 친다. K가 고개를 끄덕이고, 그 옆에 앉는다. 빛나는 별이 보인다. K가 별의 수를 센다.

K   하나, 둘, 셋, 넷, 다섯…

고래와 K가 하늘을 바라본다. 고래가 K를 쳐다본다.

K   너무 많아서 못 세겠어. 미안. 아무튼 엄청 많아. 세지도 못
할 정도로.

고래가 고개를 끄덕인다. 고래가 새싹 옆에 드러눕는다.
K가 그들을 보며 미소 짓는다.

K   행복해 보여요.

고래가 자리에서 일어나 K를 바라본다.

K   여기 계속 같이 있자고?

K가 고민한다.

K   난… 잘 모르겠어.

고래가 손을 내민다.
K가 머뭇거린다. 고래와 다른 그림자들이 점점 사라진다.
K가 천의 끝으로 다가간다. 천을 살짝 걷는다. 머뭇거린다.
손을 천의 뒤쪽으로 넣는다. K의 손의 그림자가 보인다. K가 그림자
가 된 자신의 손을 바라본다. 고민한다. 아내의 그림자가 나타난다.
K가 아내를 발견한다.

K   당신이야?

아내가 K에게 다가간다. 손을 내민다. K가 그 손을 잡는다.

K   좀 걸을까?

K랑 아내가 고래의 숲 속을 걷는다. 숲 속의 소리. 바람에 풀이랑 나무가 흔들린다.

K   날씨 좋다.

활짝 핀 붉은색 꽃과 그 옆에 누워 있는 고래가 보인다.
아내가 손으로 꽃과 고래를 가리킨다. 고래가 몸을 일으킨다.
아내가 그들을 향해 다가간다. 아내와 고래가 K에게 손짓한다. K가 뒤따라간다.
K가 홀린 듯 붉은 색 꽃을 바라본다.

K   이건, 그러니까 이건. 그때 분명히.

K가 아내와 고래를 본다.

K   죽었잖아.

고래의 울음소리. 인간 형태였던 고래가 물속에서의 고래의 형태로 변한다.
K가 주위를 둘러본다. 시끄럽고, 흔들리고, 깨지는 소리. 공간이 깨지고, 아내가 K에게서 멀어지며 말을 건넨다.

K   뭐라고? 바다? 뭐? 잘 안 들려! 뭐라고?

           암전.

K·아내   바다 속에서 살고 싶어.

           여전히 어둡다. K만을 비추는 조명. K가 혼란스러워하며 주위를 둘
           러본다. K가 숨을 몰아쉰다. K가 울기 시작한다.

K   인간은 바다 속에서 살 수 없어.

           K의 전체를 비추던 조명이 점점 줄어들어 K의 얼굴만을 비추기 시작
           한다.
           K의 숨이 막히기 시작한다. 숨을 쉴 수 없다. 정신이 아득해진다.
           엄청난 수의 공기 방울들의 영상. 다시 블루홀. K가 공기 방울을 들
           이킨다. 헤엄치기 시작한다.

K   갑자기 흐릿했던 정신이 맑아지고, 온몸에 힘이 넘쳐흐릅
           니다. 어디로 가야만 하는지 알 것만 같아요. 손을 뻗고, 물
           을 아래로 밀어냅니다. 손가락 사이로 물의 흐름이 느껴집
           니다. 다리를 미친 듯이 움직여요.
           종아리와 허벅지의 근육이 팽팽하게 당겨집니다. 숨이 모
           자라요. 심장은 미친 듯이 뛰고, 가슴과 폐가 먹먹하고, 뇌
           는 산소가 필요하다며 내 머릿속을 뒤집어놓습니다. 팔의
           힘이 빠지는 게 느껴집니다. 이젠 물이 아니라 거대한 돌덩
           어리를 밀어내는 것 같아요. 더 이상 몸이 내 의지로 움직
           여지지 않습니다. 시야가 다시 흐려져 갈 때쯤.

조명이 k의 얼굴을 비춘다.

마지막 남은 힘까지 끌어내 팔을 휘두르고, 다리를 움직입니다. 눈이 빠질 것만 같아요. 다시 팔을 저어내고, 다리를 흔들고.
아무 생각도 들지 않습니다. 숨을 쉬어야겠다는 본능만이 내 몸을 움직이게 합니다.

K가 땅 위로 올라간다. 숨을 몰아쉰다. 땅을 향해 한 발자국 내딛는다.

막.

작가의 말 | 숨의 무게 | 김희경

이 글이 무대에 올라가게 될 거라는 부담감에 한 글자 한 글자 적어 내려가는 것이 정말 힘들었습니다. 무언가에 수많은 고민과 열정을 쏟아본 것은 난생 처음이었습니다.

비록 훌륭한 글은 아닐지언정, 행복한 경험이었습니다.

제가 '막.'을 쓸 수 있게 해준 주위의 모든 분들께 감사드립니다.

샤스타 데이지:
유감스러운 이야기

안유리 작
김지훈 작곡

#1프롤로그

악마의 안식처

악마   다 똑같아. (웃는다)

#명전. M1. IN 새해를 알리는 종소리가 울려 퍼진다.

〈M.1 27〉

악마
새카만 밤하늘에 걸린
저 달빛에 내 몸을 기대어
어느덧 때가 드리우면
남 몰래 구름 사이로 내려가

내 손으로 간택된 영혼들이
숨겨왔던 날개를 널리 펼치며
짓눌렸던 본능을 드러내고
사람들은 쉽게 굴복해버려

야망 앞에 눈이 멀어 버리고
욕망에 끝없이 타올라
이 몸은 영원히 심장 깊이 스며든
저물지 않는 세찬 태양처럼
찬란하고 눈부신 존재니까

악마　(책을 뒤지며) 다음으로 간택할 인간이 이십오, 이십육, 이십 칠… 스물일곱 번째 인간이라. (표정 굳으며) 잠깐, 올해가 몇 년도지? 설마 올해가 2727년?

악마

때가 왔네
이십칠 그것도 두 번
질색하는 숫자들이 두 번씩이나
직감적으로 불쾌한 숫자
생각할수록 소름이 끼쳐
그래, 굳이 공들이지 않아도
세상은 온통 악으로 물들곤 했지
그만큼 한 경력 하는 이 몸인데
고작 이 따위 속설에 무너질까?

성경에선 구원을 의미한다고 했었나?
주님에게 은혜를 입는다고 했나 참나 어이없어
사람들 마음속에는 다 이미 내가 존재하지
근데 아니야 나는 결백해
선한 척하는 게 정말로 우스워

코러스

이십칠

악마

이십칠 뭐 그딴 거
하나쯤은 존재감조차 없었는데

어디에나 판치는 올해는
가볍게 넘기기엔 좀 긴장되네

코러스

이십칠

악마

어차피 지루했던 찰나에
간만에 실력 발휘 제대로 좀 해볼까?
그 전에 몸 좀 풀어볼까?

코러스

이십칠

악마

오해 마 긴장한 건 아니야

코러스

이십칠

악마

인간들의 본성을 파고들어가
한 명 콕 찝어서 재미 좀 볼까나?
이제 이 몸 출발 좀 할까 봐

#2 모두 수용소로

이곳 광장

〈M.2 유감스러운 이야기〉

합창
이곳은 여기는
이곳은 여기는

헤르츠
영원할 줄만 알았던
평화는 금세 저물었네

합창
이곳은 여기는

나이브
알 수 없는 전염병이
순식간에 널리 퍼졌어

합창
이곳은 여기는

레벤(합창)
사람들은 찢어지는 통증 속에

손쓸 틈 없이 계속 몸부림쳤고
이곳은
여기는

알테
누구도 막지 못한 고통 멈출 수 있는
열쇠를 쥐었던 사람이

합창
스물여섯 번째 독재자가 되어
강제 수용소와 다름없는
철저한 시스템 속에서
사람들을 통제하게 돼

여자 합창, 남자 합창
독하게

잔혹하게

엄격하게

철저하게

합창
모두를 통제해

헤르츠

시간이 흐를수록 사람들은

이 생활에 안주하고

남자 합창

잘못된 규칙과 억지 논리를

합창

평화라고 정의하게 됐다는

유감스러운 이야기

이곳은 여기는

알테

절대적인 권력은 이곳을 전부 압도하지

합창

이곳은 여기는

레벤

애국자로서의 모범을 보이게 되는 삶

합창

이곳은 여기는

나이브 합창

그런데 왠지 달랐었던

한 청년이 모습을 드러내

이곳은
여기는

로이테, 옷가지로 코와 입을 가리고 눈을 질끈 감은 채 등장. 실눈으로 주위를 살피다 사람들에게 떠밀려 옷가지를 놓친다.
눈에 통증을 느끼는 로이테. 가드, 그에게 치료제를 먹이고 검사소로 향한다. 로이테, 통증이 사라진다.

헤르츠
남들이 눈 감은
추악한 진실에
과감하게 전진했다네

합창
로이테 그의 이름은
로이테 그의 선택은
로이테 그의 정체는 무엇일까?

천재라 불린 과학자
운명이라 믿고 싶지만
어쩌면 그가 자처한
그의 이야기

로이테, 사람들에게 떠밀려 검사에 임한다.

가드　신체 검사. 통과. 지능 검사. (로이테와 검사지를 번갈아 보더니) 통과.

기계음이 검사의 시작을 알리고 가드, 로이테 앞에 주머니와 가위를
둔다.

로이테 네? 이게 무슨…

로이테, 주머니를 확인하더니 경악한다.

로이테 설마 이 생쥐를 죽이라고요?
가드 앞에 사람들 하는 거 못 봤어? 15초 경과.
로이테 어… 왜 이런 일을 시키시는 건지…
가드 명령이다. 앞으로 20초.
로이테 이유라도 알려주시면 안 될까요?
가드 10, 9, 8, 7…
로이테 못하겠어요!
가드 뭐? (가드, 로이테에게 다가간다) 이유는?
로이테 네…?
가드 시키는 대로 못할 이유는 뭐냐고.
로이테 그야…
가드 명령 수행 능력 검사. (주머니를 송곳으로 내리 꽂는다) 낙제.

가드, 그들 한참 보더니 박스에서 작업복을 꺼내 던져주고 퇴장한다.

합창
한 끗 차이로 우리는
악의 구렁텅이에 빠져들고
또 스스로를 구원해
어디서나 누구에게나 해당되는

유감스런 이야기

나이브
로이테 어떤 변화를

레벤
로이테 어떤 기적을

알테
로이테 어떤 파멸을 가져올까?

합창
삭막한 상황 속에서
누구라도 그와 닮을까
아니면 다른 세상을
마주할 수 있나
그의 이야기
우리의 이야기
유감스런 이야기

노동에 집중하는 사람들. 아이 등장. 이런 삶이 익숙한 듯 사람들 사이를 누비다 널려 있는 빨래에 낙서를 한다. 그러나 아이에게 전혀 관심이 없는 사람들.

#3 마주하다

[3-1]

로이테   이게 다 뭐야…? 이 옷은 또 뭐고!

로이테, 주위를 둘러보다 사람들에게 조심스레 다가간다. 사람들은 노동 외의 것을 쳐다보지 않는다.

로이테   안녕하세요. 좀 물어볼 게 있어서요.
레벤   쉿. 조용.
로이테   그동안 여기 무슨 일이 있었던 건가요? 왜 사람들이 다…
레벤   닥치고 옷부터 입어.

레벤, 고개를 젓는다. 로이테, 옷을 주섬주섬 입으며 다른 사람에게 다가간다.

로이테   제가 잘못 들어온 것 같은데 혹시…
가드   어이, 거기!

사람들, 가드에게 경례한다.

가드   뭐야.

모두 정지. 로이테만 아직 심각성을 눈치 채지 못한 듯, 주위를 두리번거린다.

로이테	어… 지금 다들 뭐 하고 있는 거죠? 여긴 또 어디고요?
가드	뭐?
로이테	제가 사정이 좀 있어서 10년 만에 밖에 나왔는데 갑자기 여기로 끌려온 거예요. 뭔가 착오가 있었던 것 같습니다.
가드	아, 너구나? 검사소에서 헛소리하던 놈. (한숨 쉬며) 다들 고분고분 움직이는 데엔 그만한 이유가 있지 않겠어?
로이테	사람만 좀 찾으면 됩니다. 제 후원자 되시는 분인데 그분만 찾으면…

가드가 로이테에게 순찰봉을 휘두르려 하자 가드를 호출하는 방송이 울린다.
("7구역 가드 전원 랩으로. 7구역 가드는 전원 랩으로.")
가드는 로이테의 어깨를 두어 번 툭툭 치더니 순찰봉을 집어넣는다.

가드	운 좋은 줄 알아.

가드, 퇴장. 사람들, 슬금슬금 나와 가드가 퇴장하는 모습을 확인하고는 한숨 돌린다. 웅성웅성.

[3-2]

나이브	아효!
헤르츠	갔어요?
레벤	나 진짜 심장 토할 뻔했어.
알테	(인자한 미소로, 차분하게) 미친놈이여~?
로이테	그러게요. 제가 뭘 그렇게 잘못했다고 이렇게까지 분위기

를 싸하게 만드나요?

알테 아니~ 재 말고. (대노하며) 너 말이야 너!

레벤 모지리들 하루이틀도 아니지만 이정도로 눈치 없는 애는 또 처음이네.

로이테 아니… 제가 뭘 어쨌다고요.

알테 가드 새끼! (급히 목소리를 낮추며, 이를 악물고) 저 가드 새끼 기분 좀 상하게 해서 좋을 거 하나 없단 말이야!

나이브 아버지 좀 참으세요. 일부러 그랬겠어요?

알테 그러다 이번에 치료제 못 받으면 어쩔 거야!!

로이테 치료제요? (불안해하며) 어떤… 치료제요?

레벤 몇 년 만에 세상에 나왔다더니 진짜 암것도 모르는 모양이네? 10년 전부터 돌기 시작한 그 전염병 있잖아.

나이브 각 구역마다 별 탈 없이 맡은 일을 다 끝내야만 치료제를 받을 수 있어요.

알테 물론 이곳의 발전을 위해서라도 성실하게 일은 해야 하지만, 그 치료제를 보름마다 먹어주지 않으면 눈이 막- 타 들어가면서 서서히 죽는 거야.

레벤 잠깐, 그럼 지금까지 단 한 번도 치료제를 먹지 않았다는 거야?

로이테 입구에서 뭔가를 먹은 것 같긴 한데…

나이브 설마 형, 무슨 항체라도 가지고 있는 거예요?

헤르츠 쉿!!! 올해에는 특히 더 얌전히 기다려야 해요. 메시아가 오시니까요!

로이테 네? 메시아? 그건 또 뭔데요?

헤르츠 2727년에는 메시아가 내려와서 우릴 구원해준답니다! 우리를 고난과 역경과 악의 구렁텅이에서 건져줄 위대하신…!

레벤 위대하신 구원자? 아휴 또 저 얘기지? 2727년에는 절대 악마 같은 건 없다나 뭐라나.

나이브 이십칠, 은혜로운 숫자! 사실인지는 모르겠는데 누군가 세상을 변화시킬 거라고 그냥 믿어 보는 거죠. 로또 사는 기분이랄까?

레벤 보나마나 꽝이지.

로이테 혹시 그 치료제… 어떻게 생겼나요?

알테 새끼 손가락만하고, 시퍼렇지.

레벤 (유니폼을 가리키며) 딱 이 색깔.

로이테 (절망하며) 안 돼…!

로이테는 얼른 입을 틀어막고 아무 일도 없던 척한다. 사람들은 그를 뚫어져라 쳐다본다.

알테 응? 뭐가 안 돼?

로이테 하하… 아무 것도 아닙니다.

사람들이 빤히 쳐다본다.

로이테 식욕이 떨어지는 색이니까 뭔가 좀 아쉽다~ 이거죠. 하하… (정적) 아! 얘길 들어보니 아까는 제가 실례를 범한 것 같네요. 죄송합니다…

하루의 시작을 알리는 알림음/종소리 후에 전주 시작 #M.3 IN

헤르츠 이제부터라도 조심하면 되죠.

나이브 앞으로는 적응하기 더 힘들 걸요? 근데 걱정 마요.

알테　우리가 시스템에 대해서 미리 좀 알려주마! 뭐, 그게 서로 한테 좋을 테니.

⟨M.3 하루 일과⟩

합창

하루 일과를 시작해

항상 각하께 충성해

하루 일과를 시작해

살기 위해서 충성해

알테

아침 여섯 시를 알리는 종소리

눈 뜨면 마른세수를 하고

모두 각자 위치로 뛰어가 후다닥 -!

합창

오늘도 오늘도

같은 하루가 열리네

간주 중. 사람들, 노동에 집중한다. 로이테, 떠밀리듯 도구 하나를 집어 들고 애써 노동에 동참한다.

레벤

정오엔 간단히 식사해

나이브
양은 차지 않고 맛도 없지만

헤르츠
괜히 이런저런 욕 먹다 보면

합창
어느덧 어느덧
금쪽 같은 자유시간

나이브
이런 일을 왜 반복해야 하나?
더 화목한 내일은 없을까?

알테
의문을 품는 것만큼
부질없는 것도 없어

레벤
내가 어제와 다른 내가 된다면 이곳의 절망만 키우는 꼴일 걸?
난 이런 삶에 만족해

헤르츠
구원자는 누굴까? 신일까, 인간일까? 이 세상에 존재는 할까?
어디에 있을까?

알테
우릴 두려움에 가두는 실상은 치료제를 가지고 있는
가드의 그림자

합창
그는 하루 일과 끝에서
덤덤하게 구석구석 점검해
그의 절대 권력은 꼭 전부 다 압도해
애국자의 모범을 보이게 돼
밝은 미래를 마주할 참된 국민

하루 일과를 시작해
항상 각하께 충성해
하루 일과를 시작해
할 수 있는 건 이것뿐

우리의 앞에는 갈림길조차 없어
어쩌겠어 우리의 숙명을
그냥 시키는 대로 하루하룰 살아가
다음 날도 낼 모레도
한결같이 한결같이
그것만이 살 길

계속되는 노동에 지쳐 주저앉는 로이테.

로이테   그냥 이런 생활을 받아들인다고요? 하루도 빠짐없이?
레벤   가드들 제대로 뿔난 모습을 못 봤으니 저런 말을 하지.

알테 앞으로는 우리 모두를 위해 질문들을 좀 아껴두자고. 응?

로이테 그래도 이해할 수 없어요. 다들 왜 순순히…

나이브 (느끼한 웃음을 지으며) 쉿. 계속 그러면 다쳐요.

레벤 또 저런다. 으~!

나이브 스윗한 내가 쉽게 설명해 줄게요? 음~ 반딧불이도 빛이 반짝반짝 나지만 않았더라면 인간 손에 그렇게 죽어나지 않았을 거예요. (자기 장난에 자기가 좋아 죽는다)

#M3 후주 #3~#4 브리지 음악

#4 잠들 수 없는 밤

[4-1]

어두운 시스템 안, 달빛만이 비친다. 사람들은 모두 취침 준비 중이다. 로이테는 사람들을 지켜보다 자리에 앉는다. 그는 연구소에서 미처 마치지 못한 연구를 이어 가기 위해 달빛을 빌려 일단 자신의 옷 안쪽 면에 화학식을 기억나는 대로 적어 내려간다.

로이테 (하던 일을 멈추며) 내가 이상한 거야? 이 말도 안 되는 시스템을 어떻게 합리화할 수 있냐고! 그리고 뭐, 구원자? 참나… (사이) 정말 메시아가 있다면 그건 우리 아버지겠지.

⟨M.4 유일한 이유⟩

로이테
가진 거 하나 없이 버려져
거리를 외로이 떠돌곤 했지
몸을 녹일 곳을 찾다가
차가운 앞날을 밝혀줄
구원을 마주 했네

나를 감싸준 유일한 온기
서럽던 울던 날들은 지나가
굶주린 나를 가엾게 여긴
그의 넓은 맘속에 춤추고 기대었네

로이테　오늘은 유기화학에 대한 책을 읽었어요! 너무 재미있어서
직접 응용해보고 있었어요!

아버지음성　그 어려운 내용을 독학했다니… 굉장하구나.

로이테　이 책 아버지도 읽어보셨… 아! 죄송해요 순간 아버지라고
말해버렸네요…

아버지음성　괜찮아. 아버지라고 부르렴.

로이테　정말 그래도 돼요? (미소 짓는다)

온종일 화학에 취해서
내 하루에 숨을 불어넣어
마치 꿈처럼 과학의 품에서
내가 살아있음을 온몸으로 느껴

내가 살아갈 유일한 이유
그를 따라 난 새 미래 키웠네
나를 향했던 기대와 사랑
공허하던 내 맘에 내일을 그려줬네

그러다 끔찍한 전염병이
모두를 삼킨 그날 밤
두 눈을 붙들고 울부짖는 사람들
난 아버지와 도망쳤어
처음 보는 외진 실험실에서
잠시 고민에 잠긴 정적
그는 하얗게 질린 표정으로
내 손잡고 고요히 말했지

아버지 음성

오직 너만이 유일한 구원
이제는 몸소 세상을 밝혀주렴

로이테, 아버지 음성

누구도 아닌 너라면 분명
해낼 수 있을 거야 너는 유일하니까

아버지음성 여기 혼자 남아서 치료제 연구에 전념하렴.

로이테 혼자서요? 그건 싫어요…

아버지음성 여긴 전염병으로부터 안전할 거야. 우편으로 너에게 필요한 물품들을 지원해줄게. 아직 누구도 해내지 못했지만, 로이테 너라면 치료제를 만들어서 수많은 사람들을 살릴 수 있을 거야. 꼭 여기서 잘 버텨야해!

로이테   아버지!

로이테
자라나는 외로움도 견뎌냈지만
이제 더는 알 수 없는 그의 소식

[4-2]

로이테   (연구에 다시 집중하려) 정말 무슨 일이 있는 걸까? 아버지가 위험에 빠져서 가드들에게 이용당하는 거라면? 설마… 아닐 거야. 근데 어찌됐든 내가 치료제와 관련이 있다는 게 밝혀지면 상황이 더 악화될 수도 있는 거잖아… 그럼 이건 어떡하지…

로이테, 화학식이 적힌 옷을 구긴 뒤 버리려다 주저한다.

가드   가지고 나와.

#고문 Underscore 로이테, 황급히 옷을 등 뒤로 숨긴다. 가드, 충격기를 로이테에게 겨눈다.

가드   이 시간에 무슨 개수작이야.
로이테   오해십니다. 전 그저…

가드, 로이테를 무릎 꿇린 뒤 숨겨둔 옷을 집어 들어 쫙 펼친다.

로이테 그저 낙서일 뿐입니다!

가드 똑바로 말해. 내가 너 같은 놈들 한두 번 겪는 것도 아니고 네가 감히 각하를 모욕하거나 반란을 도모하고 있을지 어떻게 알아.

로이테 저건 그냥 화학식입니다. 제가 뼛속까지 과학자라, 온종일 그 생각만 해서요.

가드 그래?

가드, 로이테에게 #고문1을 가한다. 고통스러워하는 로이테.

가드 다시 묻는다.

로이테 그냥 버릇처럼 낙서한 거예요. 정말 아무것도 아닙니다!

가드, 로이테에게 다시 #고문2. 로이테, 고통에 허덕이던 중 갑자기 악마가 어렴풋이 보인다.

악마 태생 용감하지도 정의롭지도 않아 보이는 애가 웬일로 버틸까?

로이테 ⋯ 어?

악마 자기 꺼 빼앗기는 것만큼은 안 된다는 건가?

악마, 다시 사라진다.

로이테 뭐야? 사라졌어⋯

가드 정신 안 차려?

로이테 (말을 더듬으며) 학생들도 배우는 기본 그 이상도 이하도 아닙니다. 정말로요!

가드　누굴 바보로 아나? 이건 전혀 단순하지가 않잖아.

로이테　정말입니다. 전 그저 이게 사랑하는 일이라 잠들기 전에 잠깐…

가드, 또다시 #고문3.

가드　자, 이 정도면 알아듣긴 충분했을 거라 믿어.

로이테의 귀에 악마의 목소리가 들린다.

악마　어차피 네 욕구로 똘똘 뭉쳐진 거잖아. 좀 흘려버리면 뭐 어때! 일단 살고 봐야지!

로이테, 고문으로 정신없는 와중에 머뭇거린다. 가드, 또다시 고문하려 한다.

로이테　치료제!

가드　뭐?

로이테　치료제에 대한 연구입니다. 무슨 음모를 꾸미려던 건 아니었어요. 제발…

가드　치료제라… 방금 말한 내용, 경위서에 모조리 세세하게 적는다. 허튼 수작 부렸다간 사형이야.

가드, 로이테 앞에 펜과 종이를 던져주고 로이테가 펜을 향해 손을 뻗는 순간 악마의 목소리가 들린다.

악마 음성　쟤네가 저걸 어떻게 쓸 줄 알고? 너 때문에 무슨 일이 생길 줄 알고! 감당할 수 있겠어?

로이테, 주저한다.

가드   백지로 내겠다면 지금 바로 사형이고.
악마 음성   근데 지금 두렵잖아, 살고 싶잖아! 어서 선택해, 어서! (웃
는다)

로이테, 주저하다가 펜을 붙잡는다.

가드   그래, 잘 생각했어. 그리고 안타까워서 하는 말인데 앞으로
는 이런 단독 행동은 삼가는 게 좋을 거야.

#5 당황스러운 만남
─────────────

악마, 무대 한켠에 앉아있다. 로이테, 기다시피 이동하다가 이내 쭈
그려 앉는다.

로이테   (울먹이며) 이러니까 사람들이 고분고분했던 거였어. 이 호구
새끼, 멍청한 새끼! 그렇다고 거기서 치료제에 대해서 다
불어? 걔네가 그걸 또 어떻게 쓸 줄 알고. 또 무슨 일을 당
할 줄 알고.
악마   근데 그 상황에서 살고 봐야지, 어쩌겠어.
로이테   그러니까 말이야. 누구라도 그 상황에선…

#효과음 로이테와 악마, 눈이 정확하게 마주친다.

악마   눈이 마주쳤어. 왜지? 말이 안 되는데…? (놀래키듯) 워!

로이테   옥!!!

악마   (더 크게 놀라며) 으어!!! 너… 너, 지금 내가 보이니?

로이테, 사색이 되어 고개를 끄덕인다.

악마   생전 처음 겪는 일인데?

로이테   생전… 그러면 살아있긴 해요?

악마   그렇지? 비스무리하게?

로이테   근데 왜 눈에 보일 수 없단 거죠? 당신 뭐야! 아니, 누구…
세요…?

악마   나, 누구냐고? 어… 원래 네 눈에 보여선 안 되는 존재?

로이테   어?

악마   어?

로이테   어?

악마   ? 어?

로이테   네? 아까 고문당할 때 날 지켜보지 않았나요? 헛것인 줄 알
았는데, 아니었군요.

악마   헛… 헛것…? 내가 헛것이라고 불릴 정도로 하찮진 않은데.
정말 내가 궁금해?

로이테, 끄덕인다. #Underscore IN.

악마   내 정체를 알면 네 운명을 후회할 수도 있어. 그냥 가볍게
웃어넘길 일이라고 생각하면 크나큰 오산이야. 난 어디에

든 깃들어 있는 불멸의 기운이니까.

로이테   아하… 악마 같은 건가요?

악마, 김이 팍 식는다. #Underscore OUT.

악마   보통은 공포에 떨어야 정상 아닌가? 폼 안 나게 내가 더 놀
란 것 같네. 나 진짜 만만하게 보면 안 된다니까?

로이테   이젠 어떻게 살아야 할지도 모르겠고 그냥 타이밍 좋게 저
승사자를 만난 것 같기도 해서요.

악마   뭐 저승사자? (어이없어 하며) 난 인간을 죽음으로 인도하지
는 않아. 난 인간들이 살아있음을 느끼게 해주는 존재니까.
살아갈 이유는 생각보다 단순해. 눈물 글썽거리면서 어렵
게만 생각할 거 없거든.

로이테   살 이유요…? 그쵸… 있긴 하죠. 화학식을 들여다볼 때, 연
구에 빠져 있을 때 이루 말할 수 없이 행복해요. 화학식 안
에서만큼은 내 뜻대로 무언가를 이뤄낼 수 있으니까요. 근
데 무엇보다도 저를 믿어주고 지원해 주시던 후원자께 감
사하는 마음으로 살아왔죠.

악마   후원자?

로이테   네. 어렸을 때 길에서 떠돌다 굶어 죽을지 얼어 죽을지도
모르기 직전에 저를 구해주셨어요.

악마   요즘 그런 은인을 만나기도 쉽지 않은데.

로이테   서재에서 지내게 해주셨는데 그때 화학도 처음 접하게 됐
어요. (사이) 방금까지는 사는 게 끔찍했는데 그분을 다시 만
날 때까지는 어떻게든 버텨봐야겠네요.

악마   (웃음을 참아보지만 이내 박장대소한다) 아, 더는 못 참겠다. 표정
관리하기 너무 힘들어.

로이테	지금 뭐하시는 거예요?
악마	아버지는 무슨 그 후원자, 평생 너를 착취할 생각이었어.
로이테	네? 함부로 말씀하지 말아 주시죠.
악마	후원자랑 연락 끊긴 지 좀 됐지?
로이테	그걸 어떻게 아세요?
악마	네가 꼬박꼬박 보고하는 치료제 연구 내용에만 정신이 팔려서 정작 너한텐 딱히 관심도 없던데? 하긴 뭐, 그런 식으로 필요한 것만 쏙쏙 빼먹으려고 실험실 하나 만들고는 너를 가둬 놓긴 했지.
로이테	가두다니요, 전염병으로부터 안전한 곳에서 치료제 연구에 집중하라고 절 보호해주신 겁니다!
악마	응응, 그래 그래.
로이테	연락이 끊긴 데에는 다른 이유가 있을 겁니다, 그래서 제가 목숨까지 걸고 다시 세상 밖으로 나온 거고요.
악마	그래, 그렇게 믿고 싶겠지. 근데 좀 이상하지 않아?

악마, 로이테에게 치료제를 보여준다.

로이테	그건!
악마	네가 만든 이 치료제. 이게 왜 가드들에게 있을까? 네가 그토록 우러러봤던 그 선하고 대단하신 아버지, 사실 봉사자 행세를 하면서 너를 이용한 거라고.
로이테	그럴 리가 없어요!
악마	미련해 빠져 가지고. 이럴 때야 말로 머리를 좀 굴려봐, 너한테 꼬박꼬박 보내주던 생필품부터 가식으로 범벅이 된 편지까지. 이제는 어디서 나뒹굴고 있는지 딱히 신경 쓰지도 않아!

로이테   말도 안 돼!

악마   이야, 넌 좋겠다. 이곳의 스물여섯 번째 독재자, 위대하신 각하의 아들이라서.

#악마, 손짓하자 무대의 분위기가 바뀐다. 효과 IN 과거 로이테와 후원자의 편지 내용(로이테의 과거)를 읊는다.

〈M.5 죄책감 가질 거 없어〉

악마
초기 연구 내용입니다
약효는 분명하나
아직은 심각한 부작용이 의심됩니다

로이테
아버지와의 약속 기억하며
더 완벽한 치료제 위해
연구를 이어갈 테니

로이테, 악마
기다려 주세요
사랑하는 아버지께
로이테 올림

#효과 OUT

로이테
모든 건 날 보호하기 위해서였죠

악마
널 세상과 단절시키기 위해서야

로이테
따뜻했던 후원자의 손길에

악마
이제 권력이 쥐어져 있지

악마 이상하지 않아? 가드가 굳이 왜 살려뒀을까?

로이테
그토록 믿었던
아버지가 정말로
날 이용한 거였나
차라리 날 죽이지
날 더 착취할 셈인가
원망에 심장이 찢어지네

악마 자, 이제 너도 치료제를 이용해 보자고. 독재자 아니, 네 아빠를 봐. 그 어설픈 치료제 덕분에 사람들을 쥐락펴락 하잖아. 네가 배신감과 죄책감에 휩싸이는 지금 이 순간에도 걔는 최고의 삶을 누리고 있잖아.

로이테

믿고 싶지 않아요

악마

좋게 생각해봐

로이테

살고자 하는 마음이 이용당해

악마

모두가 꼼짝 못할 네가 가진 힘

로이테

내가 연구할수록 세상은 추락하네

악마

죄책감 가질 거 없어
자부심을 가져봐
네가 혼신을 다해 만든 게
품은 힘을 느껴봐
욕망을 추구하는 건
너를 살아 숨 쉬게 해
그러니 이젠 욕구에 더 충실해 보자

악마, 로이테에게 손을 뻗는다. 갈등하는 로이테.

로이테

이곳의 불행은

나로부터 싹 텄고

죄책감에 휘감긴 난

도저히 견딜 수 없어

믿었던 그의 모습과 함께

내 삶의 이유도 사라졌어

로이테　전부 다 사실이라면 저는 차라리 죽는 게 낫겠어요.

로이테, 흐느끼다가 주위를 둘러보더니 창가에 걸려 있는 천들을 끌어내려 매듭을 묶는다.

악마　복수심도 안 드나? 나약하고 한심하긴. 애매한 죄의식에 딱한 선택을 하는구나. 잘 가라, 네가 좀 궁금한 정도였는데 굳이 더 매달리고 싶진 않다. 아! 너, 목은 금방 매다는 거지? (목이 졸리는 시늉) 핏줄 다 터졌을 때쯤 다시 구경 올게!

악마, 웃으며 퇴장.

〈M. 4-2 유일한 이유 2〉

로이테

유일한 이유 유일한 의미

죄책감 속에서 전부 다 부질없어

어떻게 무너질 줄 알고

모래 위에 내 전부를 쌓았나

내 귓가에 달콤한 속삭임 들려도
내 곁에 아무것도 없으니
이대로 더이상 버틸 수 없네

#후주 흘러나오는 중

로이테, 매듭에 얼굴을 집어넣는다. 눈을 질끈 감고 발을 드는 순간,
간지러움을 느낀다.
꿈틀 – 그리고 한 번 더 꿈틀. 로이테는 웃음이 터지는 동시에 소스
라치게 놀라 정말로 죽을 뻔한다.
뒤돌아보니 아이가 데이지 꽃을 들고 로이테의 발을 간지럽히고 있
다. 아이, 천진난만하게 웃으며 꽃을 흔들어 보인다.

#6 간지러움

아이   이 시간에 안자고 뭐해요?

아이, 로이테에게 꽃을 들이민다. 로이테, 몹시 당황한 기색.

아이   아저씨들은 보통 이 시간이면 누가 기절시킨 것처럼- (코골
         다가 숨이 턱 막혀서 깨는 시늉을 하며 웃는다)
로이테 어? 어…
아이   (매듭을 들며) 이건 뭐예요?
로이테 (매듭을 숨기며) 어! 그니까… 난 그냥… 달 좀 보고 있었어!

(아이: 오위! 달 좋죠!) 자 근데, 우리가 지금 이 시간에 이러고 있으면 안 되긴 하지? 자 얼른 가자.

아이 괜찮아요. 이 시간 즈음에 가드들도 윗사람들 눈치 보다가 외출하고 오는데 손바닥만 한 술병 하나씩 들고 왔다-갔다 하는 거, (속삭이며) 내가 혼자 몰래 봤거든요.

로이테 혼자서? 그러다가 무슨 일 생기면 어떡해, 너무 위험하지 않아?

아이 어차피 맨날 혼자인데요? 다 나만 무시해요. 흥 내가 뭘 그렇게 잘못했다고! 우리 엄마도 맨~날 울기만 하구 너무해. 내가 삐진 줄은 아나 몰라.

로이테 많이 외로웠겠구나…

아이 (꽃을 가지고 놀며) 이제는 다 익숙해요. 근데 아저씨도 좀 있으면 나 모른 척할 거죠? 다 알아요.

로이테 아니야… 누구보다도 그 마음 잘 알아. (사이) 난 함께 꿈을 꿔보자는 말에 눈을 질끈 감고 있어도 다 괜찮다고 생각했어. 그분을 믿었으니까. 실눈이라도 떠볼 걸. 멍청하게…

아이 무슨 꿈이었는데요?

로이테 눈이 타 들어가는 고통이 없는 세상. 전염병이 사라진 세상.

아이 어? 그럼 가드들이 주는 파란 약! 치료제!

로이테 응? 어…

아이 설마 했는데… 정말 아저씨가 만들었어요?

로이테 어, 아니야.

아이 맞는 것 같은데.

로이테 나 아니라니까.

아이 누가 봐도 수상한데.

로이테 사실 (주저하다) 내가 만들었어.

아이 히익!!!

사이. 로이테는 아이가 자신을 질책할까 두렵다.

아이   아저씨 진짜 짱이다.

로이테   응?

아이   아저씨가 사람들을 다 구한 거네요?!

로이테   아니야, 사람마다 부작용도 너무 다르고! 치료제가 지금 가
              드들 멋대로 쓰이고 있잖아.

아이   치료제가 어떤 내일을 만들지는 아저씨도 몰랐던 거잖아
              요. 당장은 아저씨 덕분에 없을 뻔했던 내일이라도 생긴 건
              데요?

로이테   그 치료제를 볼모로 자유를 뺏겼잖아? 내가 만든 걸 알면
              사람들은 날 원망할 거고, 나도 아무도 믿을 수 없으니 내
              하루하루가 무슨 의미가 있을지 모르겠어.

로이테, 애써 아이를 쳐다보지 않으려 시선을 거두고 한숨을 쉰다.

아이   그럼 부작용이 없는 새로운 치료제를 만들어 주세요.

로이테   뭐?

아이   아저씨라면 할 수 있잖아요!

로이테   (사이) 그래 뭐, 화학식은 거의 다 완성됐는데…

아이   정말요?

로이테   아까 가드한테 다 뺏겼어… 아니 갖다 바친 건가?

아이   그럼 좀 있으면 우리 모두 완벽하게 치료되는 거겠네요?

로이테   근데 중요한 성분 하나를 아직 못 찾았어. 그리고…

아이   그리고…

로이테   그걸 완성한들 실제로 써볼 수는 있을까? 오히려 아버지…
              아니 각하와 가드가 그걸 또 이용하겠지. 그렇게 되면 내가

또 상황을 악화시키는 거야.

아이 음… 사실 나도 가끔 사람들 속을 알 수가 없고, 밉고, 너무 너무 화가 나는데요! 나라도 둥글둥글하고 상큼한 마음으로 좋은 세상을 만들어보려구요. 그럼 언젠가는 다들 조금씩 달라지지 않을까요? 그래서 난 이 샤스타 데이지처럼 될 거예요! #M.6 IN

로이테 이 꽃처럼?

아이, 꽃을 얼굴 곁에 갖다 댄다.

아이 뭐가 나게요? 어머, 영영 못 찾는 거 아니야?

로이테, 어린 아이의 가벼운 농담에 대꾸하듯 옅고 짧은 웃음을 보인다.

로이테 꽃은 누가 봐도 이건데.

아이 흥, 됐어요! (잠깐 삐진 척하다가 방긋 웃으며) 우리 엄마가 이 꽃을 진짜 좋아해서 향기를 수시로 맡거든요? 근데 이 꽃이 우리한테 진~짜 많은 걸 알려준대요!

⟨M.6 데이지처럼⟩

아이
샤스타 데이지!
쌍떡잎식물 초롱꽃목
국화과 여러해살이풀!

로이테   그건 또 어떻게 알았대?

아이   전에 같이 지냈던 꽃집 언니가 알려줬죠!

아이

데이지는 초여름을 노래하죠
보고만 있어도 향긋한데
약간의 풀냄새는 덤이죠
들판에서 헤엄치는 느낌

데이지는 그냥 꽃이 아니에요
희망을 혼자 품지 않아요
살포시 바람에 띄워서 (후!)
널리널리 다 퍼뜨리죠

그 향기를 따라
작은 태양을 만났어요
사람들은 세상엔 어둠만 가득해
철없는 소리 마라 다그치지만

씨앗도 캄캄한 흙속에서
꿈틀대다 피어나듯이
세상을 바꿀 힘도
모두 다 이뤄지길
매일 밤 꿈꾸었네
데이지와 단둘이

아이, 꽃을 보더니 품에 가져간다. 그러다 로이테의 손에 꽃을 쥐어

준다.

로이테, 꽃을 든 순간 머릿속이 복잡해진다. 아이, 그런 로이테를 지켜본다.

로이테

데이지는 나완 너무 다르네

난 그저 희망을 짓누른 사람

모든 걸 돌이킬 용기도 없어

도망치고 싶을 뿐

꿈결에 휩싸인 날들은

악몽도 아닌 허상일까?

새벽이 그리워 눈을 떠도

허무한 어둠 속에서 후회하는

영웅의 탈을 쓴 비겁한 나는

어리석은 사람

로이테, 팔을 툭-떨구며 꽃을 바닥에 떨어뜨린다.

아이   아저씨가 뭐래도 전에 세상을 구했다는 사실은 변치 않아요. 나도 세상을 밝힐 테니까 그날까지 나랑 함께 해줘요. 아저씨는 이미 한 번 해냈으니까!

아이, 풀이 죽어 있는 로이테를 앞으로 끌어내고 로이테의 손에 꽃을 다시 쥐어준다.

아이

먼 훗날 언젠가 어른이 된다면
사람들 눈물을 위해서
그늘이 되겠다고 다짐해왔죠

로이테

세상을 구했던 것처럼

아이, 로이테

어떠한 유혹이 너를 막아도
우리의 꿈을 잃지 마
우리 예쁜 이 마음씨를
반짝 빛내서 새로운 기적을 향해

로이테

나아가자

아이

그 꽃을

로이테

그 꽃을
그 꿈을

그 꿈을

아이, 로이테
우리의 희망을 피워내자

아이
데이지처럼

로이테

데이지처럼
데이지처럼

데이지처럼

아이, 로이테
그 꿈을 함께해줘

아이, 매듭진 천을 하나 풀어 다시 빨랫줄에 넌다. (로이테, 아이를 도와주다 무의식중에 꽃을 내려놓는다) 아이, 천 위에 'live'를 삐뚤빼뚤 적는다. 아이, 꽃향기를 깊게 들이킨다. 날숨과 함께 생긋 웃어 보이며 퇴장. 로이테, 그제야 아이도 로이테가 자살 시도했다는 사실을 알고 있었음을 깨닫는다. 로이테, 천을 빤히 쳐다보다 아이가 퇴장한 방향으로 퇴장.
악마 등장.

#7 오기

[7-1]

악마　내 말은 귓등으로도 안 듣더니 기껏 한다는 게 이런 거야?

악마, 기가 차서 웃는다. 바닥에 떨어진 꽃을 집어 든다.

악마　꽃에 가시가 돋아나도 그런 소릴 할 수 있을까?

〈M. 7 가시를 돋아내〉

악마
고작 애새끼 하나에 마음을 다잡고
감히 내 심길 건드려
금방 허공으로 흩어질
불쌍한 놈인 줄 알았는데
그런 인간 따위에게 엮였다
다시 내쳐진 이 기분은
정말 더럽다 못해 또 역겨워
가만두기에는 참을 수 없이 거북하네

가시를 돋아내
내 안에 불타오르는
승부욕을 자극한 대갈 치를 거야
마음 속 깊숙이

검붉게 끓어오르는
나의 독기를 풀어 헤쳐서
어디에도 없는 지옥을 보여줄게

정말 눈물겹게 유감이지만
너에 대한 내 호기심을
키워낸 건 사실 바로 너야
그러니 억울해 하지 마

이 세상만사에 곱게 깃든
고결한 나의 기운을
함부로 걷어낼 궁리를 한다면
이 몸이 기꺼이 정성을 다해 상대할게

가시를 돋아내
내 안에 불타오르는
승부욕을 자극한 대갈 치를 거야
마음 속 깊숙이
검붉게 끓어오르는
나의 독기를 풀어 헤쳐서
어디에도 없는 지옥을 보여줄게

화사한 앞날을 그리며
비단 같은 꽃송이 되길
비웃을 시간도 아까운
유치하고 식상한 결의를 했네
천만에 네 안에 자라는 건

달콤한 향기에 숨은
악취 가득히 절여진 욕망 덩어리뿐야

가시를 돋아내
완벽한 나의 자취에 흠나게 둘 순 없으니
싱그런 심장이
찢겨진 틈으로
이 세상 모든 인간들의 속내는
전부 똑같이 물들어 있다는 걸
그중에서도 네가 특출나단 걸
내가 친절히 증명해주지
너를 간택할게

악마, 사악하게 웃더니 꽃을 무대 밖으로 던지고 발을 구른다. 삑
삑-! 가드의 호루라기 소리. #하루 일과 Reprise Underscore IN
악마, 가드를 지휘하고 가드는 수감자들을 지휘한다. 로이테와 수감
자들, 노동을 시작한다. 아이, 노동에 동참하는 척하더니 웃음을 참
으며 몰래 빠져나간다.

[7-2]

가드   치료제 배급 시간이다. 각자 위치로!

치료제를 배급 받는 사람. 사람들은 가드가 보는 앞에서 치료제를
섭취한다. 다시 노동 위치로.
헤르츠, 치료제를 몰래 뱉어 주머니에 넣는다. 로이테, 그 모습을 발

견한다.

나이브 다행이다. 이번 달은 좀 아슬아슬 했어.

헤르츠 메시아께 영광을 돌립니다… 감사합니다… 감사합니다…

가드 빨리 빨리 안 움직여!

알테 (속삭이듯) 오늘따라 더 지랄맞네.

레벤 그러니까요.

가드, 몽둥이를 내려친다. #노동, 시간의 흐름 삑 삑-! 가드의 호루라기 소리. 사람들, 들뜬 마음을 억누르고 차례대로 배급 받은 뒤 동시에 섭취한다. 로이테, 알약을 먹는 척 신발 안에 숨긴다. 가드, 몽둥이를 내리친다. 사람들, 경계한다.

가드 오늘도 이곳의 시스템 덕분에 소외되는 사람 하나 없이 집약적으로, 효율적으로 발전할 수 있었다. 하지만 아직도 각하께 감사할 줄 모르고 자신의 이득만 챙기는 데에 급급한 놈들이 있다. 그런 좀벌레 같은 것들은 이곳의 평화는 물론 너희 목숨줄 같은 치료제가 원활하게 공급되는 데에 굉장히 큰 걸림돌이 된다. 그러니 앞으로는 반역자를 성실히 신고하는 자에게 원하는 물품을 배급 받을 기회를 주겠다.

헤르츠 어… 어떤 물품도요? 어… 그… 그럼 그!

레벤 신고 방법은요?

가드 어떤 물품이든 가능하다. 신고 방법은 벽보로 붙일 테니 확인해보고. 그동안은 뭐 그럭저럭 지냈을 텐데, 앞으로는 더 긴장하고 서로를 예의주시하도록.

알테 안 그래도 삭막한 곳에

레벤 혹시 변화가 찾아오나?

나이브 나한테는 별 일 없겠지.

헤르츠 메시야여 부디 자비를 베푸소서!

악마, 가드를 자극하고 가드는 이에 반응하여 몽둥이를 내리친다. 사람들, 경례하고 가드 퇴장.
자유 시간을 알리는 방송이 울리고 사람들 사이에는 어색한 기류가 흐른다.
#하루 일과 Reprise – Underscore OUT

헤르츠 아… 아까… 그런 질문은 왜 했어요?

레벤 제일 적극적이었던 게 누구더라? 아주 신나셨던데.

알테 다들 왜 이래~ 안 그래도 요즘 분위기가 심상치 않은데 우리끼리는 이러지 말자고. 응? 자 가자~.

사람들 퇴장. 로이테와 아이, 약물이 들어있는 병과 치료제, 그리고 화학식이 적힌 천 조각을 앞에 두고 쭈그려 앉아 있다.

[7-3]

로이테 좀 더 검토해 봐야겠지만, 내 가설대로면 이 치료제를 포트라늄에 반응시킨 다음에 기화시키면 시신경 세포를 진정시킬 수 있는 물질이 만들어질 거야.

아이, 로이테의 말을 전혀 이해하지 못한 듯 미간과 콧구멍에 힘이
잔뜩 들어가 있다.

아이   (어딘가 미적지근하게) 아하… (비장하게) 응응.

로이테, 아이의 표정을 보고는 떨떠름하다.

로이테 그러니까, 이 새로운 약물을 증발시키면 중추신경에 침투
          하는 바이러스를 억제해서… (아이의 표정을 보더니) 아니, 눈
          이 타들어가는 고통! 그 고통부터 줄일 수 있을 거야.

아이   우와, 진짜요? 그럼 전염병을 완전히 물리칠 수 있는 거예요?

로이테 아직은 아니야. 증상을 억제시키는 건 가능한데, 완치를 위
          해서는 치료제에 한 가지 성분이 더 필요해. 그게 뭔지, 또
          어디서 구할 수 있을지는 모르겠지만.

아이   꼭 해낼 수 있을 거예요! (사이) 그리고 이거!

아이, 로이테에게 치료제가 꽉 찬 유리병을 내민다.

로이테 뭐야, 치료제잖아!

아이   쉿~! 비밀인데요, 우리 엄마는 이거 안 먹고 이렇게 모아
          놔요. 아저씨가 연구에 치료제도 필요하다고 했었잖아요.

로이테 그래도 이렇게 몰래 훔쳐 와도 되는 거야?

아이   에이, 훔치다니요! 세상을 위한 일이죠. 이런 순간들을 맨날
          혼자서 외롭게 상상만 했는데 이젠 아저씨가 함께해줘서
          너무 행복해요!

로이테 그래, 끝까지 잘 해내면 인류에게 정말 큰 도움이 될 거야.

악마   인류를 위한 일? (웃음) 정말 그렇게 생각해?

[7-4]

로이테, 주위를 둘러보지만 아이뿐이다. 귓가에 맴도는 악마의 목소리를 애써 무시하려 애쓴다.
레벤과 나이브, 꽁냥거리며 등장.

아이 아저씨, 아저씨! 더 필요한 건 없어요? 내가 뭐라도 도움이 될 수 있다면 어떻게든 다 찾아올게요!

로이테 어! 뒤에!

아이, 날뛰다가 레벤, 나이브와 부딪힐 뻔한다.
아이, 눈치 보며 도망치듯 퇴장. 레벤과 나이브는 로이테를 보더니 괜스레 쭈뼛거린다.

레벤 깜짝이야 뒤에 뭐! 왜 갑자기 소리를 지르고 그래! 한창 좋았는데, 짜증나게.

나이브 (헛기침하며) 형, 여기 계셨구나! 혼자 여기서 뭐하세요?

로이테 그냥 좀 쉬고 있었어요. (어깨를 풀며) 어휴, 오늘 좀 무리했나 봅니다.

레벤 아까 보니까 혼자 막 뭐라고 중얼거리고 있던데. 뭔가 수상해.

로이테 수… 수상하긴요! 저보다는 두 분이 더 수상한데요. (벌떡 일어나더니) 두 분 혹시…!

레벤 호… 혹시 뭐!

아이, 로이테에게 몰래 수신호를 보낸다. 레벤과 나이브가 로이테의 시선을 따라 뒤돌려 하자 애써 시선을 끈다.

로이테 (체조를 하며) 혹시 체조 같이 하실래요? 거북목에 직방이에요. 하나, 둘!

나이브 오, 잘됐네요. 저도 마침 스트레칭 좀 해야 했는데! 하나, 둘!

레벤 뭐래. 받아주지 마. 의심스러운 게 한두 가지가 아니야. 설마 우리 몰래 가드들이랑 한패 먹은 거 아니야?

로이테 뭐, 뭐라고요? 말 함부로 하지 마세요!

나이브 에이, 왜들 이러세요. 그러지 말고 우리 좀 이따 다시 봐요.

레벤, 로이테에게 계속 시비를 건다.

나이브 아이 누나… 누나는 예쁘니까 좀 참아.

레벤 나 예쁘다구…? 흥, 그래! 내가 예뻐서 참는다.

레벤, 나이브 퇴장.

#8 꿈

[8-1]

로이테, 약물을 확인하며 안도의 숨을 내쉰다.

로이테 큰일 날 뻔했네. 자 진정하고 다시. 이는 알파 델타 에이치 씨 엠에프… 브이는 삼분의 이 파이 케이 세제곱 더블유… 여기서 막혔네. 이 두 가지를 잘 결합시켜줄 성분만 찾으면 되는데…

〈M.8 악몽일까〉

악마

가여운 영혼아 두려워 마

해치지 않아

근데 너무 안도하진 마

네 맘대로 깨어날 수 없는 꿈

불쌍한 영혼아 두려워 마

해치지 않아

너의 가상한 노력에 감명 받아

기꺼이 선물을 안겨주리

로이테, 영감이 수없이 떠오르고 살아있음을 느낀다. #간주. 안무.

악마

내 재미를 위해서

한 가지만 당부하지

생각할 줄 모르면

너도 모르는 새

눈떠도 꿈속일 테니

거울 앞에서 스스로를 끝까지 의심해

어차피 결말은 하나니까

악마의 손길에 잠에 빠져드는 로이테. 음악이 끝나는 동시에 꿈에서 깨어난다.

로이테, 데이지 꽃을 꺾어 약물에 반응시킨다. 약물을 확인하더니 천
조각에 메모하는 과학자.

[8-2]

로이테 설마 했는데… 정말 데이지 꽃에 그런 성분이 있었어!

가드의 발걸음 소리가 들린다. 로이테, 수식이 적힌 옷을 황급히 입
는다.

가드 벌써 제보가 들어왔어, 너가 무슨 천 조각 하나를 몇 날 며
칠 붙들고 있다고. 분명히 경고했는데 또 무슨 꿍꿍이야?
(순찰봉을 꺼내며) 아, 그날만으로는 부족했나?

가드, 로이테의 경직된 얼굴을 보더니 웃음을 터뜨린다.

가드 장난이야, 장난. 누가 널 일러 바친 건 맞는데 #M.9 제안
IN 그동안 알고도 눈감아주는 거라고는 전혀 생각 못 했
던 거야?

로이테 무슨 말씀이신지 전혀 모르겠는데요.

가드 각설하고,

⟨M.9 제안⟩

가드

나를 처음 마주했던 날
발가벗겨진 기분으로
한 글자 한 글자 토해내듯
새겼던 너의 경위서
기억나니?

마치 변주된 선율처럼
어딘가 낯이 익은 모습
한 글자 한 글자 뜯어보니
보기 드문 실체가 드러났네

그저 그런 눈엣가시를 뽑아 버리려다
처음으로 원칙에 예외를 뒀고
각하의 눈에 쏙 들어버린
귀하신 몸을 발견했네

이곳을 더 높이 띄워줄
잊혀진 인재의 재발견
각하의 미소가 짙어질수록
난 내 선택에 보람찼네

이렇게 달콤한 제안을
마다할 이유 난 모르겠지만
그 비상한 두뇌로 생각해봐

너한텐 둘도 없는 절호의 기회

썩은 내 풍기는 거적때기 위에
몰래 끄적거리는 건 그만두고
얇게 깔린 눈처럼 녹아버릴
지금 네 고민은 미뤄두자

쾌적한 곳에서 대접 받으며
최고를 누리고 싶지 않니?
어려워 할만한 건 전혀 없을 걸
딱 이것만 지키면 돼

하루 한 번 각하의 명령에 따른 연구 수행해
정해진 성과 채우면
그날 할당량은 끝이야
어떤 것이 현명한 길인지
이젠 냉정하게 생각해봐
군이 강요하진 않겠어
이번에는 특별히
너에게 선택권을 주겠어

가드, 로이테에게 계약서를 건넨다.

가드   연구에서 일정 수준의 성과만 내면 나머지 시간은 다 네 거야. 최고의 시설에서 최고의 나날, 생각만 해도 굉장하지 않아? 자 어떡할래? 네 재능을 썩히긴 아쉽잖아.

로이테   제가… 생각할 시간이 좀…

가드, 로이테를 유심히, 무섭게 쳐다본다. 로이테는 주눅 든다.

가드   (웃으며) 긴장 풀어. 우리가 기꺼이 기다려 줄게. 물론 빠를수록 좋고!

가드, 퇴장. 고민하는 로이테.

[8-3]

로이테   그래. 여기선 장비도 턱없이 부족하고 마음껏 실험할 수 없으니까 무조건…! (계약서를 쥐고 가드에게로 가려다가) 아니, 내가 지금 무슨 생각을 하는 거야! 죄책감에 시달릴 땐 언제고 이젠 저 사람들 밑에서 일하겠다고…? 어떤 이유든 간에 내가 누리는 만큼 사람들이 고통에 시달릴 거야. 시스템도 결국 내 치료제 때문에 생긴 건데 나 때문에 또다시 무슨 일이 생길 줄 알고. 정신 차려! (약물을 바라보며) 그래도 내 전부를 다 바친 건데…

〈*M.10 두 얼굴*〉

로이테

향긋함에 매혹되어서
가시에 찢긴 줄도 몰랐네
인류를 구원할 저 빛을 향해서
마냥 해맑게 나아갔어
하지만 뒤돌아보니

내 그림자만 자라나고 있었네
천진한 생명들의 숨통을 비틀
독사의 알을 품었던 것
희망에 가득 찼던 도약이
독약이 될 줄 누가 알았나?
짙은 악몽이 또 펼쳐지나?
이렇게 망각 속에 주저해도 되는 걸까?
두 얼굴의 나

아이
우리도 나중에 데이지꽃처럼
사람들 눈물을 위해서
그늘이 돼 주자고 약속했었지
어떠한 유혹이 너를 막아도
우리의 꿈을 잃지 마

아이, 로이테
너의 예쁜 그 마음씨를
반짝 빛내서

예쁜 그 마음씨

로이테, 아이
새로운 기적을 향해 나아가자

악마   고민할 가치도 없어!

악마
이 세상은 너 아니면
이미 죽은 목숨
이게 너의 유일한 행복이라며
여태껏 남들을 위해 살아왔어
이 정도 자유도 네겐 없는가?

악마, 아이, 로이테
처음 의도만은
순수했었잖아
넌 그저 역할을
다하는 것뿐

너만의 태양을
등져야 한다면

의미 없는 삶이 연속될 거야
악마가 되는 건
한순간이야
아니야 넌 달라
굴복하지 마

악몽이
코앞에 다가와

제발 아직 늦지 않았어

의미 없는 삶이 연속될 거야

로이테
양심을 짊어진 어제와
희생에 올라탄 내일과
그 사이에서 나는 무얼

로이테, 아이, 악마
선택해야 하나

로이테
두려움이 날 휘감아
정의의 탈을 쓴 미련일까?
하지만 더는 주저할 시간조차 없어

로이테, 악마
세상을 짓누르고 다시 건져 올리는
두 얼굴을 가진 과학자
아무도 날 원망할 순 없겠지

로이테
어차피 돌이킬 수 없어
새하얀 결말을 위한
한줄기 빛을 그리며
과감히 어둠 속으로

로이테, 악마
나아가리라

#9 변화
────────

[9-1]

남들 몰래 신고함에 쪽지를 넣는 한 사람의 실루엣.

〈체제 선전 광고〉
각하께는 충성을
맡은 일엔 정성을
최고의 미래를 위해
이곳을 위해 살리라
이곳

가드 오늘도 반역자에 대한 신고가 접수됐다. 죄질이 아주 썩어
빠졌어. (버럭 하며) 감히 각하를 모욕해? (사이) 거기 너.

나이브, 일어나려다 주저한다.

나이브 저… 말씀하시는 겁니까?

알테, 나이브의 어깨를 누르고 일어선다.

알테 제 아들놈인데 아직 어려서 말이 헛나왔나 봅니다. 나이브, 잘못했다고 무릎 꿇고 빌어! 어서!

나이브 아버지! 지금 아버지가 왜 나서요! 전 아무것도 한 적 없습니다! 결백해요!

알테 다 제가 잘못 가르친 탓입니다. 정말 죄송합니다. 저 아시지 않습니까? 시스템이 도입된 이래로 딴청 안 부리고 누구보다 열심히 일만 했습니다. 무슨 일인지는 모르겠지만 한 번만 봐주십시오!

가드 죄송해? 진심으로?

알테 그렇고 말고요!

가드, 알테를 빤히 보더니 총을 쏜다.

나이브 아빠!

나이브, 알테에게 달려든다. 레벤, 튀어나오는 비명을 손으로 틀어막고 헤르츠, 온몸을 떨며 호흡이 가빠진다.

가드 다 국가를 위한 일이니 정신들 똑바로 차리자고. 그리고 넌 따라와.

가드, 퇴장. 로이테, 발걸음이 떨어지지 않는다. 나이브, 황급히 알테의 곁으로 달려간다.

나이브 아버지, 정신 좀 차려요! (주위를 보며) 방금까지 멀쩡했는데, 벌써 손이 차가워요 어… 어떡하지? 어떻게 못해요? 숨이라도 붙어 있어야지 이렇게 바로 가버리는 게 어디 있어!

아이, 등장.

아이	오늘은 꽃이라도 피어 있음 좋겠다. (인파에 놀라 숨으며) 뭐야?
나이브	(로이테를 보며) 형, 어떻게 못해요?
로이테	정말… 유감이지만…
나이브	아니, 그딴 소리 필요 없다고! 뭐라도 해봐 좀!

로이테, 애써 나이브의 시선을 피하며 뒷걸음질 친다.

나이브	어딜 가, 책임은 져야지!
로이테	제가 어떻게요!
나이브	아버지나 내가 이곳을 모욕한 적 있어? 했어도 네가 이곳 시스템이 이해가 안 된다고 지랄해서 그랬던 것 말고 뭐 있냐고. 네가 생각해봐도 아버지가 직접 잘못한 건 없잖아!
로이테	저도 가슴 아픈데요… 이만 가봐야 해서요. 정말 죄송해요.
나이브	가드가 왜 형보고 따로 보자는 거야? 몰래 보고라도 해왔던 거야?

로이테, 우물쭈물거린다.

나이브	우릴 버리고 가드한테 가겠다? 내가 형 진짜 좋게 생각했는데.
로이테	저도 어쩔 수가 없어요.
아이	아니야, 얼른 아니라고 말해!
헤르츠	저기… 지… 진정해요. 로이테도 일부러 그런 건 아닐 텐데… 뭔가 사정이 있을 거예요.
나이브	(말을 끊으며) 말릴 걸 말려야지. 아, 설마 이번 일 당신이 신

고한 거야? 우리 대화 내용을 들은 사람이 몇이나 된다고. 이제야 말하는데 평소에도 존나 의심스러웠어.

헤르츠 무… 무슨 소리예요! 저는 억울해요!

레벤 나이브, 속상한 건 알겠는데…

나이브 아, 그럼 누나가 꼰질렀어?

레벤 뭐? (사이) 너 말조심해.

나이브 이제 내가 무서울 게 뭐가 있다고?

레벤 난 진짜 아니야.

나이브 처음 포상 공지됐을 때 눈에서 빛이 나던데.

레벤 뭐야 그럼 그동안 계속 나를 의심해 왔던 거야?

나이브 그래도 아니길 바랬지.

레벤 (사이) 그런 너는? 너는 뭐가 그렇게 당당한데? 아까 알트 아저씨한테 다가가지도 못하고 총구랑 눈이라도 마주칠까 쫄아 있던 너는 뭐가 그렇게 다른데?

나이브, 반박하고 싶지만 후회가 밀려와 울분을 토한다. 로이테, 자리를 뜨려는데 아이가 그 앞을 막아선다.

아이 아저씨… 좋은 사람 되기로 한 거 아니었어?

로이테 알테 아저씨가 눈앞에서 죽었는데 바보같이 아무것도 못했어… 가드…! 얼른 가드에게로 가야 해.

로이테, 도망치듯 자리를 뜬다. # Underscore.
로이테, 헐레벌떡 무대 위로 등장. 자신이 달려온 길을 뒤돌아보니 수많은 감정이 그를 괴롭힌다.
로이테는 가드에게 받았던 계약서를 펼쳐본다.

#10 실체

로이테는 가드에게 받았던 계약서를 펼친다.

로이테   여기가 맞는데.

로이테, 거울을 보고 있던 바우어와 부딪힌다.

바우어   어머머 뭐야 뭐야. 아 왜 건들고 난리야 짜증나게! (로이테를 보더니) 응? 뉴페이스?

뮐러   왜 이리 호들갑이죠? 연구에 집중을 할 수가 없습니다. (로이테를 보더니) 누구? 몇 살?

로이테, 대답이 없어 바우어와 뮐러가 부담스럽게 들이댄다.

로이테   로로로로이테! 스물일곱 살입니다.

뮐러   오우, 핫 가이.

바우어   아 쟤가 갠가 보다! 가드께서 한 명 들어올 수도 있다고 그랬잖아. 인물 좀 좋다고 했던 것 같은데. 쟨 것 같지 그치?

뮐러   사실 내 스타일 아님.

바우어   아깐 핫 가이라며!

뮐러   쉿. 근데 계약 고민 중이라고 들었는데, 승낙하시기로 한 건가요?

바우어   곤란해, 곤란해, 그것도 상당히. 어떻게 그걸 고민할 수가 있지? 그것도 위대하신 각하께서 선사하신 기회인데.

뮐러   아직 그 메리트를 몰라서 그런 것 같다는 추측을 해봅니다.

바우어 지금으로부터 700년을 거슬러 올라가도 누구나 가지고 있
었던 최신 기기들, 기술들, 시설들! 요즘은 코빼기도 안 보
이잖아.

로이테 생각해보니 정말 그렇네요.

바우어 이곳 시스템의 중심을 꽉 잡고 있는 랩!

뮐러 그 진실을 알고 싶지 않아?

<M.11 LAB>

악마

때 묻지 않은 어렸을 적 스케치북에 적셨던
무지갯빛 미래는 온데간데없고
손 대기도 싫은 구정물만 남았어
이곳이 이리 퇴화해버린대도
그만한 이유가 있지
혹시 너 궁금하지 않니
이곳의 비밀-
알려 줄게

가드

귀찮은 새싹은 미리 잘라버려야 해
머리가 쓸데없이 자라나지 못하게
세상 모든 정보는 무슨 수를 써서라도 전부 빨아들여
귀찮은 골칫거리들 싹 다 말라비틀어지게 두는 거야
그렇게 검열해야만 이곳을 통제하기가 쉬워져
모두 각하의 손바닥 밖으로 가지를 칠 수 없게 만들지

합창

L. A. B. 랩 이곳의 엔진
연구를 향한 열정이 활약하는 곳
L. A. B. 랩 이곳의 심장
연구를 향한 욕망이 칭송받는 곳
L. A. B. 랩 이곳의 엔진
연구를 향한 열정이 활약하는 곳
L. A. B. 랩 이곳의 심장
연구를 향한 욕망이 칭송받는 곳

바우어

최첨단 기술은 우리만 다룰 수 있지
효율을 높이고 또 절약을 실천하게

뮐러

그 속의 알맹이는 우리가 골라내
원 없이 연구를 반복할 수 있게 되지

바우어, 뮐러

우리 비상한 두뇌를 활성화할
탄단지 고루 갖춘 만찬도
우리만 실컷 섭취해

합창

L. A. B. 랩 이곳의 엔진
연구를 향한 열정이 활약하는 곳
L. A. B. 랩 이곳의 심장

연구를 향한 욕망이 칭송받는 곳
L. A. B. 랩 이곳의 엔진
연구를 향한 열정이 활약하는 곳
L. A. B. 랩 이곳의 심장
연구를 향한 욕망이 칭송받는 곳

가드
한 가여운 나비가
구더기를 간신히 헤치고 날아들었네

합창
험난한 여정의 끝에서

가드
드디어 우리 품에 도착했는데
두 팔 벌려 반겨야지 기특해라!

합창
끝없던 날갯짓 멈추고

바우어
이제 우리 함께

뮐러
꽃잎에서 햇빛을 만끽해

바우어, 뮐러
진드기들이 잎사귀 아래서 굶어 죽든 말든 난 상관 안 해

합창
하찮은 그들에게 그늘을 허락해준 것만으로도 평생을 감사해야 해
그게 각하께서 말씀하신 섭리니까

돌림노래 (악마-뮐러-바우어)
L. A. B. 랩 이곳의 엔진
특권은 우리 것 다 누려봐
L. A. B. 랩 이곳의 심장
너의 꿈 마음껏 다 펼쳐봐

망설일 여유조차도 없어
지나간 기회는 오지 않아
이제는 매순간 알차게 써
다시 한 번 집중해봐

합창
뮐러
L!

합창
A!

합창
B!

엘리트 중에서도 손꼽히는

바우어
에이스만 쏙쏙 뽑아내

가드
비로소 우린 최고가 되어

합창
누려! 누려! 누려! 누려!
L. A. B. 랩 이곳의 엔진

연구를 향한 열정이 활약하는 곳
L. A. B. 랩 이곳의 심장
연구를 향한 욕망이 칭송받는 곳
L. A. B. 랩 이곳의 엔진
연구를 향한 열정이 활약하는 곳
L. A. B. 랩 이곳의 심장
연구를 향한 욕망이 칭송받는 곳

전략적인 퇴화를 발판삼아
우리는 더 높이 도약하자
이곳에서!

가드   그래서, 결정했어?
로이테   하겠습니다… 연구원.

#11 그럼에도 살아가는 이유

가드, 흡족해한다. #M.11 OUT
샤스타 데이지가 피었던 담벼락. 아이, 실눈을 뜨며 담벼락 쪽으로
향한다.

아이   제발 오늘은 꽃이 피어 있어라!

아이, 빼꼼— 담벼락을 본다. 꽃이 피어 있던 자리에는 시든 풀뿐인
걸 확인하자마자 주눅 든다.

아이   이젠 데이지도 나를 무시하는 거야 뭐야! 아저씨 진짜 가드
들한테 갔어요? 결국 아저씨도 똑같잖아!

⟨*M.12 사막의 이슬*⟩

아이
다음 봄을 함께 기다리면 좋았잖아 우리 약속했듯이
메마른 땅에 함께 꽃을 피워내자니까 도망치듯 사라졌네

사막에도 이슬이 생기듯이
이번에는 다를 줄 알았는데
처음이 아니라도 외로운 맘은
익숙해질 줄을 모르네

먹구름이 또다시 자욱해도

내 눈물이 빗방울 되어줘서
사막을 새파랗게 물들여 주길
나만의 이슬을 찾아 살아보는 거야

나이브
실감나지도 않는 하루가 흘러가고 울 힘은 사라져

헤르츠
그저 답답한 내 마음만 얼어붙어 가망 없어 보이는 인생

나이브
한없이 초라한 내 모습

헤르츠
매일 날 괴롭히지만

나이브, 헤르츠
그래도 살아가는 이유는

사막에도 이슬이 생기듯이
언젠가는 세월이 흐른 길에
힘겹게 서러움을 꾹 삼킨 내 앞에
맑은 샘물이 피어나길

사막에도 이슬이 생기듯이
언젠가는 미소가 떠오르길
모든 게 다 낯설고 미워져도

사막의 이슬을 찾아 살아보는 거야

무대의 다른 한 켠에서 로이테, 연구소에서 촉망받는다. 로이테, 연구하는 사이사이 고민에 잠기지만 그럴 틈도 없이 가드에게 불려간다. 다시 자리로 돌아와 자신의 연구에 몰두한다.

아이
사막에도 이슬이 생기듯이

헤르츠
언젠가는 희망을 찾을 테니

나이브
또다시 우두커니 남겨져도

아이, 나이브, 헤르츠
달라진 내일을 그려봐

먹구름이 또다시 자욱해도
내 눈물이 빗방울 되어줘서
사막을 새파랗게 물들여주길
나만의 이슬을 찾아 살아보는 거야

나는 사막의 이슬이 다른 무엇도 아닌
나라고 믿으니까
그게 나니까

무대 위 로이테만 남는다.

#12 다른 선택

[12-1]

⟨M. 13 문제없어⟩

로이테
문제없어
비록 다른 방법이 없어
일단 비열한 자들과 손잡았지만

이건 모두를 위한 최선의 선택
각하를 위한 연구 뒤에 숨어
내 연구를 다듬은 덕에
드디어 고지가 코앞에

문제없어
아이와 진심 담은 약속을
드디어 이룰 수 있어
내가 향할 결과만 생각하자

멀리서 음악 소리가 작게 들린다. 로이테, 음악을 따라 부르듯 흥얼거린다. 그러다 음악 소리가 점점 커지자 멈춰 선다.

로이테   잠깐, 이건 음악 소리가 아니잖아.

이곳 광장으로 나온 로이테. 사람들의 비명 소리가 서로 뒤엉킨다.

⟨M.14 비명⟩

합창
아 아 아

가드
참으로 아름답구나
각하의 뜻을 향해
각 잡히고 통제되는
감미로운 하모니

로이테   이게 다 무슨 일이죠?
가드   아, 테스트 중이야. 자네가 연구한 내용 덕에 각하께서 꿈꾸
              시던 일을 실현시킬 수 있게 되었어. 치료제에 새로운 성분
              을 넣어 봤는데 통증을 극대화시키는 데 성공했어! 훌륭해!
로이테   저는 이런 연구를 한 적이 없는데요?
가드   무슨 소리야, 이거 자네가 만든 새로운 성분인데?
로이테   그건 유해한 성분이 검출돼서 폐기시켜야 합니다!
가드   각하께서 생각을 바꾸셨어. 어차피 결과만 같으면 되니까.
              이제 사람들을 더욱 간편하게 통제하게 됐어. 잘 하면 머릿
              수도 손쉽게 조절할 수도 있고. 수고했어.

로이테 안 돼…!

로이테, 고개를 저으며 뒷걸음질 치다 광장으로 뛰쳐나간다.

합창
아 아 아
무슨 죄를 저질렀다고
우리 이 고통에 시달리나
그저 농락당하며
죽을 운명이었나
우린 더 이상 살 가치도 없는가

로이테 헤르츠! 다들 진정하세요! 눈에 자극이 갈수록 통증이 더 심해져요! 나이브 제발 내 말 좀 들어요! 레벤!

로이테, 난장판이 된 수용소에서 애써 사람들을 진정시키려 하지만 사람들은 이미 고통에 몸부림 치고 있다.

로이테 아이… 아이는 어딨지?

로이테, 아이를 부르려 하지만 머뭇거린다.

로이테 나 설마, 그 아이 이름조차도 모르는 거야…?

가드 등장. 얼굴이 제대로 보이진 않지만 사람들을 지켜보고 있다. 로이테, 사람들을 헤치고 가드에게 외친다.

[12-2]

가드　이번엔 또 무슨 일인가?

로이테　제발… 테스트를 중단하면 어떻겠습니까?

가드　내가 왜 그래야 하지?

로이테　그야…

악마, 모자를 벗는다. 로이테와 악마를 제외한 모든 것들은 슬로우 모션.

로이테　당신!

악마　어때? 이 광경이 자네 보기에도 아름다운가? 아주 감미로운 선율에 빠져드는 기분이야.

로이테　다 네가 꾸민 짓이었어.

악마　음, 그건 아니지. 이건 우리가 함께한 걸작인데? (웃음) 난 네가 무슨 경주마라도 된 줄 알았어. 오로지 연구만 바라봤었잖아, 질주했잖아! 왜 이제 와서 흔들리는데?

로이테　난 세상에 도움을 줄 방법을 찾아 헤맨 거야. 그 끝에 겨우 도달했고!

악마　그 과정이 사라지는 건 아니잖아. 그래서 네가 말하는 그 선의라는 핑계가 가증스러운 거야.

로이테　적어도 악의는 없었어.

악마　(웃으며) 그렇게 말하면 서운해. 우리의 시너지는 환상적이다 못해 초월적이었어! 그리고 누구도 날 부정할 수 없어.

〈M.15 네 모습을 봐〉

악마

지금껏 고뇌했던 모든 순간 전부 물거품이 됐어

줏대 없이 방황하는 네 모습

로이테

나는 매순간 오로지 나만 할 수 있는

최선의 선택을 했을 뿐

악마

너의 얄팍한 신념을 위해 수많은 죽음 간과했어

로이테

더 큰 비극을 막기 위해서 피할 수 없는 과정이야

악마

네가 날개를 널리 펼친 대가

로이테

사람들 품으려던 내 노력

로이테, 악마

쓸데없는 소린 때려 쳐

지금 네 모습을 봐 네가 눈 감은 실체를

목 끝까지 차오르는(차오른) 현실을 받아들여

진실은 단하나 돌이킬 순 없어

억지로(억지로) 뒤엉켜(뒤엉켜) 결국 침몰하는 네 모습을 봐

로이테
이기심에 물든 적 없어

악마
권력 앞에선 똑같아

로이테
분명 의도는 선했어

로이테, 악마
무의식이 어디로 향하는지

악마
자 예상했던 비극이 드리우네

로이테
지나갈 바람일 뿐야

악마
찰나의 교만함이 바로 나를 인정한단 증거

로이테, 악마
아니야 난 달라
굴복하지 않아
이유 있는 행동이야

이번엔 무너지지 않아

인간들은 꼭 그렇더라
다른 놈들 등 뒤에 숨어서
원하는 건 다 해놓고
죄를 부정하곤 해

로이테, 악마
발버둥칠수록 늪에 빠지게 되지
지금 네 모습을 봐 네가 눈 감은 실체를
목 끝까지 차오르는 현실을 받아들여
진실은 단하나 돌이킬 순 없어
핑계로(핑계로) 뒤덮여(뒤덮여) 결국 침몰하는
지금 네 모습을 봐

악마   정말 이 모든 게 최선이었을지 잘 생각해봐. 네가 진작에 멈췄더라면 이런 일은 생기지도 않았어. 계약이 성사되는 순간부터 네가 괴물을 낳을 수도 있다는 건 너도 어느 정도 알고 있었고 사람들 목숨을 담보로 네 행복과 성취감에 취했잖아. 그렇다고 죄책감 가질 건 없어. 원래 나는 당연한 존재니까!

로이테   닥쳐, 네가 뭘 안다고 지껄여!

악마   방금까지 아이를 찾고 있지 않았나? 방금 전까지도 오두방정을 떨고 있더라고, 거슬리게 말이야.

로이테   설마 네가 아이를! 아이한테 무슨 짓을 한 거야.

악마   내가 아이를 어떻게 했을까? 갈아 마셨을까, 찢어 죽였을까? (비웃으며) 내가 순순히 말해줄 것 같아? 알아서 잘 찾아봐.

악마, 사라지는 동시에 다시 사람들의 비명이 들려온다. 비명들 사이 사이 로이테를 원망하는 환청까지 들린다.

⟨M.14-2 비명 2⟩

합창
아 아 아

사람들이 고통스러워하며 점점 로이테에게로 좁혀오자 로이테는 절 박한 심정으로 랩으로 돌아가 자신의 실험 도구들을 꺼낸다.

로이테
지금 내가 할 수 있는 건
악의 기운을 끊어낼 수 있는 건
오로지 세상을 멈추는 것뿐

로이테, 온갖 약물을 혼합한 뒤 책상에 올려 두고 뒷걸음질치며 자 리를 뜬다. 가드, 로이테를 뒤늦게 발견하지만 로이테는 이미 도망친 후였다. 카운트다운을 대신하는 악기 소리. 가드는 이곳을 수습하려 다 도망친다. 엄청난 폭발음(혹은 큰 악기 소리)과 함께 암전. #넘버 OUT 사이. 무대 한켠의 TV에서 체제 선전 광고가 치직거리며 흘러 나온다.

#13

———

[13-1]

〈체제 선전 광고〉
각하께는 충성을
맡은 일에 정성을
최고의 미래를 위해
이곳을 위해 살리라
이곳

바람 소리. 이곳은 아수라장이 되어 있다. 몇몇 사람들은 건물 잔해에 깔려 있다. 무전기 소리가 들린다.

"101번 사상자 확인. 102번 추가 확인."
"여기 긴급 지원 부탁드립니다!"

사람들의 곡소리. 전에는 창살 틈으로만 보았던 하늘이 넓게 펼쳐진다.

가드   로이테… 로이테! 정신 차려봐.

로이테, 이내 정신 차린다.

가드   나 좀 도와줘. 도대체 랩에서 무슨 짓을 한 거야!

로이테, 주위를 두리번거리다 간신히 일어선다. 그리고는 가드의 품에서 떨어진 총을 집어든다.

가드 　지금 그게 중요한 게 아니잖아. 빨리 이것 좀 치워봐! 다리에 감각이 거의 없어.

로이테, 가드에게 총을 겨눈다.

가드 　너 미쳤어? 갑자기 왜 이래.

로이테 　시스템만 없었어도… 아니, 당신처럼 짐승만도 못한 쓰레기 새끼들만 없었어도 이런 일은 없었을 거야.

가드 　너도 알잖아, 난 다 이곳을 위해 각하께서 시키는 대로 했을 뿐이야.

로이테 　그놈의 각하, 각하, 각하!

가드 　이제 와서 왜 이러는 건데! 너도 내 덕 좀 보면서 마음껏 누렸잖아! (사이) 아니면 내가 싹싹 빌기라도 할까? 그러면 돼?

로이테 　제발 좀!

가드 　내가 잘못했어, 진심이야 제발 이번 한 번만 살려줘! 나라고 뭐 좋아서 그랬겠어? 난 그저 평범한 공무원일 뿐이야! 나한테…

로이테, 가드의 머리에 총을 쏜다. 그는 총을 버리고 발걸음을 옮긴다.

[13-2]

아이 　아저씨!

로이테, 아이를 끌어안는다.

로이테	살아 있었어! 다행이다. 정말 다행이야. 어디 다친 데는 없고?
아이	아저씨 미워요! 말도 없이 떠나고 왜 그랬던 거예요 왜!
로이테	(울먹이며) 미안해, 내가 미안해. 어디 다친 데는 없고?
아이	갑자기 뭐가 뻥! 터졌는데, 그래서 수용소 사람들은 몇 명 빼고 다 살았는데 외벽이 부서져서 지금 난리도 아니에요.
로이테	(혼잣말로) 다행인 건가.
아이	아저씨는 뭐 알고 있어요?
로이테	아무것도 아니야. 맞다, 너가 나한테 이렇게 특별한 아이인데, 내가 너 이름을 모르더라. (사이) 이름이 뭐야?
아이	내 이름이요? 내 이름…! 어! 음…! 어? 이상하다. 근데 진짜 왜 이름이 기억이 안 나지? 불린 지 좀 오래돼서 그렇지 우리 엄마가 지어준 예쁜 이름이 있는데, 분명 있는데. 음… 101번…?
로이테	에이, 그런 이름이 어디 있어. 장난치지 말고.
아이	장난 아니에요! 엄마가 아까 나한테 뭐라고 그랬더라~? 우리 엄마가 내 딸, 내 딸. 내 새끼, 내 반쪽. 항상 이렇게만 부르다가 어떤 아저씨가 나를 101번이라고 부르고 갔거든요? 그랬더니 엄마가 101번 아니라고, 그런 소리 하지 말라고 엄청 화내긴 했어요. (사이) 근데 생각해보니까, 우리 엄마 울음소리가 달랐어요.

<M.16 대답이 없어>

아이

내 이름이 뭐였는지 기억나지 않아
우리 엄마가 불러주던 내 이름

생각해보니 우리 엄마는
달이 몇 번이고 나를 감싸주다
고개를 돌릴 때까지
내가 하는 말에 대답이 없었어
우리 엄마는 내가 하는 말에
대답이 없었어

아이   내 뺨이 다 젖도록 울기만 하고 어떤 말도 하지 않았어요.

헤르츠의 울음소리가 들린다. 로이테, 헤르츠에게로 다가간다. 헤르
츠, 눈물을 흘리며 아이를 어루만지고 있다.
아이, 헤르츠를 멀리서 지켜본다.

헤르츠   내 딸, 내 딸…

로이테, 하얗게 질린 얼굴로 헤르츠 품에 있는 딸의 얼굴과 아이의
얼굴을 번갈아 쳐다본다.

로이테   헤르츠… 딸이 있었어요?

헤르츠, 화들짝 놀라 아이를 숨기듯 품에 와락 안는다.

헤르츠   로… 로이테..!
로이테   딸이 계신 줄은 전혀 몰랐어요. 혹시 따님은 어쩌다가…
헤르츠   우리 딸 이제 어떡하죠?

헤르츠

나의 아가 어렸을 적 전염병이 돌아
지푸라기 잡듯 치료제 받았죠
부작용일까 그 작은 몸은 견디지 못했고
너무 가혹한 끝없는 잠에 빠졌죠
아무리 기다려도 대답이 없었어
우리 딸은 내 말에
대답이 없어

로이테　　치료제 때문에 코마 상태에 빠졌다고요⋯?

헤르츠, 힘겹게 끄덕인다.

아이, 헤르츠

매일 한 송이씩 손에 쥐어 주던 꽃
샤스타 데이지의 꽃말은 희망과 인내

헤르츠

내 심장과 같은 아이와
이런 희망을 꿈꾸는 건
이런 인내를 감당하는 건
가슴이 찢어지네

아이, 헤르츠

세상에 나 홀로 남겨져 영원히 떠도는 느낌
함께라고 믿는 건 내 착각일까
누가 알려줘 제발

두 눈을 가만히 보아도 끝나지 않는 나의 혼잣말

아이, 헤르츠

어쩌면 나 떠난 지 꽤 됐나

우리 둘만 몰랐던 걸까?

엄마가 언제나 네 곁에 있어

오늘도 사랑해 널

아이, 헤르츠

매일 한 송이씩 손에 쥐어 주던 꽃

샤스타 데이지의 꽃말은 희망과 인내

아이

엄마의

헤르츠

내 딸의

아이, 헤르츠

뺨을 어루만져도

아이

엄마는

헤르츠

내 딸은

아이, 헤르츠

여전히

대답이 없어

로이테 아이가 한참 동안 코마 상태였다고요? 계속 누워있었다고 요? 그럼 저 아이는…

무전기음성 7구역, 101번 사상자, 여기 지원 바랍니다!

헤르츠 아이고, 내 딸, 내 딸…

무전기음성 7구역, 101번째 사상자, 사망하셨습니다. 101번 확인. 101 번 확인. 방금 사망했습니다.

헤르츠 무슨 소리야! 내 딸은 몬트야. 예쁜 이름이 버젓이 있는데 101번이 뭐야! 퉤! 꺼지지 못해? 몬트는 안 죽었어!

아이는 충격을 금치 못하고 도망친다.
로이테, 충격에 빠져 뒷걸음질치다 사람들과 부딪힌다.
뒤에서 엿듣던 레벤 등장.

레벤 딸이 있었어? 그럼 혹시 그때 신고한 것도… 미친년…

헤르츠 미… 미친년? 지금 마… 말 다 했어?

레벤 그래 미친년. 딸 하나 핑계로 그동안의 일들이 정당화 되 냐고.

헤르츠 (벌떡 일어서더니) 나 하나 간수하기도 힘든 곳에서 내 새끼 아니, 내 심장과도 같은 내 아가를 지키겠다고 내가 그토록 발악해왔어. 다른 누가 알면 이 사실을 이용해 먹을까봐, 가 드들에게 들키면 우리 딸 어떻게 될까 봐 한시도 평온할 수 가 없었거든. 그래 나 미쳤는데 어쩔 건데! 너라면 견딜 수 있어? (사람들의 표정을 보더니 실없이 웃다 진정한다) 괜찮아. 메 시아… 메시아가 찾아올 거야. 메시아가 우릴 지켜줄 거야. 그러니까 다 닥쳐! 내 딸 죽은 거 아니야.

수감자5, 나이브를 이끌며 등장.

[13-4]

사람   어, 저 자예요! 저 자가 가드를 죽였어!

나이브   로이테 형? 정말 형이 가드를 죽였어요? 본부를 무너뜨린 것도 형이에요?

정적이 흐른다.

나이브   (로이테의 손을 잡으며) 형이 다 처리한 거예요? 정말 우릴 구해준 거예요? 이제 가드들이 지내는 곳은 다 무너져 내렸어요!

레벤   정말로?

사람   2727년의 메시아가 실존하나 봅니다. 감사합니다, 감사합니다! 강력한 힘과 정의감을 지닌 우리들의 구원자여, 살아야 할 사람들이 더 많습니다. 이곳의 새로운 지도자가 되어주세요!

헤르츠   메시아…?

로이테   (기가 차서) 아니, 감사하긴요 도대체 무슨 소릴 하시는 거예요! 저로 인해 수많은 사람들이 죽었어요, 이 잔해들을 봐요! 부상당한 당신들도요! 얼른 지혈해야 해요.

헤르츠   (사람들 앞에서 빌며) 잘못했습니다 잘못했어요! 그때 나이브를 꼰질렀던 건 다… 다 우리 애를 위해서 뭐라도 얻어 볼 생각에 그랬던 건데, 결국 아무것도 받질 못했어요. 제발 아이를 봐서라도 용서해주세요. 로이테라면 이해할 수 있잖아요, 그죠? 아량을 좀 베풀어주세요. 내가 미안해요 잘못했어요!

사람 이곳을 이끌어주세요, 저희가 열심히 잘 모시겠습니다! 가드나 기득권층은 다 노예로 부리고요!

나이브 지금의 시스템이 생기기 전에 스물다섯 번째 각하께서 그러셨던 것처럼!

로이테 잠깐, 지금 저 보고 독재자가 돼서 새로운 수용소를 만들라는 말씀이세요? 이런 세상이 또다시 반복되는 거랑 뭐가 달라요?

사람 그게 더 나은 세상을 위한 유일한 해결책이니까요.

헤르츠 메시아여!

로이테 제발 정신 차리세요!

레벤 나도… 나도! 앞으로 시키는 대로 다 할게요!

나이브 드디어 새 세상이 드리우는구나! 충성을 다하겠습니다!

사람들, 로이테에게 너도나도 할 것 없이 로이테에게 질척거린다.

로이테 아… 알았어요! 알았으니까 저한테 시간을 좀 주세요.

수감자들, 환호하며 퇴장한다.

#14 결정

〈M.17 달빛을 빌려〉

로이테

그 모든 걸 겪고도 사람들은 제자리에
허무함에 심장이 내려앉아
악마를 몰랐더라면 난 어땠을까?
뒤엉켰던 그 긴 시간 동안
달라진 건 전혀 없네

도대체 왜 사람들은 무엇이 잘못되었는지
생각하지 못한 걸까 하지만 어쩌면 나 역시
더 이상은 그 누구도 나무랄 자격이 없어
스스로를 속이고 궁지로 몰았으니까

달빛을 빌려 생각에 잠긴 그날 밤
달콤한 제안을 삼켜 버렸네
나의 선택이 유일하게 곧은길이란
착각 속에 생각도 멈췄던 걸까?

달빛을 빌려 죽음을 갈망한 순간
노란빛 다짐에 희망이 피어났지
허나 그 자리에서 다 짓밟아버렸네
새 도약인 줄 알았던 내 발걸음으로

당신 말대로 정녕 내 안의 욕망이 내 양심까지 파먹어도
이제부터 과감히 그 야망 너머로 올라타서 나아갈래

로이테, 잔해 속 가드의 시체 옆에 놓인 총을 주워 들고 live라고 적
혀 있는 망토처럼 두르고 사람들 앞에 나타난다. 사람들, 환호하며

로이테에게 경례한다.

나 여러분의 뜻대로 굳게 다짐했죠
오직 나만이 할 수 있는 최선이자 최후의 선택

사람들, 환호하고 경례한다.

가망 없는 미래 내가 견딜 수 없으니
내 손에 쥐어진 힘을 이용할게

오늘 난 달빛을 빌려 내 그림자를 비춰볼래
지난날의 내가 원망스러워도
더 이상 무너지지 않고 내 안에
구원의 꽃향기가 퍼져가길

달빛을 빌려 세상의 변화를 위해
이 끔찍한 악의 고리를 끊기 위해서
내가 할 수 있는 마지막 선택을 찬란하게 빛내서
새로운 기적을 향해 나아갈래
후회 없이

로이테   이천칠백이십칠 년 스물일곱 번째 독재자.

로이테, 권총으로 스스로 목숨을 끊는다. 그의 등에 있는 망토는 뒤집어져 있어 live 라는 글자가 반전되어 보인다.
악마, 죽은 로이테를 본다.

#15 에필로그

⟨M.18 누가 그를 원망할 수 있나⟩

악마
달콤함에 뛰어들어
죄책감에 허덕이고
끝까지 날 부정하는 너
거슬려도 꽤 볼만 했어

책임감 때문인가?
아니면 도망치듯 그저 파멸했나?
아이는 원래 죽을 운명이었어
그마저도 자책하며
네 죽음만이 구원이라고 생각했나?

사람들 마음속에는 다 이미 내가 존재하지
모든 이들의 마음속에는
내가 심어 둔 씨앗이 자리 잡고 있어
언제 어디서든 싹트기 마련이야

누가 그를 원망할 수 있을까?
다른 길을 택했다면 어땠을까?
난 무지한 생각과 나태를 파고 들어가
다음은 누가 될까?

악마　　2727년의 27번째 독재자. 뭔가 달랐던 것 같기도.

무대 위 로이테의 모습에 조명이 비친다. 아이와 함께 불렀던 노래가
오르골처럼 흘러나온다.

–막–

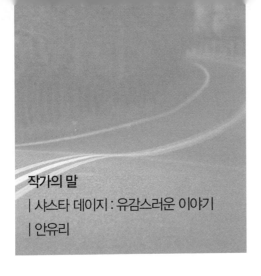

　누구나 악의 구렁텅이에 빠질 수 있듯이 우리는 한 끗 차이로 스스로를 구원할 수 있다.

　극 중 이야기는 언제 어디서든 누구에게나 일어날 펼쳐질 수 있는 일이라는 점에서 배경은 이름을 지니지 않는다. 인물들은 같은 의도로 각자 다른 의미를 가진 이름을 지닌다.

여름 끝자락으로
지하철

극작 : 윤희민

무대 바닥에는 노란색 선이 가로지른다.
무대 한 가운데에는 지하철역 의자가 있다.
지하철역의 소음이 들린다.
제목과 등장인물이 소개된다.
밖에서는 비가 내리고 있다.
무대가 어두워졌다가 밝아진다.

1. 여름

지하철이 왔다가 떠나는 소리가 들리면서 사방은 고요해진다.
동시에 왼쪽에서 유월이가 잰스포츠 가방을 메고 비를 털면서 들어
온다. 자리에 앉아 가방에서 책을 꺼낸다.

유월 (숨을 고르고) 오늘 지하철역까지 얼마나 달렸는지 모릅니다.
소나기에 흠뻑 취해서. 보통이라면 가방 뒤에 숨어 웅크렸
겠지만 오늘만큼은 소나기에 흠뻑 취해 제 눈물 대신 내리
는 이 여름비에 흠뻑 젖어버리고 싶었습니다.

(숨이 차분해졌다) 지하철에서의 첫 기억도 여름비 내리는 날
이었습니다. 어린이 요금도 불필요하던 시절 엄마는 노란
표를 끊고 개찰구를 통과하셨습니다. 저는 유아를 위한 아
주 작은 동화 같은 문 안으로 들어갔는데 들어가면 지하철
세계가 눈앞에 펼쳐지곤 했습니다. 언젠가 다시 그 역으로
갔을 때 더 이상 지하철로 들어가는 마법의 문은 사라져 있
었습니다.
(사이) 첫 지하철 표는 노란색이 아니었습니다. 영국인 에드

먼슨이 고안한 이름하여 에드먼슨식 승차권을 사용했었는데 흔히 딱지 승차권이라고 했습니다. 표를 끊으면 역무원이 직접 표에 구멍을 찍는 방식이었습니다. 사람의 손길이 필요한 정말 따뜻한 표였을 겁니다.

유월이는 역무원 모자를 쓴다.
우태는 떨어진 우산을 집어 정리한다.
우태가 짐을 들고 나와 역무원에게서 승차권 두 장을 구매한다.
장면 제목: 〈여름〉이 적힌다.
우태는 짐과 우산을 들고 의자에 자리 잡고 멍하니 앉아 있다.

우태   처음 서울에 도착했을 때도 이렇게 비가 내렸습니다. 벌써 장마인가 하는 생각에 정말 여름이 왔구나 하며 반가워하다가도 앞으로의 찜통더위를 생각하자니 벌써부터 숨이 막히는 느낌이었습니다. 처음 서울로 올라온다고 입은 유일한 양복에 땀내가 배었을까 괜스레 걱정되었습니다. (사이) 그래도 두고 온 동생들을 생각하면 추위에 몇 번이나 떨면서 잠 설치는 겨울에 비하면 여름은 선물이겠거니 합니다. 그러다가 배는 잘 채우고 있는지 용돈을 충분하게 주고는 왔는지 생각하다가 조금이라도 더 얼굴들을 보고 왔으면 좋겠다라는 생각이 들었고 약해진 마음 다시 잡으면서 서울에서 열심히 해야지 하는 생각을 하며 걷다가 정말 큰마음을 먹고 근처 중국집에 들어가 자장면 한 그릇을 시켰습니다. 그리곤 미리 서울에 온 친구가 구해준 하숙집이 있는 골목길에 들어섰을 때 (단비가 우산을 들고 나온다) 우산을 들고 서성이는 누군가와 마주쳤습니다.

단비가 우산을 들고 서 있다.

단비 (우태 쪽을 바라보면서) 혹시 우태 씨?
우태 네? 누구신지…
단비 안녕하세요. 어머니가 비 온다고… 저 따라오시면 돼요.

단비는 들어간다. 우태는 마치 손을 비에 적시듯 손을 펼친다.

우태 그날 찾아온 것은 단비였습니다. 저는 정말 운이 좋았습니다. 당신의 가족들은 정말 좋으신 분들이셨기 때문입니다. 매일 아침을 챙겨주셨고 반찬도 두둑하게 주셔서 배곯는 날이 없었습니다. 간혹 형님들께서 오셔 바둑을 두고 가시고 나면 바둑판 밑에는 몰래 숨겨놓은 용돈이 있었습니다. 그 당시 제게는 정말 많은 돈이었습니다. 비가 많이 오는 날이면 같이 파전에 막걸리를 하러 가기도 했습니다. (어이없다는 듯이 웃는다)
형님들은 정말 대단했습니다. 정말 막걸리를 좋아하시더군요. 하지만 이제 막 시작해볼까 하면서 마시려고 하면 이미 뻗어버리신 형님들 덕에 아쉬웠던 적이 한두 번이 아닙니다. (웃으면서) 왜 할아버지께서 서울 사람들은 촌놈들이라고 하셨는지 그제야 알았습니다.
(사이) 술에 취할 때면 우리는 당시 모두가 그랬듯 열띤 토론을 벌였습니다. 언제나 시작은 카투사도 군인이라는 것이었습니다. 고향에서는 사범대 출신이라는 이유로 2년만 갔다 왔다는 것에 친구들이 놀리곤 했지만 여기선 유일한 제대로 된 육군이었기에 부대에서 사라진 청소 도구들을 옆 부대에서 몰래 훔쳐왔던 이야기 사격으로 일등해서 특수병

으로 불려간 이야기부터 시작하여 부대에서 유일하게 에이비씨디를 알아서 길을 잘못 든 미국인 병사 통역을 맡았다가 군용 헬기를 탄 이야기를 하면서 어깨에 힘을 주었습니다. 그러다가 분위기가 농익으면 첫째 형님이 연애 이야기를 들려주시기 시작했습니다. 그럴 때면 문득 당신이 스쳐 지나갔습니다.

첫째 형님은 결혼에 대한 고민이 많으셨습니다. 장남에게 결혼은 일종의 가족을 위한 헌신이라는 것을, 그리고 사랑하는 사람은 나의 사람이기 이전에 본보기가 될 수 있는 그런 필연적인 우연을 가지는 사람이어야 한다는 것을 알고 계셨던 것입니다.

둘째 형님은 주위 어른들에게 딴따라라고 손가락질을 받으시면서도 나팔바지를 언제나 고수하셨습니다. 그리곤 이 나라의 미래와 경제는 성장하지만 앞날이라고는 보이지 않는 현실. 빈부격차 등에 대한 논의를 하셨습니다.

셋째와 넷째는 둘째 형님과 함께 정치이야기, 경제이야기를 하다가 나이트에 몰래 갔다 온 이야기 새로 생긴 다방에서 만난 아리따운 여자가 얼마나 깍쟁이였는지에 대해 이야기하시곤 했습니다.

하지만 그들의 가장 큰 관심사는 단언컨대 영화였습니다. 동일극장은 물론이고 오스카극장, 대왕극장, 시대극장. 극장이라면 모르는 것이 없는 그들은 김기영의 〈하녀〉, 신상옥의 〈맨발의 청춘〉, 〈로맨스 빠빠빠〉, 유현목의 〈오발탄〉 등을 보면서 엄앵란의 연기에 대한 논평을 하다가 김진규의 역할에 대한 분석을 하였고 연출에 대한 논평, 한국영화의 미학 등에 대한 이야기의 꽃을 피웠습니다.

단비   전 영화감독 하고 싶어요. 그러려면 글도 많이 써야하겠죠.

그러려면 여행도 많이 가야되고 책도 많이 읽어야하고…
물론 가장 중요한 건 영화를 많이 봐야겠네요! 외국 영화관
은 엄청나데요. 영화 종류도 다양하고 감독들도 많고. 그런
데… 오빠들이 영화는 딴따라만 하는 거라고… 책장엔 영
화책들로 가득하면서. 그래도 어머니랑 언니들은 지지해줘
요! 간혹 영화 보고 오면 저한테 이런 저런 이야기도 해주
시고 말이죠.

우태　당신은 꿈이 있었습니다.

단비　전 이태리를 가보고 싶어요. 젤라또도 먹고 스쿠터도 타고.
진실의 입에 손도 넣어보고. 아! 머리도 잘라볼까요? 오드
리 헵번처럼. 근데 그레고리 펙 역시 정말 잘 생겼더라구요.

단비, 들어간다.

우태　고등학교 시절, 집에서 학교에 가려면 꼭두새벽에 일어나
주먹밥을 하나 챙기고 산을 넘고 달려 기차에 올라야만 했
습니다. 기차 칸에서 꿈을 꾸는 것은 사치였습니다. 시간은
금이었고 촛불을 켜고 기차 칸 안에서 책을 봤습니다. 집에
돌아오면 동생들을 챙기고 어머니와 누님들을 도왔습니다.
전기가 아직 들어오지 않았기 때문에 달빛과 촛불이 전부
였습니다.
(사이) 잘 사는 친구 집에서 가정교사로 일했었는데 그때 처
음 카스테라라는 빵을 알게 되었습니다. 조금만 더 달라고
하기에는 자존심이 걸렸습니다. 한 입만 먹는 척하고 몰래
휴지로 싸서 주머니에 넣고 집에 갔더니 여름이라 그런지
곰팡이가 폈습니다. 동생들은 그걸 아는지 모르는지 고맙
다며 너무나도 맛있게 먹어줬습니다. 그날 저녁 단체로 배

탈이 났고 얼마나 고생했는지 모르겠습니다.

(사이) 처음 서울로 가려고 했을 때 버스표를 얻기 위해 돈을 구걸했습니다. 하지만 가까이 살던 친척도 외면하더군요. 가난은 죄였습니다.

단비가 나온다.

단비　요 며칠 전에 친구들이랑 오랜만에 청계천을 걷다가 우연히 황순원의 『소나기』를 발견했는데, 책 가장 앞장에 괴테의 시가 적혀 있는 거예요.

우태는 단비를 계속 바라보고 있다. 단비는 시의 내용을 되살린다.

단비　태양이 바다의 수면 위를 비추면 나는 너를 생각한다. 희미한 달빛이 우물에 떠 있으면 나는 너를 생각한다. 먼 길 위에 먼지가 일어날 때 나는 너를 본다.

우태　〈로마의 휴일〉을 보고 나오는 길에 당신은 눈물을 훔쳤습니다.

단비　왜 떠나야하는 거예요? 그냥 같이 있으면 안 되는 건가요? 둘이 좋아하는데 둘이 왜 헤어져야 하는 건가요? 왜?

우태　전 울지 않았습니다. 왜냐하면 우린 〈로마의 휴일〉 주인공 같았기 때문입니다. 우리의 이별은 이미 정해져 있었습니다. 〈로마의 휴일〉에서 오드리 헵번은 그레고리 펙에게 어떻게 헤어져야 하는지 모르겠다고 이야기합니다. 그레고리 펙은 애쓰지 말라고 하죠. 그렇게 둘은 각자의 길을 갑니다.

(사이) 이렇게 앉아 있으니 유난히 무더웠던 한여름 밤이 기억납니다. 모두가 더위에 잠 못 들고 수박 하나 꺼내놓고

마루에 옹기종기 앉아 더위를 식혔습니다. 전축에서는 무척이나 느끼한 팝송이 흘러나왔습니다. (엘비스 프레슬리 노래 〈캔트 헬프 폴링 인 러브〉가 들린다. Royal Philharmonic Orchestra 버전이다) 하지만 당신은 정말 좋아하는 듯했습니다.

단비 (별을 가리킨다) 저기 저 가장 밝은 별이 금성이에요. 저기는 카시오페아 그리고 저것은 북두칠성. 그 위에는 북극성. 태양은 눈부시고 달은 너무 검소해서 지루할 때가 있는데 별들은 특히 여름밤의 별들은 보고 또 봐도 질리지가 않아요. (사이) 그거 알아요?

우태 뭘요?

단비 저렇게 많은 별들을 보고 있으면 잃어버릴까봐 무서울 때가 있어요. (우태를 바라본다) 이렇게 행복한 순간들이 너무 반짝여서 두려워요. 반짝이는 별들이 지면 그러면 정말 어둠만이 남는 거잖아요. 그래서 계속 보고 있으면 저 수많은 별들을 내 눈동자에 담고 싶어요. 그러면 저 많은 별들이 나랑 언제나 함께 있을 테니깐요.

우태는 단비의 손을 잡고 춤을 춘다.

우태 그날 여름밤을 수놓았던 노래의 제목이 캔트 헬프 폴링 인 러브라는 것을 알게 된 것은 나중이었습니다.

단비는 들어간다.

우태 (지하철역 안에 앉아 있다) 당신은 참 예뻤습니다. 풍성한 머리카락과 뽀얀 얼굴. 잘록한 허리. 따뜻하고 사랑이 넘쳤습니다. 당신은 그 뜨거웠던 여름의 노란 햇살 같았습니다. 당시 신발 공장을 하던 당신의 아버지로 인해 서울에서 당신을 모르는 사람은 없었습니다. 같이 하숙하며 종종 시간을 같이 보내었던 그 친구도 당신을 바라보고 있었습니다. 제가 어릴 적 제가 가정교사 해주었던 친구. 그 친구는 당신과 함께 이태리를 여행하고 맛있는 젤라또를 사먹을 수 있습니다. 그리고 당신이 그토록 가슴 아파한 이별을 굳이 하지 않아도 될 친구. 당신도 그 친구와 놀 때는 언제나 즐거워 보여서 다행입니다.

지하철이 들어오는 소리가 들린다.

우태 제 고향에는 이런 지하철은 없어서 걷고 또 걸어야지 비로소 기차역이 나오는데. 여긴 지하철만 타면 바로 기차역이 나오니 빨리 추억으로 남길 수 있을 것 같습니다.
(사이) 이번 여름의 더위가 길어서 다행입니다. 한 허리를 베어내어도 충분할 테니깐요. 문득 하늘을 보다가 당신처럼 반짝이는 별을 보면 몰래 굽이굽이 펴보렵니다. 그럼 언젠가 문득 당신이 하늘을 보았을 때 제 생각이 스쳐지나갔으면 좋겠습니다.

우태는 자신의 짐과 표를 들고 일어선다. 표 한 장을 의자에 올려둔다. 일어나서 나간다. 우태가 짐을 챙기고 일어나 나간다.
여름이가 지하철역 안으로 들어오다가 우태와 부딪힌다.

여름 죄송합니다!

여름이가 들어와 앉는다.

의자 위에 놓여있는 표를 들고 여기저기 살핀다.

2. 끝자락으로

여름이는 더운 듯이 옷을 걷어 올리고 가방에서 『소나기』 책을 꺼낸다.
대하는 신문을 사러 가판대로 간다.
장면 제목 〈끝자락〉 나타난다.

여름 며칠 전 책장을 정리하다가 엄마의 『소나기』 책을 발견했습니다. 맨 앞장에는 누가 쓴 것인지는 모르겠지만 시가 적혀있었습니다. 괴테의 〈연인 곁에서〉라는 시가.

대하는 신문 뒤를 보면서 읽는다.

대하 태양이 바다의 수면 위를 비추면 나는 너를 생각한다. 희미한 달빛이 우물에 떠 있으면 나는 너를 생각한다.

여름 나는 네 소리를 듣는다. 모든 것이 침묵에 빠질 조용한 숲속으로 가서 난 이따금 바람이 살랑거리는 소리를 듣는다. (사이) 지하철을 기다리려고 앉아 눈앞으로 수많은 사람들이 지나가는 것을 보면서 도대체 이 수많은 인구들 중에서 아직까지도 내 인연은 찾지 못했을까라는 생각이 듭니다. 도대체 왜 여기에서만 보아도 괜찮은 사람들이 이렇게나 많은데 주위를 보면 다 괜찮은 것만 같은데. 왜 내 주위에만 없는 건지… 옷깃만 스쳐도 인연이라고 하는데 옷깃은 그저 스치기만 합니다. 나를 좋아하는 사람을 찾는 것은 어려울 수 있다고 생각했지만 그냥 누군가를 좋아하는 것조차 어려울 줄은 몰랐습니다.

대하는 신문을 들고 의자로 가서 앉는다.
대하는 여름이를 발견한다.

대하 저기 혹시 여름이…?

여름 어머! 대하 오빠? 여기서 이렇게 만날 때가 있네요.

대하 여름이를 처음 본 날은 〈시네마 천국〉이 재개봉하는 날이었기 때문에 정확하게 기억합니다. 집을 정리하다가 더 이상 듣지 않는 낡은 레코드판을 버릴까 하다가 이왕이면 중고로 팔아야지 하는 생각에 하이텔에 방을 만들었습니다. 아무리 기다려도 레코드판에 관심을 가지는 사람은 없겠다 이제 시간 단위로 전화 요금도 받겠다 싶어서 저번 달처럼 전화비가 많이 나왔다고 혼나기 전에 얼른 꺼야지 하는 그 순간 여름이라는 아이디를 가진 사람이 들어왔고 바로 계약이 일사천리 이뤄졌습니다. 그 사람은 이후에 들어온 그 어떤 사람들도 원하지 않은 엘비스 프레슬리의 한정판 크리스마스 레코드판을 갖고 싶다고 했습니다. 어머니 생신선물로 말이죠. 우리는 명동 극장 앞에서 보기로 했습니다.

여름 그날은 여름이 마지막으로 온힘을 다해 비를 내린 날이었습니다. 장화를 살까하다가 이젠 가을이겠거니 하고 사지 않았던 제 자신이 원망스러웠지만 그래도 다시 찾아온 소나기가 반갑기도 했습니다. 비 사이를 가르면서 명동 극장 앞에 도착했을 때 멀뚱히 서성이는 사람이 있었습니다.

(대하에게) 혹시 여름이랑 대하는 인사를 하고 LP판을 주고받는다.

여름 미리 메리크리스마스에요.

대하가 재미있는 생명체를 본 듯 웃는다.

대하 (웃는다) 네.

대하는 뒤돈다.
여름이 대하를 불러 세운다.

여름 저기… 저기 길 건너 다방에 LP판 가지고 가면 틀어주는데
이거랑 작별 인사도 하실 겸 같이 가실래요?

엘비스 프레슬리 노래 〈블루문〉이 들린다.

대하 역시 아버지의 말씀은 옳았습니다. 엘비스 프레슬리의 목
소리는 역시 느끼했습니다. 그래도 수많은 느끼한 노래를
들으면서 그날 우리는 엘비스 프레슬리와 함께 이야기를
하며 같이 있었습니다. 멋 부린다며 시킨 비엔나커피의 달
달함 덕에 느끼함은 배가 되었습니다. 차라리 저도 쌍화차
나 시킬걸 그랬습니다.

여름 역시 이런 날씨에는 쌍화차만큼이나 완벽한 음료도 없습
니다.

여름이는 쌍화차를 들이킨다.

여름   막차가 끊긴 시간. 원래라면 12시 통금이라 집에 이미 들어가 있어야 하는 시간이었지만 부모님께서 시골에 내려가셔서 자유를 만끽할 수 있는 최적의 날이었습니다. 정신없이 이야기를 주고받다가 막차를 놓친 것은 절대 계획은 아니었습니다. 우연이었습니다.

마지막 지하철이 들어왔다가 출발하는 소리가 들린다.
여름이는 대하와 함께 지하철을 잡으려고 뛰어 들어온다.
둘은 텅 빈 지하철역에 들어와 앉는다.
여름이랑 대하는 아무 말도 하지 않는다.
여름이가 침묵을 깬다.

여름   오빠는 그런 적 있어?

대하   뭐가?

여름   그냥 내 인생이 이미 나만 모르게 다 각본처럼 쓰여져 있구나 하는 생각. 이럴 바엔 그냥 저 지하철처럼 누군가가 만들어준 길을 묵묵히 가는 게 더 편할 것 같기도 하고…
(사이) 오빠, 근데 사람들은 기차 철도는 잘만 걸어 다니는데 지하철 선로는 그냥 보기만 한다?

대하   지하철은 지하에 어둡고 들어가면 안 되는 것만 같잖아.

여름   근데 생각해보면 그냥 기차 철도가 지하에 있는 거잖아. 우리가 지금 앉아 있는 이곳이랑 지하철이 다니고 있는 저곳 사이에는 안전문 따위는 없잖아. 그냥 뻥 뚫린 곳이야.

대하   분명히 우리나라는 언젠가 우리와 저 사이에 안전문 같은 걸 설치할 거야.

대하는 여름이를 말없이 바라만 본다.

여름이는 일어나서 터널로 들어간다.

대하   야! 거기 가면 안 돼!

여름   괜찮아! 어차피 지하철도 끊겼는데 뭐. 빨리 와 봐.

대하는 머뭇거리다가 여름이를 따라간다.

대하   어둡다.

여름   그래도 아직 불이 켜져 있으니깐

대하   이러다가 지하철이라도 오면 위험해.

여름   지하철 오면 여기, 가운데 발판에 전기 감염 안 되게 서 있는 거야 알았지? 아니면 벽에 이렇게 딱 붙어서 제발 무사히 지나가게 해주세요 빌어야지.

대하   저기 비상구로 뛰어가는 게 더 낫지 않을까?

여름   지하철이 얼마나 빠른데. 저기까지 뛰는 것보단 그냥 여기, 가운데 발판에 있는 게 나아. 계속 거기에만 서 있지 말고 여기로 와서 누워봐.

대하가 웃는다.

대하   너도 무섭구나! 굳이 가운데에 눕는 거 보니.

여름   아냐! 그냥 혹시 모르잖아… 혹시…

대하, 웃는다.
대하, 여름의 곁으로 가서 누워본다.
잠시 침묵이 흐른다.

대하   얼마나 이 선로를 걸어야지 빛이 보일까?

여름   꽤나 오래 걸어야겠지? 근데… 2호선처럼 순환 선로면…
아! 그래서 지상으로 지하철을 뺀 건가?

대하   나 어릴 때 그게 진짜 너무 이해가 안 됐었어.

여름   뭐?

대하   그냥 왜 지상으로 가는 구간도 있는데 다 지하철이라고 하
는지.

여름   그냥 뭐 어른들이 다 그렇지.

대하   근데 이젠 알겠더라.

여름   왜 그렇게 생각하는데?

대하   지하철, 지상철 이렇게 나누는 건 그냥 의미가 없는 거야
애초에. 그냥 지상으로 잠시 숨쉬러온 지하철이 있을 뿐. 내
가 숨을 쉬러 밖으로 나오는 건 중요하지 않아 그냥 나는
지하철인 거지. 결국 다시 지하로 들어가니깐.

여름이는 대하를 쳐다본다. 잠시 동안의 사이.

대하   하! 어렵다!

여름   뭐가?

대하   그냥 모든 게. 다. 그냥 두려움이 엄습해올 때가 있다?

여름   어떤데?

대하   그냥 아버지는 내 나이 때 꿈을 이룬다고 서울로 홀로 상경
하셔서 공부도 하고 돈 벌어서 가족도 챙기셨는데 나는 뭐
하고 있나 싶기도 하고.

여름   뭘 하고 싶은지 모르겠어서? 근데 우리 아직 어리더라 생각
보다. 그러니깐 조금씩 찾아가면 되지.

대하   나이가 들어간다는 것만이 무서운 게 아냐. 어릴 적에 대담

하고 무모했던 나는 이제 기억 속에서만 찾을 수 있다는 것을 실감하니깐 무서운 거야. 예전엔 어른들은 꿈도 없고 재미도 없는 지루하고 한심한 사람들이라고 생각했는데 내가 그렇게 되는 느낌이 들을 때면 두려워. 그냥 예나 지금이나 내가 나라는 것은 알겠는데 그건 알겠는데…

여름 알겠는데?

대하 내가 없어지는 기분이야. 내가 나를 모르겠어. 내가 나를 포기하려는 것 같아서 무서워.

여름이는 대하를 말없이 바라본다.

대하 어디 가?

여름 그냥.

사이.

여름 오빠 왜 지하철이 지하철인 줄 알아?

대하는 아무 말이 없다.

여름 지하철은 지하에 있을 때 제일 빛나기 때문이야. 지상으로 다니면 기차랑 다를 게 없잖아. 근데 지하철은 특별한 거지.

대하 하지만 너무 어둡잖아. 그냥 평생 주어진 선로에서 빙빙 도는 거야. 똑같은 곳을 매 시간 똑같이 빙빙. 빛이라도 들어오면 좀 좋을까.

대하와 여름이는 조용하다.

여름   나 어릴 때 할머니가 알려주셨는데 빛이 없는 곳이 어두운 곳이 아니라 사실은 빛이 너무 강해서 아무것도 안 보이는 곳이 어둠이라고 하셨어. 그런데 어둠 속에서 간혹 가다가 빛들이 새어 나올 때가 있는데.

잠시 동안의 침묵.

대하   너는 멍하니 나는 뭘까라는 생각이 든 적 있어? 세상에 살아있는 사람은 마치 나 혼자인 것 같기도 하고 뭔가 그냥 꿈속에 있는 것 같기도 하고

여름   있지.

대하   그럴 땐 인생이 무상하다는 게 느껴진다. 그냥 뭘 이렇게나 아등바등 살아가려고 하는 걸까 하기도 하고. 다들 조급해하지 말라고 아직 어리다고 하는데 공부는 어떻게 할 건지 취업 준비는 하는지 앞으로 뭐하고 싶은지 이런 질문들이 날 긴장시켜.

여름   그게 묘미일 수도 있지.

대하   원래는 조급해 할 수 있는 여유를 가진 거라고 생각했는데 그게 아니더라. 오히려 반대더라고. 여유를 가지고 싶어서 조급해야 하는 거야. 근데 말이야 생각을 해봐 결국 그래서 우리가 얻는 건 돈, 명예, 직위 이런 거잖아.

여름   그렇지.

대하   결국엔 가장 중요한 걸 잃어버리는 느낌이야.

여름   뭐를?

대하   내 안에서 솟아나오는 거.

여름　오빠 데미안이야?

대하가 웃는다.

대하　근데 그것보다도 뭔가 내 세계가 부정당하는 느낌이라는 거지. 내가 살던 세계는 장롱 속에서 조자룡이 나오고 누군가 문을 두드려 열었더니 태권브이가 있고 어느 날 일어났더니 내가 이 세상을 구해야하는 막대한 임무를 맡거나 이 세상의 엄청난 비밀을 알고 있던 비밀 요원이었다거나 그랬는데 어느 순간 그냥 난 그저 사람들 중 하나일 수도 있겠다라는 두려움이 몰려오는 거야.
　(여름이는 대하를 쳐다본다) 그러니깐 예전엔 그냥 그 모든 것들이 현실이었다면 이젠 그냥 내 상상 속의 세계라는 무서움이 엄습한다는 거지.

여름　음.

대하　근데 이런 이야기를 하면 다들 이상한 표정을 짓는다. 낭만 취급도 못 받는 나이가 되었어.

여름　오빠 내가 몇 주 전에 얼핏 들었던 건데 유니콘이 있다는 걸 증명하는 게 더 빠를까 없다는 걸 증명하는 게 더 빠를까?

대하　없다는 거?

여름　나도 그렇게 생각했었거든? 근데 그게 아니더라. 유니콘이 있다는 걸 보이기 위해선 유니콘 하나만 찾으면 되는데 유니콘이 없다는 걸 증명한다는 건 불가능이라는 거야. 왜냐면 아무리 없다고 해도 있을 수도 있다는 사실은 부정할 수 없기 때문이지.

대하　재밌네.

여름　예를 들면 여기에서도 별들을 볼 수 있을까 없을까.

대하   여기서?

여름   응. 별들은 어둠 속에서 존재하니깐.

대하   뭐야.

여름   정말로 이렇게 여기에 앉아서 그냥 봐봐 그럼 별들이 보인다가 참이 될 수도.

여름이랑 대하는 말없이 그냥 별들을 바라보려고 한다.
그때 반짝이는 무엇인가가 보인다.

여름   어 저기!

대하   왜!

여름   반짝이잖아!

대하   어디?

여름   저기! 안 보여? 잘 봐봐.

사이.

사실 그날 별이라고는 찾아 볼 수 없었습니다.
하지만 너무 무서웠습니다. 어둠 속에서 빛이 보이지 않는다는 것은.
그저 칠흑 같은 어둠만이 감싸고 있었습니다.
별은 어쩌면 지하에서 보기엔 너무 멀었습니다.
그나마 다행인 것은 함께 있어서 그런지 에워싸는 어둠이 너무나도 포근했습니다.

여름   태양을 맨눈으로 필사적으로 바라보고 있으면 어느 순간 태양이 동그랗다는 것이 보인다?

대하   그게 정말 보여?

여름	응. (여름이는 웃는다) 근데 문제는 보고 나면 눈이 엄청 부시 긴 하지.
대하	그렇지.
여름	근데 나는 이 세상 모든 빛을 내뿜는 태양보다는 이 세상 모든 빛을 흡수한 것만 같은 달이 더 좋아.
대하	신기하네.
여름	게다가 태양은 너무 눈이 부셔서 하늘에는 태양밖에 안 보이는데 달은 옆에 수많은 친구들이 있잖아. 달이 선명하게 빛나면 빛날수록 별들도 더 잘 보이는 걸?
대하	이 세상 모든 빛을 흡수하려면 정말…대하는 말을 잇지 못한다.
여름	우리는 그 나이에는 시시콜콜한 이야기지만 모든 이야기에는 무게가 있는 느낌이었고 그런 이야기를 하다가 보면 어느 순간 정말이지 어른이 되어가는 느낌이었습니다. 그리 대단한 이야기들을 한 것은 아니었지만 같이 이야기를 하다가 보면 어느새 해가 저물어 가고는 했습니다.

여름이는 대하가 있는 쪽을 바라본다. 여름이와 대하는 지하철역 안에서 앉아 지하철을 기다리면서 이야기한다.

여름	여름 끝자락에서의 햇살은 참 어렵습니다. 노란색. 가장 순수한듯하면서도 정열적인. 하지만 뜨거움이 단풍지어 따사로움으로 바뀐 듯한. 그러나 눈에 담을 수도 없는 강렬함에 인상을 찌푸린다면 그것은 아직 여름 햇살임을 증명하는 것입니다.
대하	부모님께서는 언제나 제가 꿈에 눈이 멀어서 시시한 현실 따윈 보이지 않게 될 거라고 말씀하셨습니다. 어릴 적 세상

과 꿈의 경계가 없었는데 살아가면서 점차 꿈꾸는 것이 어려웠습니다.

(사이) 여름이는 참 뜨겁게 낭만적인 사람이었습니다. 저는 심장이 뛰는 것을 찾을 수 없었기에 그냥 머리가 하라는 대로만 했습니다.

여름 여름이 거의 끝나가는 무렵. 노래방에서 오빠는 담담하게 임지훈의 〈회상〉을 불렀습니다. 우리 사이에는 아무것도 없었습니다. 노래방에서 나와 비가 내리는 거리를 걸으면서도 우리는 서로 묻지 않았습니다. 우린 서로의 간이역 즈음 되었을 겁니다.

어쩌면 우린 서로에게 목적지가 되기엔 부끄러웠던 것 같습니다. 그냥 순간의 감정에 휩싸이는 것도 그 시절의 특권이었을 텐데 말입니다. 뭐든지 어디서든지 끝자락에 서있으면 사람은 참 겁쟁이가 되는 것 같습니다. 앞으로 일어날 수 있는 수 만 가지의 가짓수를 세며 온갖 고민을 하며 밤낮을 세는 여유는 있어도 보이지 않는 길을 그냥 걸어 갈 용기를 낼 여유를 가지기엔 참 조급해집니다.

대하 지금 생각해보면 우리는 그 당시 베프였습니다. 베스트 프렌드. 서로를 정말 좋아하긴 한 건지 그 좋아하는 감정이 이성적이었던 것인지는 아무도 모릅니다. 그때 당시의 저희라면 조금이나마 알았겠지만 기억 속에 추억으로 남은 지금 그때의 저의 감정이 정말 뭐였는지는 잘 모르겠습니다.

하지만 돌이켜 보았을 때, 그때의 여름은 잊혀지지 않습니다. 다만 내가 누군지도 모르는 순간에서 다른 누군가를 알아간다는 것은 너무나도 큰 사치였습니다.

여름이를 6년 만에 만난 날. 인사를 할까 하다 그냥 못 본

척 있었습니다. 여름이는 저를 못 본 것 같았습니다.

지하철이 들어오는 소리.

여름　6년 전 여름 끝자락에서 저는 첫 일탈을 했고 마지막으로 어린 시절 자유로웠던 영혼을 만끽했습니다. 우연히 지하철에서 대하 오빠를 보았습니다. 예전엔 누군가와 옷깃이라도 스치면 좋겠다 했는데 이젠 그저 수많은 사람들 중 한 명이 되었습니다.
하고 싶은 말은 수 없이 많았지만 때론 기억은 추억으로 남을 때 가장 아름다운 것 같습니다. 돌아 갈 수 없는 그 시절들이 아름답게 느껴지는 이유일 테지요. 어른이 된다는 것은 지하철처럼 황폐한 것만 같습니다. 낭만은 현실이 아니라는 것을 알아버렸습니다.

대하　여름이를 만난 날 본 〈시네마 천국〉에서 알프레도는 토토에게 말합니다. '마지막에 뭐를 하든 그걸 꼭 사랑하고 철부지 시절 기억해봐.' 이젠 그저 스쳐지나가는 지하철과 같겠지만 내 가장 철부지 시절 중심에는 여름이 있습니다.
격렬한 태양보단 은은한 달덩이를 더 좋아한.
여름의 끝자락에서 식어가는 여름 속에서
그럼에도 불구하고 정말 뜨거웠던 여름이.

암전. 지하철이 떠나는 소리가 들린다.
지하철역 안은 별들로 수놓아져 있다.

3. 지하철

장면 제목 〈지하철〉
역 안에는 유월이가 맨 첫 장면에서처럼 앉아 있다.

유월   처음 지하철을 탄 날이 기억납니다. 어릴 적 지하철은 지금과는 많이 달랐습니다. 작은 노란표를 개찰구 작은 구멍에 넣으면 찍 하는 소리와 함께 반대편 구멍으로 나왔습니다. 그냥 조용히 표가 들어갔다가 나오는 게 전부였습니다. 바쁜 사람에게도 그 기다림은 숨을 고를 수 있게 하는 이 순간만큼은 조금 느리게 가도 괜찮다는 것을 알려주는 것만 같았습니다.

선글라스를 낀 준이 우산으로 땅을 짚으며 노란 선을 따라 걸어온다. 두리번거리지 않고 우산으로 의자를 툭툭 치더니 이내 의자에 앉는다. 유월이는 준을 흘끔 쳐다본다. 준은 조금의 반응도 없다.

유월   노란색 표가 나갔다가 다시 돌아오는 몇 초도 되지 않는 순간은 더 이상 존재하지 않습니다. 손에서 떠난 표를 다시 잡았을 때의 짜릿함을 이야기하기 전에 표를 끊을 때부터 느낄 수 있는 지하철에 대한 기대는 엄청납니다. 지금처럼 각자의 카드를 대고 끝나는 허무맹랑한 행위가 아니었습니다. 이젠 개찰구를 통과할 때면 마치 내 몸 어딘가에 있을 바코드가 찍히는 느낌입니다. 띡 하는 소리와 함께 내가 누군지 청소년인지, 어린이인지, 장애인인지 알려주기 때문입니다. 기억 속에 남아 있는 노란색 종이 지하철표는 모두에게 똑

같았습니다. 어린이든 청소년이든 어른이든 노인이든 장애인이든. 모두에게 똑같은 노란색이었습니다. 소리도 없이 그냥 슉하고 들어갔다가 슉하고 나오는 게 다였습니다. 물론 표를 얻기 위해서는 기다려야 했고 그보다 더 심할 때는 인내해야 하기도 했습니다. 하지만 어딘가로 간다는 것의 즐거움. 따끈따끈한 표가 다시 나올 때까지 기다리는 그 순간의 기다림. 설렘을 담은 표가 들어갔다가 다시 나오지 않으면 어떻게 해야 하나라는 가슴 한 켠의 두려움. 노란표는 언제나 햇살을 머금고 있었습니다. 우연히 그날 본 당신을 본 것처럼 말입니다. 유월, 휴대폰을 꺼내서 전화를 걸려고 하지만 배터리가 다 떨어졌다. 유월, 준이 앉아 있는 쪽을 흘끔거리다가 의자를 가까이 간다. 준을 향해 머뭇거리다가 입을 연다.

유월 정말 죄송한데요. 휴대폰 한 번만 빌릴 수 있을까요? 배터리가 다 나가서요.

준 잠시만요.

준이 주머니에서 휴대폰을 꺼낸다.
유월이는 준에게 다가가 휴대폰을 받는다.

유월 감사합니다. (사이) 엄마! 나 유월인데, 조금 늦을 것 같아.

유월이는 옆에서 전화 통화를 한다.
통화 내용은 들리지 않는다.

준 여름이 되면 여름 햇살을 손가락으로 따라 그렸던 것이 기억납니다. 손가락 끝자락에 닿는 햇살을 느끼면서 아 이게 여름 햇빛이구나 하면서. 소나기가 내리면 나가지는 못했지만 귀를 대고 소나기 소리를 들으면서 그 속에서 흠뻑 젖는 모습을 상상하고는 했습니다.

(사이) 당신은 아마 머리 위에 손을 얹고 소나기를 가르며 뛰어왔겠죠.

유월이는 준에게 휴대폰을 돌려준다.
준은 휴대폰을 받는다.

유월 감사합니다.

준 아닙니다.

유월 그날은 몹시도 더웠습니다. 너무 더워서 지하철역 안까지 노란빛으로 물들만큼. 지하철이 연착된다는 방송이 흘렀을 때는 얼마나 좋았는지 모릅니다. 잠시 동안만 쉬어 갈 수 있는 틈이 생긴 느낌이랄까요.

준과 유월, 서로를 향해 고개를 돌린다. 선글라스를 낀 준을 유월이가 쳐다본다.
준은 아무 반응도 없다가 이윽고 왼쪽으로 고개를 돌린다.
유월도 다시 앞을 향해 바라본다.

유월 아무도 없는 한적한 지하철역은 처음이었습니다. 그러고 보면 그동안 지하철역만큼이나 차가운 곳이 있었나 합니다. 매 순간 그렇게도 수많은 사람들이 서로를 스쳐지나가고 같은 시간 같은 공간 속에 있지만 서로에게 눈길조차 주는 일이 없으니까요.

준 밖에 비 와요?

유월	네?
준	비요. 밖에 비가 많이 오는 것 같아서요.
유월	아. 맞아요. 오늘 비 안 온다고 했는데… 기상청이 또 한 건 했네요.

유월이 살포시 미소를 짓는다.

준	요즘에는 이상기후라고도 하잖아요.
유월	그렇긴 하네요. 그래도 밤하늘의 별만 보아도 다음날 날씨가 흐릴지 비가 내릴지 아니면 맑을지를 알 수 있는데… 하긴 요즘 서울에선 밤하늘의 별을 보기가 별 따기니깐…
준	어릴 적, 비가 오는 날이면 할아버지는 옛날이야기를 들려주시곤 하셨습니다. 비가 내리는 한 여름날 가난한 청년이 아리따운 아가씨를 만나는 사랑 이야기였습니다. 가난하지만 성실한 시골 청년이 서울로 상경하면서 시작됩니다. 서울에 도착한 그날, 비가 내렸는데 우산을 가지고 마중 나온 하숙집 주인의 딸에게 반합니다. 청년은 아가씨와 사랑에 빠지지만 사랑하기에 아가씨를 떠납니다. 그 청년은 떠나면서 말합니다. 그녀는 꿈같은 현실을 살았고 나는 현실 같은 꿈을 꾸었다고.
	(사이) 떠날 때 지하철역에서 청년은 두 장의 표를 끊습니다. 아가씨가 오지 못할 것을 알면서도. 지하철이 오자 청년은 지하철 표를 자리에 두고 떠납니다. 그렇게 이야기는 끝이 납니다.
	(사이) 몇 년 전 할아버지 책장에서 옛날 지하철표를 보았습니다. 그때 할아버지가 두고 가신 다른 한 장의 지하철표는 주인을 만났을지 모르겠습니다. 구멍이 뚫리지 않은 그 여

름날의 표를.

유월이는 가방에서 『소나기』 책을 꺼낸다.
책의 책갈피는 구멍이 뚫리지 않은 표이다.
책을 눈으로 조용히 읽는다.

유월 나는 너와 함께 있다.
너는 아직도 멀리 있다지만
내게는 무척 가깝구나.
태양이 지고 이어 별빛이 반짝인다.
아, 거기 네가 있다면.

사이.
유월이는 준을 바라본다.

유월 그 사람에게 세상은 그저 어둠이었겠지만 존재만으로도 따뜻한 그 사람에게 기대고 싶었다면 제가 이상한 사람이었을까요. 한번쯤은 그냥 따사로운 노란색 속에서 살아보고 싶다는 생각을 실천해보고 싶었습니다. 모든 것이 검을 그 사람은 마치 이 세상 모든 빛을 흡수한 사람일 것만 같았습니다. 그 안에서는 어느 샌가 잃어버린 햇살 먹은 노란색과 재회할 수 있을 것만 같았습니다.

유월, 준에게 조금 다가간다.

유월 저… 지하철 자주 타세요?
준 네?

유월	이렇게 지하철 오래 기다린 게 전 처음이라서요. 준이 나지막하게 웃는다.
준	저도예요.
유월	저 혹시. 지하철 올 때까지만 같이 얘기해도 돼요?
준	세상을 본다는 것은 무엇일까라는 생각을 종종하고는 했습니다. 얼마나 세상은 밝을까. 어떻게 생겼을까. 매번 손끝으로만 느꼈던 것들과 처음 마주하는 그 떨림은 어떨까. 세상의 모든 빛을 가진 것만 같은 당신의 세계는 나와 같은 곳일까. 아니면 다른 곳일까. 문득 궁금해졌습니다. 네. 해요.
유월	우와. 대박.
준	어떤 이야기를 하면 좋을까요.
유월	음. 그냥 생각나는 거 아무거나 얘기해 볼래요?
준	그래요. 좋아요. 그럼 먼저 시작해 봐요.

유월이 곰곰이 생각한다.

| 유월 | 여름…? |

준은 순간 당황한다.

준	분수대…?
유월	시원함
준	웃음소리
유월	분수대 옆에 지나면 나도 들어가고 싶다 이런 거.
준	왜 안 들어갔어요?
유월	컸잖아요. 애들도 안 노는데 제가 들어가서 노는 것도 웃기고.
준	또?

유월 여름… 장마?

준 지금처럼요?

유월 그렇네요. 지금처럼요.

준 음. 장마… 우산.

유월 비 좋아해요?

준 그냥 그럭저럭? 좋아해요?

유월 네! 저 천둥번개 치는 것도 진짜 좋아해요. 비 쏟아지는 날 자기 전에 빗소리를 들으면서 천둥번개 소리를 들으면서.

준 진짜요?

유월 네. 부슬비보단 장맛비. 흐리멍텅한 것보단 천둥번개 쾅쾅.

준 확실하네요.

유월 비 올 때 창문 밖으로 비가 오는 걸 보고 있으면 카타르시스가 느껴진달까.

준이 웃는다.

준 카타르시스라니?

유월 왜 그런 적 없어요?

준 뭘요?

유월 비가 오는 줄 아는데 일부러 우산 안 가져가서 마치 우연히, 정말 어쩔 수 없이 비 맞은 적.

준 초등학교 때 친구한테 우산을 빌려주고 전 비 사이로 뛰어 흠뻑 젖어서 집에 간 적은 있죠.

유월 오!

준이 웃는다.

준	엄청 혼났어요… 철이 없었죠. 그런데도 후회하진 않아요. 비 맞는 거 좋아해요?
유월	음. 비한테 맞고 싶진 않아요. 그냥 비랑 친구하고 싶다 이렇게 하죠.

사이.

유월	혹시 남산 타워 알아요?
준	물론 알죠.
유월	7호선을 타고 한강을 건널 때면 한쪽 창문에는 남산 타워가 보이고 다른 쪽에서는 롯데 타워가 보여요.
준	네.
유월	아침이든, 저녁이든 전 우연히 앉은 자리에서 한강을 지날 때 남산 타워가 보이는게 참 좋아요.
준	멋있겠어요.
유월	사실 멋있지는 않아요. 건너편에 있는 롯데 타워보다는 한 없이 작고 초라하거든요. 그런데도 동산 위에 있는 남산 타워는 마치 생일 케이크의 촛불처럼 소원을 이뤄줄 것만 같아요.
준	무슨 소원 빌었는지 물어봐도 돼요?
유월	쓰읍. 이거 한 번도 말한 적 없는데. 이상하게 생각하면 안 돼요. 웃거나 하면 나 정말 상처받아요.

유월이 장난스럽게 웃는다.

준	알았어요. 일단 들어보고요.
유월	그냥 그러려니 해요. 알았죠?

준	알았어요. 정 못 믿겠으면 새끼손가락이라도 걸까요?
유월	믿어요. 믿어. 남산 타워를 보면서 지나갈 때면 여기서 탈출하게 해주세요. 이렇게 빌어요.
준	네? 탈출이요?
유월	웃기죠. 근데 남산 타워를 보고 한강을 달릴 때면 해방된 느낌이 들거든요. 그래서 저도 모르게 그냥 마냥 탈출하고 싶어져요. 지하철 칸 안에서든 철도에서든. 어디에서 사실 탈출하고 싶은지도 잘 몰라요. 심지어 만약에 정말 만약에 지하철이 탈선해서 한강으로 떨어져 내가 탈출할 기회가 생긴다면 창문을 언제 어느순간에 어떻게 깨고 나가지? 한강에서 수영은 얼마나 할 수 있을까? 물살은 정말 세려나? 떨어져도 안전한 깊이일까? 이런 고민들도 생겨요. (사이) 근데 왜 그럴 때 있잖아요. 세상에서 나만 내가 누구인지 모르는 것 같을 때. 공부 잘하는 학생도. 외동딸이자 유일한 손주도, 성격 좋은 친구도 아닌 오롯이 나. 그냥 사실은 제 자신한테 탈출하고 싶은 걸까요? 그런데 또 막상 생각해보면 그럴 용기도 없는 것 같아요. 내가 누군지도 잘 모르겠고…
준	어릴 적 저는 이 깜깜한 세상에서 해방되게 해달라고 빌었습니다. 세상의 모든 빛을 볼 수만 있다면 얼마나 찬란할까

엄마	생일 축하합니다. 생일 축하합니다. 사랑하는 우리 준이. 생일 축하합니다. 이제 촛불 호 해야지! (반대 방향으로 준은 촛불을 불고 엄마는 준 대신 촛불을 반대쪽에서 불어준다)
준	(어릴 적의 준을 회상) 엄마, 나도 언젠가는 세상을 볼 수 있겠지?
엄마	그럼. 꼭 볼 수 있을 거야.

준	세상은 정말 찬란하겠지?
엄마	그럼. 세상이 얼마나 아름다운 곳인데.
준	그런데 세상을 못 알아보면 어떻게 해? 만약에 세상 속에서 길을 잃으면?
엄마	그럴 땐 눈을 감아봐. 그리고 천천히 하나, 두울, 세엣. 쉬어 봐. 눈을 뜨고 나면 어디로 가야할지 보일 거야. 그래도 모르겠어도 괜찮아. 그럴 땐 그냥 걸어보는 거야. 발길 닿는 대로. 너가 원하는 곳으로.
준	신기했습니다. 눈앞이 밝아지는 느낌. 세상의 모든 빛을 볼 수 있다는 행복. 깜깜한 어둠 속에서 탈출하면 세상 모든 빛을 볼 수 있다고 생각했습니다. 그런데 세상 모든 빛을 볼 수 있는 당신이 탈출하는 세계에서는 무엇이 보이는 것일까요?
의사	붕대를 풀면 처음으로 빛이 보이는 것이기 때문에 눈이 너무 부시거나 아플 수 있어서 일단은 눈이 조금씩 안정적으로 빛을 받아들일 수 있는 정도가 될 때까지만 보호대를 착용하는 것이 좋을 것 같아요. 당분간 약 처방은 받으시고 만약에 눈이 아프면 바로 병원에 오시고요.
준	네. 알겠습니다. 감사합니다.
의사	그럼. 풀어 볼게요. 잠시만요.
준	낯선 사람의 눈으로 세상에 눈을 처음으로 뜬 날. 모든 것이 낯선 세상이 되어버린 건 한 순간이었습니다. 아름답다고 하는 세상을 본 순간 지금까지 보던 세상을 잃었습니다. 손끝에 느껴진 여름 햇살은 더 이상 없어져 눈부신 태양만이 내리 쬐고 있었고 소나기 소리와 함께 하던 시간도 사라져 그저 비 쏟아지는 텅 빈 거리만이 보였습니다. 눈을 뜬 날 저는 다시금 눈을 감고 손끝으로 세상을 그렸습니다. 여

름 햇살을 피한다는 핑계로 선글라스를 끼고 비가 내린다는 핑계로 우산을 들고 울퉁불퉁한 노란 선을 따라서 걸어왔습니다. 길이 없는 세상에서 길을 다시 찾았습니다. 무엇보다도 다시 여름을 느껴보고 싶었거든요.

유월 그거 알아요?

준 뭘요?

유월 그러니깐 저런 스크린 도어 생기기 전에, 왜 우리가 엄청 어렸을 때까지만 해도 지하철이랑 우리 사이를 가로막는 장애물이 없었잖아요.

준 그랬던 것 같기도 하네요.

유월 엄마가 젊으셨을 때 몰래 지하철 저기 터널 안을 탐험하신 적이 있대요.

준 혼자요?

유월 아뇨 아뇨. 친구랑 같이요.

준 근데요?

유월 그런데 어두컴컴할 것만 같은 저 터널 안에서 친구랑 같이 별을 셌대요.

준 별을요?

유월 믿어져요? 어릴 땐 안 믿는다고 말은 해도 찰떡같이 믿었는데 이젠 믿고 싶어도 도무지 믿어지지가 않는 게 참 웃기네요.

준 아버지가 어릴 때 그러셨어요. 유니콘이 없는 걸 증명하는 것보단 있는 걸 증명하는 게 더 빠르다고요.

유월 에이 그래도 저 소에 별이 없다는 건 이젠 유치원생도 알걸요? 저기에 별이 있다면 지금 여기, 바로 지금 비가 내렸으면 좋겠네요. 아무도 없을 때라도 여름비를 만끽할 수 있게.

그 순간, 물방울 하나가 유월의 머리 위에 떨어지고 유월은 깜짝 놀
란다.

유월   어!

준은 유월 쪽을 바라본다.
천장에서는 조금씩 비가 내리기 시작한다.

유월   엄마야!
유월   저 잠시만 실례하겠습니다.

유월, 준의 우산을 핀다.
유월, 준과 함께 우산 안에 있다.
사이.
우산에 빗물이 떨어지는 소리만 들린다.

유월   저… 사실 한 사람을 죽였어요.
준   네?
유월   너무 놀라진 말아요. 정말 진짜로 누굴 죽인 건 아니거든요.
           근데 아까 탈출하고 싶다고 한 거 진짜로 너무 간절했거든
           요. (사이) 처음에는 그냥 지나가겠지 했는데 매일 매일 찾아
           왔어요. 더 이상 오면 안 될 것만 같은 내 자신이. 매일 아침
           가슴은 옥죄어 오고 매일 저녁 올 수 없는 것에 울음이 났
           어요. 그러다가 문득 거울에 비치는 두 까만 눈동자에 미쳐
           버릴 것만 같았어요. 그 두 눈동자가 저를 바라보는데… 모
           든 세상의 빛깔을 머금고 빛나는 그 눈동자를 잃고 싶지 않
           았거든요.

(사이) 그래서 정말 따사로운 햇살에 눈을 뜬 날 아무도 없는 곳에서 두 눈을 파내고 손으로 쥐어 터트렸습니다. 그리고 갈비뼈 사이를 비집고 들어가서 심장을 움켜쥐었어요. 손에 쥔 심장은 따뜻했습니다. 생각해보니 어릴 때 노란표를 손에 쥐었을 때와 비슷한 설렘이었던 것 같습니다.

준은 유월 쪽을 본다.

준　　당신은 제게 고백했습니다. 끔찍하더군요. 그런데도 너무나도 뜨거웠습니다. 여름의 끝자락에서 당신의 잔인함에 적셔들었습니다. 그날 당신이 죽인 것은 저였을까요? 터져 버린 저의 까만 두 눈을 찾고 싶었습니다. 심장은 죄여오는 것만 같았습니다. 그래도 혼자가 아니라는 것에 안도했습니다.

준은 일어난다.

준, 우산 밖으로 나가 선글라스를 벗고 얼굴을 들고 눈을 감은 채로 비를 만끽한다.
유월은 놀라고 우산을 집어 들어 준에게 다가간다.

준　　우산 속에 숨지 말고 그냥 눈 감고 이렇게 해봐요.

유월, 머뭇거리다가 따라 한다.
준은 눈을 뜬다.

준　　당신의 말을 듣고 있는 그 순간 저는 왠지 모르게 다시 뜨거운 여름을 느꼈습니다. 당신은 제게 여름의 색을 다시 볼 수 있게 해주었습니다. 그래서 이 여름 햇살에 흠뻑 취할 당신을 생각하며 가장 쏟아질 때 당신을 놓아주고 싶었습니다.

준은 다시 눈을 감는다.
유월은 눈을 뜨고 역 안을 누비며 비를 만끽한다.

유월 오늘 지하철역까지 얼마나 달렸는지는 모릅니다. 다만 비가 내렸고 오늘만큼은 내리는 비를 무시하고 싶지 않았습니다.
보통이라면 가방 뒤에 숨어 웅크렸겠지만 오늘만큼은 제 눈물 대신 내려주는 이 여름비에 흠뻑 젖고 싶었습니다. 빗속에서 잠시 멈춰 흠뻑 젖어버리고 싶었지만, 그렇지만 차마 멈출 수 없었습니다.
그렇게 만난 당신은 마치 어릴 적 노란표 같았습니다. 그 자리에서 온전하게 햇살을 머금고 있는 듯 했습니다.
그래서 더 말할 수 있는 용기가 난 것 같습니다. 단 한 번도 이야기한 적이 없는 그리고 아무도 관심 없을 이야기를. 마치 개찰구에서 더 이상 나오지 않을 나의 노란표가 다시 나온 것만 같았습니다.
마음 한켠까지 햇살로 가득 차올랐습니다.
(사이) 한낮 여름 끝자락 가장 뜨거울 때 당신을 만났습니다.
우리 사이에는 여름 끝자락 아직 스쳐 지나가지 않은 더위의 온기만 남아있습니다. (유월이 비를 만끽하다가 순간 미끄러진다) 앗!

준은 눈을 커다랗게 뜨고 순간 넘어질 뻔한 유월을 잡는다. 준과 눈이 마주친 유월이는 놀란다.

어!

서서히 암전. 지하철이 오는 소리가 들린다.

준   여름비가 흩내린 가장 뜨거운 햇살 속 그날. 저는 노란 햇살에 처음으로 눈을 찌푸리지 않았습니다. 우리 사이에서 여름은 그저 그렇게 노랗게 무르익어갔습니다.

유월   빗속에서 우린 노란색에 흠뻑 젖어갔습니다.

조명 들어온다.
무대에는 떨어진 우산만이 남아 있다.
[1]에서의 우태가 똑같이 짐을 들고 등장한다.
떨어진 우산을 주어 돌돌 말아 의자에 걸쳐둔다.
우태, 들어간다.
유월, 뛰어 들어온다.
요리조리 보다가 의자에 걸쳐져 있는 우산을 거둔다.
안도의 한숨을 내쉬고 천천히 역사 안을 나간다.

무대가 밝아진다.
배우 인사

지하철역사 안에서는 사람들이 북적이는 소리가 들린다.
끝.

여름 끝자락에서 여름을 돌이켜보면 찌뿌둥한 날들이 어느새 낭만적으로 변해있습니다. 끝자락에서 얼마 남지 않은 여름을 보면 스스로가 어느샌가 성장한 느낌이 듭니다. 〈여름 끝자락으로 지하철〉은 저와 제 가족들의 이야기로부터 시작되어 모두의 이야기로 확장됩니다. 여섯 명의 주인공들에게 수많은 사람들이 그저 스쳐 지나기만 하는 차가운 지하철역은 누구에겐 종착역이 또 누구에겐 간이역이 그리고 또 누구에겐 시발역이 되지만 지하철역에서의 기억은 모두에게 잊지 못할 한여름밤의 추억이 됩니다. 지하철이 오고 떠나는 순간 주인공들은 모두 선택의 기로에 놓입니다. 어떤 선택을 하든지 주인공들은 한층 성장합니다. 3대가 인연처럼 만나는 공간 속에서 벌어지는 일들 그리고 그 속에서의 회상들은 안타깝게 현실적일 때도 아름답게 낭만적일 때도 있습니다. 독자와 관객들이 〈여름 끝자락으로 지하철〉을 통해 꿈을 꾸고 위로 받는 시간을 잠시나마 가졌으면 합니다. 그리고 문득 여름 끝자락에서 지하철을 기다릴 때 생각나는 작품으로 남을 수 있으면 좋겠습니다.

The Burried Legend

HEART STONE
Written and directed by
CHRISTY LAETIZIA MERCY

music by
주연우
김예슬
윤수아

| CHARACTERS

리아 | 16세, 인간이 사는 도시 '루미나'에 아빠와 함께 살았다. 마
　　법을 쓸 수 있는 이유로 루미나에선 숨어살아야 한다.
루나 | 16세, 루미나 도시에서 인간들 사이에 함께 자랐다. 어렸을
　　때 생존하라는 아버지의 명령을 받고 지금까지 루미나 도
　　시에 혼자 살았다.
티언 | 4-50대, 스텔라리스 왕국의 왕. 겉으로 현명하고 백성을 사
　　랑하는 지도자지만 내면의 욕망이 가득하며 신이 되길 바
　　라는 사람.
헬다 | 4-50대, 시각장애를 가진 티언의 아내. (리아의 친 엄마)
엘리아 | 4-50대, 루미나 도시에 리아와 함께 살던 아버지.
앙상블 | 여 5명 | 남 3명

| NUMBER LIST

00 OVERTURE : HEART STONE _ 컴퍼니
01 함께라면 _ 리아, 엘리아
02 망설여 _ 리아
03 당당하게 _ 루나, 리아
04 힘은 누구나 _ 티언, 컴퍼니
05 이것이 바로! _ 루나, 리아
06 스텔라리스 _ 리아, 루나, 컴퍼니
07 인생은 _ 루나, 티언
08 이게 다 뭘까? _ 엘리아, 리아
09 세상을 지배하는 자 _ 티언
10 한 번만 _ 헬다, 엘리아
11 루머 A B _ 컴퍼니
12 선택의 결과 _ 리아, 티언, 컴퍼니
13 혼란스러운 생각 _ 리아, 컴퍼니
14 예언 _ 헬다, 엘리아, 컴퍼니
15 내가 원했던 것 _ 루나, 컴퍼니
16 피에 몰든 욕망의 길 _ 리아, 티언, 컴퍼니
17 하트스톤 (FINALE) _ 루나, 컴퍼니

1장

M0. OVERTURE : HEART STONE

영상

〈아주 머나먼 옛날, 아무 생명도 없는 이 땅에 유일하게 생명을 가진 한 나무가 있었다. 간신히 혼자 생명을 이어나가고 있는 나무의 모습을 보고, 신은 영원한 생명의 힘을 가진 2개의 돌 '하트스톤' 을 주게 되었다.

그 이후 하트스톤의 힘으로 생명이 없는 이곳에 조금씩 생기를 불어넣어주게 되었다.

하지만 시간이 지날수록 인간들은 하트스톤의 힘을 얻고자 하는 욕망이 커졌고, 그 결과, 전쟁이 벌어지게 되었다.

계속된 전쟁으로 인해 마을이 불타 생명이 사라질 위기에 처했고, 한 인간이 신에게 하트스톤을 지키겠다는 맹세를 한다.

그 이후, 불타버린 마을에 남은 사람들은 생명의 나무에 있는 하트스톤을 지키게 되었고, 불타버린 마을 양 옆으로 마력을 쓸 수 없는 인간의 도시 '루미나'와 마력을 가진 사람들이 사는 도시 '스텔라리스' 가 생겨나게 되었다.〉

사람들

ORAMUS MAIORIBUS NOSTRIS

(우리 조상들에게 기도한다)

CUSTODI NOS A LAPIDE

(그 돌의 힘으로부터 우리의 안전을 지켜주시옵소서)

ORAMUS MAIORIBUS NOSTRIS

(우리 조상들에게 기도한다)

CUSTODI NOS A LAPIDE

(그 돌의 힘으로부터 우리의 안전을 지켜주시옵소서)

ORAMUS MAIORIBUS NOSTRIS

(우리 조상들에게 기도한다)

CUSTODI NOS A LAPIDE

(그 돌의 힘으로부터 우리의 안전을 지켜주시옵소서)

불 타는 소리, 비명소리, 귓속말 소리 겹쳐서 들린다.

음악 이어서,

꾼1 아주 옛날에, 스텔라리스가 존재했습니다.

꾼2 마법을 사용하는 사람들이 모인 그곳!

꾼3 그리고 그 땅에 비극을 가져온 마법의 돌, 하트스톤이 있었습니다.

꾼1 30년 전, 스텔라리스에서는…

사람1

들었어? 그 소문

사람2 무슨 소문?

사람1 그 전설의 돌!

사람3

들었어? 그 소문

사람3　　그 마을에서 발견 되었대요!

사람들

들었어? 그 마을
들었어? 그 마을
불타버린 마을

사람1

16년 전에 큰 사건이 하나 있었지
누구도 알 수 없어 왜 그 마을이 불탔는지

사람3

기억 속에 묻힌 전설 하트스톤
백 년 동안 간직해왔던 그 돌
그 마을에서 발견 됐어

사람들

모두 다 소문일 뿐이야
잠시 혼란스러울 뿐
걱정할 필요 없어
곧 지나갈 일이야

사람2

들었어? 그 전설

기억해? 그 전설
신비한 돌 죽음의 돌 하트스톤

사람4

힘은 커질수록 위험해져
사람들을 욕망에 빠뜨려

사람3

전쟁이 벌어지고

사람4

땅은 피폐해져 갔어

사람2

흔적 없이 사라졌던 불가사의한 돌 하트스톤
이제 다신 나타나지 않아

사람들

모두 다 소문일 뿐이야
잠시 혼란스러울 뿐
걱정할 필요 없어
곧 지나갈 일이야

사람들

그러나 들었어?
다른 소문 들었어?
누군가 거기서 사람의 흔적을 찾았어

유령이 사는 곳이라고
한 발짝도 가지 못한 그 곳

사람2 뭐-뭔 소리야…?!!

사람4 서-설마…? 생존자…?!!

사람들, 웅성웅성한다.

음악 끝.

꾼1 그렇게 하트스톤에 대한 소문이 돌게 되었습니다.

꾼2 그리고 바로 여기! 이 도시 루미나엔 스텔라리스인 두 명이
살고 있었습니다.

엘리아, 천천히 걸어 리아와 함께 등장한다…

리아 아빠 안녕히 주무셨어요! 몸은 좀 어때요? 아픈 건 좀 괜찮
아요?

엘리아 이 나이쯤 되면 다 그래~ 걱정 마, 이 정도면 건강한 거야.
어제도 약초 캐러 산에 갔다 왔는걸!

리아 너무 무리하지 마요! 더 안 좋아지면 안 돼요!

엘리아 우리 리아랑 오래오래 살려면 당연히 그래야지!(미소 지으며)

리아 몸이 좀 이상하다 싶으면 꼭! 저한테 얘기해 주세요! 아셨
죠? 제가 아빠 대신 약초 캐올게요~ (CUE)

엘리아 아이고, 우리 딸 많이 컸네! 이런 말도 할 줄 알고!

M1. 함께라면

엘리아
리아 아빠 하는 얘기 잘 들어
사람마다 태어난 데는
모두 이유가 있는 거란다

엘리아   너도 그렇고,

이 세상 그 누구보다 소중한
아주 특별한 존재로 태어났지

리아   아빠의 딸로.

리아
숨을 쉴 수가 없을 정도로
힘든 날이 닥칠 때마다
아빠가 건네주는 위로 한 마딘
내 마음의 안식처가 되어줬어

리아&엘리아
너와 함께라면 소소한 하루가 행복해
하루가 지나가면 또 새로운 태양이 떠
폭풍처럼 흘러가는 인생을
함께 보내자

<table>
<tr><th align="center">리아</th><th align="center">엘리아</th></tr>
<tr><td align="center">함께 나누는 순간
모두 다 소중해</td><td align="center">함께 나누는 순간</td></tr>
<tr><td></td><td align="center">모두 다 소중해
네가 있으면
아픔조차 느껴지지 않아
너의 미소와 웃음소리
내 하루 채워</td></tr>
<tr><td align="center">너와 함께라면
소소한 일상이 충만해
하루가 지나가면
또 새로운 태양이 떠
폭풍처럼 흘러가는 인생을
함께 보내자</td><td align="center">너와 함께라면
소소한 하루가 행복해
하루가 지나가면
또 새로운 태양이 떠
폭풍처럼 흘러가는 인생을
함께 보내자</td></tr>
</table>

음악 끝.

꾼 등장.

꾼2   스텔라리스인들은 마법을 사용할 수 있습니다!

꾼3   하지만!

엘리아   리아! 그렇게 마법을 쓰다가는 너도 엄마처럼 될 거야! 나는 너를 잃고 싶지 않아! 그러니까 마법 절대로 쓰지 마! (목소리)

리아   네… 아빠

꾼1   그렇게 16년 동안 마법을 사용하지 않고 있던 리아는, 어느 날!

걷고 있는 리아.

사람1   저기요!! 누구 없어요!! 저기요? (음성)

땅에 있는 구멍에 빠진 사람을 발견한 리아.

리아   어… 어떡하지?
사람1   저 좀 도와주세요!! (음성)

리아, 손을 뻗으려고 하지만 망설인다. (CUE)

사람1   어디 가세요?! 저기요!! (음성)

M2 - 망설여

리아
난 또 다시 또 다시 망설였어
나는 왜 나는 왜 망설일까
그 손을 붙잡으면 되는데
이 쉬운 일을 나는 할 수가 없어

그날이 또다시 올까 봐
두렵고 무서워

내 기억 속에 새겨지고
잊혀지지가 않아
어제처럼 아직도 생생해

성인 리아의 뒤로, 어린 리아, 친구들과 함께 등장한다.
숨바꼭질이 시작한다.

친구1   지금부터 10까지 센다! 하나, 둘, 셋, 넷..

리아
맑은 목소리
웃고 있던 나는
아무 생각 없이 달렸고
두 눈을 반짝였지

친구1   찾았다! 다음에 너가 술래야!
친구2   알았어… 시작한다!! 하나, 둘…

외로움조차도 느낄 수 없었어

친구 2, 뛰어가서 넘어졌다.
어린 리아, 사람 2를 도와주러 왔다. 손닿는 순간 사람 2는 움직일
수 없다.
사람들이 웅성웅성한다.

리아
아니야 하지 마

손을 내밀지 마
내미는 그 순간 너

어린 리아와 친구들 퇴장.

리아

넌 이제 달라져야만 해
밝고 순수한 그 눈빛
이젠 지워 너를 숨겨

리아

어디서부터 잘못된 걸까
어리고 순수했던 나?
도망친 나?
이제 평범한 삶
내게 사치일 뿐이야

난 뭘 또 해야
이 모든 두려움 떨칠 수 있을까
난 뭘 또 해야
행복하게 살 수 있을까
더 이상 숨긴 싫어
나도 남들처럼
그저 평범하게 살고 싶은 거
그것뿐인데

난 더 이상 외롭긴 싫어

가면을 벗어 던지고
웃음을 찾고 싶어

음악 끝.

꾼1   그 순간! 누군가의 목소리가 들려오는데…

루나, 등장하면서 허밍을 한다.

꾼2   그녀의 이름은 루나!
사람1 저기요!! 도와주세요! (음성)

루나, 사람1을 발견한다.

꾼3   도와달라는 사람을 발견한 루나는 '시간을 거스르는 마법'
       을 통해 사람을 구하게 됩니다.
꾼2   루나도 마법을 사용할 수 있는 스텔라리스인이었던 거죠.
꾼3   리아는 그 광경을 보고 너무 놀란 나머지 도망가려고 하
       는데!

나뭇가지를 밟은 리아. (음향)

루나   너… 언제부터 거기에 있었어?!

리아, 눈치를 보며 아무 말도 하지 못한다.

루나   설마… (리아의 놀란 얼굴을 보고 한숨을 쉬며) 어… 잠깐만! 일단

진정해… 내가-

꾼1 리아에게 천천히 다가가는 루나.

꾼2 리아는 당황해 뒷걸음질치다 두려움에 손을 내밀게 됩니다.

리아 (다가오면서 말하는 루나의 말을 끊으며) 다… 다가오지 마세요!

꾼3 그 순간, 리아의 마법이 나타나면서 루나는 얼어붙어 몸을 움직일 수가 없게 됩니다.

루나, 몸이 얼어붙어 움직일 수 없다.

루나 뭐야…? 나 왜 이러지? 이거… 설마…너… 마법을 쓸 수 있어?!

리아 (말을 더듬으며) 어… 죄송해요…

꾼1 루나는 어느새 마법이 풀리고 다시 몸이 움직입니다.

꾼2 리아는 눈치를 보며 슬쩍 도망갈 준비를 하죠.

루나 잠깐만!! (리아의 손을 잡고) 너 누구야?! (조심스럽게) 혹시 스텔라리스 인?

리아 … 네?! 무슨 말인지 잘 모르겠어요…

루나 (혼잣말로) 아니, 너가 마법을 쓸 수 있으면 (리아를 보며) 여기 있으면 안 되는 거잖아!

리아 (루나가 잡은 손을 떼면서) 저… 무슨 말인지 모르겠다고요!

루나 너… 스텔라리스 몰라?

고개를 젓는 리아.

당황하는 루나.

리아   근데… 당신은 마법을 사용할 수 있어요…?!

루나   나?! 어… 그-치, 내가 '스텔라리스 인'이니까 가능하지…

리아   그게 뭔데요…?

루나   아니, 그니까… 네가 '스텔라리스 인' 인데 '스텔라리스 인'
이 아니다, 스텔라리스에 대해서 아무것도 모르는데 스텔
라리스를 안다? 뭐야 나 지금 뭔 말을 하고 있는 거야…?
어우 정신 차려…

리아   … 호… 혹시 지금 마법을 쓸 수 있는 사람이 저 말고도 있
다는 말이에요…?! 당신 말고도? 지금까지 왜 전 아무것
도…

루나   (리아의 말을 끊으며) 그러니까! 나도 그게 궁금하다니까.

사이.

리아   거기 사람들은… 어떻게 생겼죠…?

루나   거기? 여기랑 똑같지 뭐! (CUE)

M3 - 당당하게

루나
우린 평범한 인간으로 태어났어

루나   눈, 코 , 입 다!

단 한 가지 더 가지고 있을 뿐이야
그건 바로 매직
우리의 일상을 신나게 해주는
그건 바로 신비한 매직

리아   그-그럼 당신은 왜 여기 있어요?
루나   나? 혼자서 살아갈 수 있는 힘을 기르려고!
리아   네?
루나   아빠가 날 버렸거든.
리아   아… (슬픈 눈빛으로 루나를 바라본다)
루나   그런 눈으로 날 바라보지 마! 오히려 좋아~

루나

난 우리 아빠와 달라
야망만을 쫓는 인생은 싫어
하늘 위 새처럼 날개를 펴고
자유롭게 날고 싶어

많은 생각 없이 달려가 봐
겁먹지 말고 도전해 봐 (괜찮아)
당당하게 날아가 내 꿈을 이뤄
의지만 있다면 뭐든지 가능해

리아   정말… 그래도 될까요…?
루나   그럼! 왜 못해?

루나

상상해봐 네 꿈이 이뤄지는 순간

리아   꿈…?

리아

내 자신을 숨길 필요 없어
어깨를 펴 당당하게 걸어가
희망을 가져도 될까
새로운 길을 걸어가
내 인생 달라질 수 있을까

리아   저… 결심했어요!

루나

많은 생각 없이 달려가 봐
겁먹지 말고 도전해 봐

루나&리아

당당하게 날아가 네 꿈을 이뤄
난 선택했어

루나	**리아**
내 꿈을 이루고	내 행복을 찾아서
행복을 찾아서	우리 함께 걸어가

이제 시작이야, 가자　　　　　이제 시작이야, 가자
당당하게　　　　　　　　　　당당하게

음악 끝.

리아　마법을 쓸 수 있는 사람들이 그 곳에 살고 있다면, 치유의 마법을 가진 사람도 있겠죠? 전 그곳으로 가야겠어요!

루나　왜?

리아　아빠가 요즘 여기저기 아프세요… 아빠가 건강해야 저도 행복한데… 혼자 저를 키우시면서 고생만 해서… 이제 제가 힘이 되어줘야죠!

루나　애틋한 부녀 사이네~ (사이) 암튼 잘 되길 바란다! 그럼 난 이만!

리아　어, 잠시만요! 스텔라리스는 어디로 가야 하죠…?

루나　저 길 보이지? 저-기! 그 길을 따라가면 돼!

리아　호-혹시!… 초면에 이런 부탁이 매우 실례인 건 알지만… 같이 가주시면…

루나　응, 아니야.

리아　아… 아무래도 너무 무리한 부탁이죠…! 잘… 찾아가 볼게요…!

리아, 조심스러운 걸음으로 서서히 퇴장.

루나　그래, 잘 할 수 있겠지 뭐! 애도 아닌데.

루나, 쉽사리 돌아서지 못하고, 왔다 갔다 고민을 한다.

루나   에이씨… 그래! 입구까지만! (리아 가는 방향으로) 야, 잠깐만
(CUE)

2장

M4 - 힘은 누구나

스텔라리스. 법정
백성들 등장한다.

백성들
힘은 누구나 가질 수 있는 게 아니야
오직 티언 대마법사
누구도 누구도 그를 대신할 수 없어

무대 배경, 왕궁 법정으로 변화.

백성들
굶주린 사람들 위해
그가 가진 것 모두 바쳤어
어린 아이들 위해
이 나라 백성들 위해
그가 가진 것 모두 바쳤어

법정. 티언 등장한다.

티언
힘은 누구나 가질 수 있는 게 아니야

오늘도 이 부담을 갖고
내가 사랑하는 이 나랄 목숨 바쳐 지키겠소
내가 가진 이 모든 힘은
백성들 위한 신이 나에게 내린 축복
이 자리에서 맹세한다

티언은 의자에 앉는다. 병사 도둑을 끌고 온다.

병사 어제 전당포에서 잃어버린 보석들이 피고에게서 발견됐습니다.

사람1,2 제 돈도! / 제 옷도!

사람1 더 많은 피해를 주기 전에 처벌을 내려주십시오!

도둑 죄송합니다! 살려주십시오!! 딸아이가 겨우 세 살인데 열흘째 굶고 있습니다! 제발 살려주십시오!

백성들, 판결을 기다리면서 웅성웅성한다.

티언 판결을 내리겠다!

티언
그가 겪었던 일들 너무 가련해
죄를 지을 수밖에
형벌 대신 용설 드리겠소
백성들이 받았던 손해
나의 부족함으로 일어났으니
내가 모두 보답해 드리겠소

도둑　　감사합니다! 감사합니다 폐하!

티언 먼저 퇴장.
병사들, 도둑을 끌고 퇴장한다.
무대배경, 왕궁 안에 비밀 지하 장소로 변환된다.

백성들
힘은 누구나 가질 수 있는 게 아니야
오직 티언 대마법사
누구도 누구도 그를 대신할 수 없어

사람들은 퇴장한다.

티언
그래 명심해 니들관 달라
힘은 나만이 가질 수 있어
난 모든 걸 가졌지만
이 정도론 만족 못 해
다른 걸 원해
더 큰 힘을 신이 되길

티언, 비밀 장소에 도착한다. 한 명의 사제, 도둑과 함께 등장한다.

도둑　　당신들 뭐야 ?!! 지금 나한테 뭐하는 거야?!! (티언을 보고)
폐… 폐하?!
티언　　용서를 바라는가, 힘없는 백성이여.

티언

힘은 누구나 가질 수 있는 게 아니야
너희들 위해 수많은 희생을 했으니
너희도 이 정돈 희생해야지

병사, 도둑의 손을 뒤로 묶는다.
티언은 도둑의 마법을 추출하고 있다. 소리를 지르는 도둑.
하트스톤 깜빡깜빡한다. (무대)

사제들

BENEDICAT SALVATOR NOSTER DEUS
(우리의 구세주에게 축복을 주십시오)

VIVIMUS ET MORIEMUR PRO EO
(그를 위해 살고 죽을 것이다)

BENEDICAT SALVATOR NOSTER DEUS
(우리의 구세주에게 축복을 주십시오)

VIVIMUS ET MORIEMUR PRO EO
(그를 위해 살고 죽을 것이다)

BENEDICAT SALVATOR NOSTER DEUS
(우리의 구세주에게 축복을 주십시오)

VIVIMUS ET MORIEMUR PRO EO
(그를 위해 살고 죽을 것이다)

BENEDICAT SALVATOR NOSTER DEUS
(우리의 구세주에게 축복을 주십시오)

티언	**사제들**
힘은 내 손에 있는 한	

모두 다 내 밑에 있어

　더 큰 자리를 위해

감정 따윈 필요 없어

　힘은 나의 것　　　　　　　나의 구원자

　　　　　　　　　　　　　　모두 목숨 바쳐

　　경배하라　　　　　　　　　경배하라

음악 끝.

꾼1　며칠 뒤, 눈을 가린 헬다와 병사가 티언의 방으로 들어옵니다.

티언　대회 준비는?

병사　네! 다 끝났습니다!

티언　언제까지 내가 저 저급한 인간들의 소원을 들어줘야 하지?!

병사　폐하께서 백성들에게 지속적으로 더 많은 신뢰를 얻기 위해서는 한 번쯤 이런 이벤트를 하시는 게 좋을 것 같습니다.

티언　(짧은 사이) 그 아이는?

사이.

병사　그-그게요…

티언　벌써 16년째야!! 왜 아직도 못 데려와 그 아이를?! 내 죽는 꼴 보고 싶어?! (혼잣말) 몸이 안 좋아지는 게 느껴져…

헬다　(그 말을 가만히 듣고 있던 헤다) 넌 죽어도 그 아이를 못 찾아, 다 헛된 짓이야. 이제라도 그만해! 그 예언을 막으려면.

티언   (버럭 화를 내며) 닥쳐! 두고 봐, 네가 틀렸다는 걸 보여줄 테 니까. 누가 감히 내 운명을 재단할 수 있지?!! (병사에게) 여 기 구석구석, 하나도 빼놓지 말고 샅샅이 뒤져! 그러면 겁 에 질려서 그 아이는 결국 제 발로 스스로 기어 나오게 될 거야.

티언과 병사 퇴장.

꾼2   티언은 무엇을 찾고 있었을까요?
꾼3   티언은 자기의 운명을 바꿀 수 있는 아이를 찾고 있었습 니다!
꾼1   한편, 스텔라리스로 향하고 있는 리아와 루나.

3장

숲 안.
리아와 루나 걷고 있다.

리아 저… 궁금한 게 있는데… 당신은 언제부터 마법을 사용할
줄 알았어요?

루나 나? 음… 어렸을 때 그냥 자연스럽게? 그게 왜?

리아 부럽다…전 마법을 제어하는 법을 잘 모르거든요. 가르쳐
주는 사람도 없고…

루나 마법은 쉬워! 자, 눈 감고 릴렉스! 상상해 봐. (CUE)

M5 - 이것이 바로!

루나

우린 지금 바다에 있어
둘만이 있는 평온의 바다
들리는 파도 소리와
스치는 싸늘한 바람 하~
코끝을 찌른 바다의 향을 맡아봐

루나

숨을 내뱉어 다시 한 번 천천히
숨을 내쉬고 다시 한 번 바다로

뜨거운 태양의 햇살을 느껴봐
하늘 위 갈매기의 날갯짓

갈매기 소리 크게 들린다. 루나와 리아 서로 놀라 당황한다.

루나　　암튼! 그 느낌 잘 기억해! 자 똑바로 서. 어깨를 펴고!

<table>
<tr><td align="center">**루나**</td><td align="center">**리아**</td></tr>
<tr><td align="center">두 다리 벌려서</td><td align="center">두 다리 벌려서</td></tr>
</table>

아니! 한 걸음 앞에 서 봐
손을 곧게 펴고 머리 위로

　　　　　　　　　　　머리 위로

이게 아니야 다른 자세로 해보자!
　어깨를 앞으로 아니!
　두 발로 서는 게 나을까

　　똑바로 좀 서 보자　　　　이게 맞는 것 같아!
이상하긴 하지만 아까보단 낫다

　　　　　　루나
　　　잊지 마 방금의 기억들
　　　기억해 지금의 순간을
　　한 발 한 발 디뎌 한 걸음씩
　　　어렵게 생각하지 마
　　　　이것이 바로!
　　　마력을 통제하는 법

루나   자! 한 번 해봐!

리아, 혼란에 빠져 어찌할 바를 모르는 듯, 루나를 바라본다.

리아
우린 지금 바다에 있어
둘만이 있는 평온의 바다
들리는 파도 소리와
스치는 싸늘한 바람
코끝을 찌른 바다의 향을 맡아봐

루나   다시 한 번 해보자. 서늘한 바람이 스치고 있다. 코끝을 찌르는 바다의 향. 그리고 파도- (큰 숨을 쉰다)

루나
상상하지 말고 이것만 기억해
아무 생각하지 말고 집중해
숨을 내쉬어 차분하게 긴장 노노!
어깨 풀고 긴장 말고 릴렉스
온 몸에 흐르는 에너질 느껴봐

리아, 몸에 있는 에너지를 느낀다. 리아의 주변 조명이 파란색으로 변화한다.

리아   방금… 내가…!!

리아, 주변 파란색 조명 사라진다.

루나　　오오…! 했어!

루나	**리아**
잊지 마 방금의 기억들	잊지 마 기억들
기억해 지금의 순간들	기억해 지금의 순간들
한 발 한 발 디뎌 한 걸음씩	한 걸음씩
어렵게 생각하지 마	
이것이 바로!	이것이 바로!
마력을 통제하는 법	마력을 통제하는 법

　　　　음악 끝.

리아　　고마워요!! (루나를 안아준다) 아 참, 제 이름은 리아에요.
루나　　아 내 정신 좀 봐. 나는 루나야! 반가워 리아.

꾼3　　어느새 눈앞에 다가와 있는 스텔라리스를 보는 리아.

리아　　오! (CUE)

M6 - 스텔라리스

꾼1　　금으로 만든 긴 건물들. 그리고 알록달록한 옷. 스텔라리스
　　　　의 전경이 신기한 듯 휘둥그레진 눈으로 돌려보는 리아.

사람들
여긴 신세계 스텔라리스
멋진 일로 가득한 이곳

여긴 신세계 스텔라리스
언제나 바삐 움직이는 (활기찬 그곳)
스텔라리스

리아와 루나 등장.

루나	리아
	저 건물을 봐봐
	햇살이 비추는
	저 사람들을 봐봐
	모두가 빛이나
	이게 바로 신세계일까?
	웅장하고 신비로워
	이게 무슨 기분인지
어떤 기분이	
	무슨 기분이냐면
	황홀해

루나　　(어색한 웃음)

사람들
여긴 신세계 스텔라리스
멋진 일로 가득한 이곳
후회 없이 하나도 빠짐없이
모두들 시선을 떼지 마세요
이곳 스텔라리스

배경 음악, 경음기 소리 들리고 티언이 등장한다.
루나, 자신을 숨기려고 사람들 사이에 숨는다.

병사 오늘 머드프로스 대회에 오신 것을 환영합니다! 곧 폐하께서 등장하실 예정입니다! 모두들 예를 갖추시길 바랍니다.

사람들이 등장한다. 머드프로스 대회 개막식 퍼포먼스를 하고 있다.

사람들
단단히 준비를 하세요
최고의 자리에는 아무나 앉을 수 없어
앞으로 각오들 하세요
험하고 힘든 길을 가게 될 테니
모두 행운을 빌어
머드프로스 대회

퍼포먼스 끝나고 티언과 병사 퇴장.

모두
여긴 신세계 스텔라리스
멋진 일로 가득한 이곳
후회 없이 하나도 빠짐없이
모두들 시선을 떼지 마세요
이곳 스텔라리스

루나
이제 네 꿈의 길을 걸어

리아
새로운 장이 시작 됐어

리아&루나
모두 여기서 새롭게 시작해

모두
스텔라리스

음악 끝.

꾼2   마을을 구경하던 루나와 리아는 걷다보니 어느새 시장 근처까지 오게 되었습니다.

리아, 눈이 반짝 반짝 거리면서 주변을 둘러본다.

루나   어우, 눈알 튀어 나오겠다!
리아   여기 사람들 너무 신기해! 이런 옷들 입는 것도! 건물들도! 다 신기해!

병사가 루나를 발견하고 다가간다.

병사   (목례한다) 티언 폐하께서 찾으십니다! 저와 같이 가시죠! (루나를 잡는다)
루나   이거 놔! 내 발로 갈게. (리아를 보며) 리아야 먼저 가. 머드프로스 대회가 곧 시작해. 뒤따라갈게.

꾼1	루나는 병사와 함께 떠나고…
꾼2	마침 하인과 함께 시장을 지나가던 헬다는 발걸음을 멈춥니다.

헬다	(하인에게) 여기 혹시 루나 있니? 방금 루나 목소리를 들은 것 같은데…?
하인	루나는 없고 비슷한 또래 아이가 있습니다. (리아에게) 왕비님을 봤으면 인사를 해야지.
리아	안녕하세요…! 왕비님을 만나게 되어서 큰 영광입니다!
헬다	(웃으면서 악수를 내밀고) 자네 이름은…?
리아	아… 전 리아라고 합니다! (경음기 소리 들린다) 어?! 전 대회를 보러 가야해서요… 먼저 가보겠습니다! 반가웠습니다. 왕비님!
헬다	잠깐만…!

헬다, 잠시 생각에 잠긴다. 잠시 후, 헬다와 하인 퇴장,

꾼3	같은 시각, 티언의 서재에서는…!

티언과 병사 등장.
티언, 머드프로스 대회 참석하러 옷을 입고 있다.
병사, 티언에게 귓속말을 한다.

티언	확실해? 아… 불가능한 것도 아니지. 우리가 지금까지 헛다리를 짚은 걸 수도 있어. 일단 계속 감시해 봐!

꾼2	똑똑똑. (밖에서 노크 소리가 들린다) 루나가 두드리는 소리.

티언　오랜만이구나. 그동안 잘 버텼네.

루나　암요. 누가 없으니 더 살기 편하던데요. 절 버리실 때는 언제고 이제 와서 왜 찾으시는 거죠?

티언　이게 다 너를 위한 거야. (CUE) 눈을 뜨고 그 앞길을 봐.

M7 - 인생은

티언
멀리 봐
이 자리에서 네가 할 수 있는 것
얼마나 많은지

상상해 봐
네가 말하는 대로 원하는 대로
모두 움직여

루나
그만해
욕심이 가득한 그 마음은
나완 맞지 않아
난 당신의 계획에 관심 없어

루나&티언
정신 차려 이 모든 것은
전부 욕심을 쫓아가는 의지일 뿐이야

티언	루나
나와 함께 이 길을 선택해	
내 눈으로 현실을 봐라	
	아니! 난 내 두 눈으로 볼 거야
	난 자유롭게 살고 말 거야
그만해 그런 바보 같은 생각	
인생은 욕망을 쫓아가는 것	인생은 내 마음 대로 사는 것

음악 이어서,

루나   13년이나 지났는데 변한 건 없네요… 어차피 난 당신의 딸로 한 게 없어, 앞으로도 계속 그럴 거고. 저 이제 그만 찾으세요!

루나 퇴장.

티언   됐어, 그 자리에 앉을 사람은 쉽게 찾을 수 있어. 난 말 잘 듣는 꼭두각시, 그게 필요해.

티언

느껴봐

이 자리에서 맘껏 누릴 수 있는 힘

상상해 봐

그날이 오면 영원한 삶을 얻어

강력해질 순간

내가 가질 위대한 권력

더 높이 하늘 위까지 솟구치리라

거침없는 나의 모습과 목표
모두 바라는 선망의 대상
인생은 욕망을 쫓아가는 것

음악 끝.

꾼1　갑자기 티언은 이상행동을 보이기 시작합니다. 힘이 빠진 듯, 비틀거리기 시작합니다.

티언 퇴장.

꾼3　같은 시각, 복잡한 심정에 울컥해 빠른 걸음으로 걷고 있는 루나는 헬다와 병사를 마주칩니다.

꾼2　왕비님… 앞에 루나가!

헬다　루나…? 언제 돌아 왔니?

말이 없는 루나. 루나가 울고 있다는 걸 눈치 챈 헬다.

헬다　너… 왜 그래? 혹시 어디 아프니?!

루나　그냥! 그냥 날 좀 가만히 냅둬요! 당신이 뭔데! 이제 와서 엄마 행세하는 거 역겨우니까…

루나 빠르게 퇴장.
헬다 깊은 한숨을 내쉬고 하인과 퇴장.

꾼1　그럼 그 아이를 찾기 전까지 사람들의 마법을 계속 추출하는 겁니까?!!

꾼3 그건 완전 미친놈이었습니다.

꾼2 쉿!(짧은 사이) 드디어 머드프로스 경기가 열리는 날!

4장

Underscore 1 시작,

스텔라리스. 머드프로스 대회 날.

트럼펫 소리가 들린다. 티언 의자에 앉는다.

병사 등장.

병사 머드프로스 대회에 오신 걸 환영합니다. 참가자들은 파이 어링 안에서만 경기를 진행할 수 있으며 파이어링을 벗어 나는 순간 탈락하게 됩니다. 지금부터 경기를 시작하겠습 니다. (경음기 소리)

꾼1 참가자들 한 명, 한 명, 스파링을 시작합니다. (음향 같이)

꾼2 그동안 리아의 머릿속에는 잊혀졌던 기억의 파편들이 떠오 르는데…

기억 1.

사람들의 비명소리 들린다.

티언 잡아! 놓치면 안 돼! (목소리)

헬다 잘 가 우리 딸… (목소리)

아기 우는 소리. 비명소리와 불타는 소리.

꾼3 리아를 보고 있던 한 사람이!

사람(2)	저… 괜찮아요?! 저기요!
리아	… 네… 전 괜찮아요… 신경 쓰지 마세요…

꾼1	리아는 갑작스레 나타난 기억들 때문에 불안정한 상태가 되고,
꾼2	실수로 마법을 사용하게 됩니다.

리아의 주변에 밝아지는 파란색 조명.

꾼3	리아의 마력에 숨이 막히기 시작한 그 사람(2)은
꾼4	괴로워하다 점점 힘이 약해지고, 결국 숨을 거둡니다.

그 순간, 들리는 비명소리, 폭발 소리, 불타는 소리 점점 사라진다.

꾼2	그때 사람(2)를 발견한 리아. 그 사람에게 천천히 다가가 상태를 확인합니다.
꾼4	사람(2)의 몸을 만지는 순간! (보랏빛 조명 들어간다)
꾼1	리아도 알 수 없는 힘이 주변에 나타나
꾼3	그 사람은 다시 숨을 쉴 수 있게 되었습니다.
꾼2	두려워하는 사람들, 그리고 도망가는 리아,

그 모습을 본 티언은 사악하게 웃는다.

Underscore 1 끝.

꾼1	어디로 향하는지도 모르는 채 정신없이 뛰고 있는 리아,
꾼3	떨리는 자신의 손을 바라만 보고 있습니다.

엘리아	리아? 네가 왜 여기에…
리아	아-아빠…?! 어떻게… 여긴 어떻게…?
엘리아	그야 당연히… 아니야… 그게 아니라 리아, 넌 여기 있으면 안 돼! 집으로 당장 돌아가! (CUE)

엘리아, 리아의 손을 억지로 잡아 이끈다.

리아	제가 왜 여기 있으면 안 되는데요?!
엘리아	다 너를 위해서야!!!

M8 – 이게 다 뭘까?

엘리아	리아
공포와 불안에 가득 찬 그들의 눈빛	
잊히지가 않아	
야망과 욕심이 가득한 그의 눈빛	
어떻게 잊을 수 있겠어	
	내 머릿속을 스치는 기억들
	마치 어제 일처럼
	내 머릿속을 채우는 그림자
리아? 괜찮아…?	대체 이게 다 뭘까?
설마 기억나는 걸까	나를 괴롭히는 기억들
그날의 진실이	누가 제발 좀 말려줘

방금 나타났던 기억이 리아의 머릿속에 다시 떠오른다.

기억 1.
사람들의 비명소리 들린다.

티언 잡아! 놓치면 안 된다! (목소리)
헬다 잘 가 우리 딸… (목소리)
엘리아 너를 아프게 할 지금 이 기억 잊고 행복하렴 (목소리)

이명소리.

기억 2.
마을 주변으로 불이 점점 크게 번져 올라간다.
연기가 점점 자욱하게 마을을 뒤덮고, 사람들은 도망가면서 소리를
지르며, 아수라장이 된다.

사람들
어서 도망가 빨리 대피해
위험한 이곳에 더 이상 머물 순 없어
어서 도망가 빨리 대피해
위태로운 이곳을 벗어나
부디 살아남을 수 있기를
부디 살아남을 수 있기를

리아 아니야…! 제발… 그만!!

엘리아	**리아**	**사람들**
대체 왜	대체 이게 다 뭘까	어서 도망가
네가 왜 여기에 왔을까	왜 날 불안하게 만들어	빨리 대피해

진실을 덮으려   제발 나를 내버려둬   어서 도망가
발버둥쳤던 나   빨리 대피해
                                                  지금껏 숨겨온
                                                  그날의 진실을
결국 마주쳐야만 해   결국 마주쳐야만 해

음악 끝.

리아   네 기억… 아빠가…
엘리아   그게 아니라…!

리아 퇴장.

엘리아   리-리아!!

꾼2   갑자기 뒤에 나타난 병사! (병사 엘리아를 납치한다)

5장

꾼1 같은 시각, 티언의 서재
꾼2 병사는 티언에게 다가가 무언갈 얘기합니다.

티언의 서재.
병사, 빠르게 등장하여 티언에게 귓속말을 한다.
티언, 병사가 전한 소식에 크게 웃는다.

티언 누가 날 가로막아.(CUE) 역시 그 예언 모두 다 틀렸어! 드디어, 내 노력이 빛을 발하는구나.

M9 – 세상을 지배하는 자

티언
난 이 자리에서 앉기 위해
이 세상에 태어났지
난 수많은 생명을 짓밟고
여기까지 오게 되었네
허나 부족해 난 더욱
강해지고 싶어 영원한 삶
곧 나의 것이 될 거야

곧 나의 날! 나의 세상이 올 거야

이제 기대해 나에게만 복종하는 사람들
드디어 내가 바로 세상을 지배하는 자

감히 날 상대해 넌 이길 수 없어
예언 하나 따위 날 무너뜨릴 순 없어
네 멋대로 될 수 없어
불타는 욕망은 뜨겁게 타올라

곧 나의 날! 나의 세상이 올 거야
이젠 기대해 나에게만 복종하는 사람들
드디어 내가 바로 세상을 지배하는 자
내가 바로 세상을 지배하는 자

음악 끝.

꾼1　　그 시각 감옥에 갇혀있는 엘리아.

꾼2　　얼마 지나지 않아 망토를 걸친 누군가가 등장합니다.

엘리아　　(그 사람을 유심히 보고) 헬다…? 설마…

헬다, 아무 말 하지 않는다.

엘리아　　뭐가 어떻게…? 어떻게 된 거야?! 그동안 살아 있었어?! 왜
아무 말 안했어? 너가 왜…? 어떻게 뭐가…

꾼1　　엘리아의 손을 잡는 헬다.

사이.

엘리아, 헬다를 유심히 보고 놀란다.

엘리아 눈이… 왜…

헬다, 엘리아에게 자신의 눈을 보여주고 싶지 않은 듯 살짝 고개를 숙인다.

엘리아, 그동안 참고 살아왔던 분노가 치밀어 이내 폭발한다.

엘리아 티언 그놈 짓이야?! 내가 여기서 나갈 수만 있다면…

헬다 괜찮아, 난 괜찮아. (짧은 사이) 당신은… 잘 지냈어?

엘리아 … 난 리아와 함께 지내고 있지. 너를 이렇게 볼 수 있다는 게 믿기지가 않아. 당신이 죽은 줄로만 알고 있었는데… 살 아있어 줘서 고마워…

헬다 당신은… 많이 변했어? 난 많이 변했는데…

엘리아 당신을 지켜주지 못해서 미안해…

헬다 리아와 잘 살고 있잖아. 그것만으로 충분해. (사이) 우리 딸 너무 보고 싶다… 많이 컸지?

엘리아 그럼~ 당신을 닮아서 예쁘게 잘 자라고 있어. 누구보다 당 당하게 멋지게!

헬다 당신이라도 우리 딸 옆에 있어줘서 다행이다. (CUE) 나는 아 직도 기억해. 내 인생에 처음 들어온 날…

M10 – 한 번만

헬다

내 품에서 큰소리로 울었던 너

나를 보고 방긋 웃었던 너
그 작은 손으로 내 볼을 만졌던 너
내 세상은 온통 너로 물들었지

너의 미소와 그 손길
너의 웃음과 향기가
내 맘속에 맴돌아

너의 반짝이던 그 두 눈이
너의 작고 가녀린 몸
내 마음속에 그대로 남아
우리 만났던 날 난 아직 기억해

엘리아
맑고 투명한 너의 눈동자
호수 같은 그 안에 비친 내 모습
난 세상에서 제일 행복한 남자였지
하지만 무엇도 지키지 못한 사람

엘리아&헬다
영원할 것만 같았던 시간이
한 순간에 지나가 버렸어
너 없는 시간들 견디기 힘들었어
멈춘 시계 바늘처럼 내 삶도 멈췄어

내 품에 안긴 채 행복했던 우리
그 따뜻한 온기, 해맑은 미소

단 한번 그날로
다시 그때로
우리 돌아갈 수 있다면
돌아갈 수 있다면

음악 끝.

엘리아   리아도 당신을 많이 보고 싶어 했어… 엄마를 볼 수 있다는
사실을 알게 되면 아주 기뻐할 거야…

헬다   아니. 리아는 스텔라리스로 오면 안 돼. 당신도 알잖아.

엘리아, 아무 말 하지 않는다.

헬다   엘리아…? 설마… 아니지…?

엘리아, 고개를 숙인다.

꾼1   엘리아는 차마 헬다에게 리아가 이곳에 왔다고 사실대로
말하지 못하고…

꾼2   그동안 리아는! (CUE)

6장

M11 – 루머A

술집, 밤.
리아, 조심스럽게 등장해 의자에 앉는다.
사람들, 서로 어울려 즐겁게 술을 마시고 잡담을 하고 있다.

사람1&3
누굴까 누굴까
치유의 힘을 가진

사람3
얼마나 강력한지
죽은 사람을 다시 살게 해주는 그 사람

사람1&3
설마 하트스톤의 힘을
가지고 있을까
비참하게 불에 탄 그 마을의
유일한 생존자

사람2&4
있을 수 없는 일
말도 안 되는 헛소문 그만

사람들

벌써 잊은 걸까

불타버린 마을의 소문

함께 살아졌던

마법의 돌 하트스톤

음악 끝.

술집 사장, 리아에게 술 한잔을 준다.

리아, 눈치를 보면서 술을 마신다.

리아 근데요… 정확히 어떤 소문들이…?

사람3 못 들었어요?? 불타버린 마을에 그 일이 일어났을 때, 사람들을 유혹하는 마법의 돌, 욕망의 불씨! 하트스톤이 불 속으로 사라졌대요!

리아 네…?!

사람4 그 돌이 사실, 영원한 삶을 부여해주는 능력을 갖고 있는 돌이거든! 근데 그 사람, 그 마법을 사용했단 말이야. 이게, 이게… 수상한 거지!

술집 구석에 있던 루나, 술이 잔뜩 취해, 불쑥 고개를 든다.

루나 아니! 진짜 이상한 건 우리 아버지야!! 자기 맘대로 날 후계자 자리에 앉혀 놓고, 그저 인형놀이… 그게 무슨 아버지야!!

리아 루나!?

루나 어?! 리아다! 야! 너, 우리 아버지랑 너의 아버지랑 바꿔볼

래?! 우리 아버지 모르지?! (리아한테 귓속말) 우리 아빠… 티언이야…! 어때?!! 탐나지? (웃는다)

리아 너 왜 여기 이러고 있어?? 나가서 얘기해.

사람2 아는 사람이에요?? 아까부터 계속 이러고 있어요. 쯧쯧. 고아라서 그런 건지… 계속 아빠가 자길 버렸다고 하는데 참… 마음이 아프네…

루나 어이! 아줌마! 슬픈 눈빛 금지! 난 괜찮아! 아빠? 그딴 거, 필요 없어. 난 혼자서 살 수 있어!!

꾼1 리아는 술에 잔뜩 취한 루나를 데리고 나갑니다.

꾼2 루나는 리아를 빤히 바라보더니 갑자기 목놓아 울어버리며…

루나 내가 오늘 아버지를 만났거든! 벌써 13년이 지났는데도 어떻게 하나도 안 변할 수가 있지?! 혹시 만나면 반가울 줄 알았는데- 하, 후계자 말밖에 없더라~ 역시 우리 아빠! 최고의 욕심쟁이야!! 와우~

꾼2 또 다시 술집으로 들어가려는 루나 앞을 막아서는 리아.

꾼1 어디선가 들려오는 호외요~ 호외!

사람3 이거 보세요! 왕국이 내린 공식 판결이에요! (CUE)

사람들, 전단지를 받아 들고 웅성웅성 한다.

#M11 - 루머B

사람1&3

누굴까 누굴까

누가 감히 엄청난 반역을 꾀했어

사람2

얼마나 무서운 놈인지

계획이 무엇일까 왜 공격을 했을까

사람4

이건 또 무슨 일

그놈이 처형 판결 받을 거라고

결정이 왔어

사람3

있을 수 없는 일

사람1

말도 안 돼요 원하는 게 대체 뭘까

사람들

설마 그 사람과

연관성이 있는가

처참하게 무너진

그 마을의 생존자

사람1　그럼 처형되는 사람이 누구야?

사람4　에-엘리아?

꾼1　엘리아는 억울한 누명을 뒤집어 써 처형판결을 받게 되었던 것이죠.

꾼2　리아는 아버지의 누명을 벗기기 위해 티언을 만나러 갑니다.

꾼1　하지만 티언은, 아버지를 구하고자 하는 선량한 리아의 마음을 이용해

꾼2　그녀가 갖고 있던 하트스톤의 반쪽을 드디어 손에 쥐게 되었습니다.

꾼1　그리고 결국 리아는 엘리아와 같이 반역을 꾀한 사람으로 누명을 쓰게 되고… (CUE)

M12 - 선택의 결과

리아 등장.

리아
난 그때로 돌아갈 수 없어
어떤 수를 쓰더라도
선택의 여지는 없어
결국 난 방향을 잃었어
나 목숨을 빼앗기더라도
도망칠 방법이 없어
있다 해도 내 운명
내 앞길은 정해져 있어

꾼1	병사는 리아의 손을 묶고,
꾼2	리아는 감옥에 갇히게 됩니다.
꾼1	티언은 리아가 갇힌 감옥으로 향하고,
꾼2	감옥에 갇힌 리아를 바라봅니다.

티언 등장. 혼잣말 하듯이 노래 시작한다.

티언

내 마지막 계획이 끝났어

죽음이 널 기다린다

선택의 여지는 없어

넌 내 함정에 빠졌네

루나, 마을사람들의 이야기를 듣고, 궁금해 한다.

사람1	어린 나이에 반역을 할 생각을 하다니…
사람2	리아… 참 영악해
사람3	머드프로스 대회에서 사람을 죽일 뻔했던?
사람4	그래 맞아. 리아.
루나	저기요! 잠시만요! 무슨 말이에요?!
사람1	지금 그 아이, 반역한 죄로 감옥에 끌려갔어.
사람2,4	죽어라!
사람3,5	배신자!
루나	네…?!

티언	**리아&루나**	**백성들**
거센 비바람	거센 비바람	거센 비바람

안개와 천둥소리	안개와 천둥소리	안개와 천둥소리
멀리서 다가오고 있어	멀리서 다가오고 있어	멀리서 다가오고 있어
자비 따윈 없어		자비 따윈 없어
		죄를 지은 대가
		네가 선택한 결과
책임져라		책임져라

음악 끝.

티언 (병사에게) 불타버린 마을로 갈 준비해!

꾼1 루나는 감옥으로 가 리아를 만나게 되는데…

루나 리아…! 어떻게 된 거야?! 반역자라니…?
리아 루나?! 혹시 우리 아빠 못 봤어?! 감옥에 계신 줄 알았는데 없어…
루나 진정해! 뭐가 어떻게 된 건지 천천히 설명해 봐…!
리아 나도 이게 뭐가 어떻게 된 건지 모르겠어… 우리 아빠가 반역을 했다는 누명을 쓰고 이곳에 오게 됐어… 나 또한… 근데 그건 절대 사실이 아니야! 우린 아무 잘못이 없어…! 정말이야!

꾼2 어디선가 하인과 나타난 헬다.

루나 헤… 헬다…? 당신이 왜 여기…?

꾼1 헬다의 하인은 리아가 갇힌 감옥 자물쇠를 풀고.

헬다	빨리 도망가! 리아. 내 하인이 널 안내해 줄 거야, 어서 빨리 떠나!
리아	네…?! 어… 저희 아빠는요?! 저희 아빠는 못 보셨어요??
헬다	너희 아버지는 걱정 말고, 너 먼저 여길 나가!

꾼1	철창문을 열고 나온 리아를 품에 꼭 안는 헬다.
꾼2	하인은 리아를 데리고 감옥 밖으로 나갑니다.
꾼1	리아를 따라 나가려던 루나는 헬다를 보고 이내 멈춰 서고.

루나	당신은…? 티언한테 걸리면 당신도 위험해지는 거 아니야?
헬다	(루나의 손을 붙잡고) 내 걱정은 마, 루나… 그동안 외롭고 힘들었을 텐데… 혼자서도 잘 커줘서 고마워. 그리고 미안해…
루나	미안할 거 없어, 어차피 난 당신의 친딸도 아니니까.
헬다	아냐 루나. 너도 나의 소중한 딸이란다. 얼른 가!

꾼1	루나는 리아가 나간 쪽으로 빠르게 나가고.
꾼2	헬다는 뒤따라 감옥을 나가려고 하는데,
꾼1	어느새 나타난 병사들이 다가와서 헬다를 잡는다.
꾼2	감옥에 있는 리아를 확인하러 온 티언은,
꾼1	비어있는 철창을 발견하고.

티언	감히 내 계획을 망가뜨려?!!

꾼2	헬다의 목을 조르는 티언.
꾼1	헬다는 티언의 손에서 벗어나려고 하지만 점점 숨이 막혀오고,.

티언 죽고 못 사는 네 남편과 함께 죽여주마. (병사에게) 무슨 수를 써서라도 그 아이 당장 내 눈 앞에 데려와!!

꾼2 병사는 리아를 잡기 위해 수배 전단을 배포하게 되는데…

사람들, 전단지를 받아 간다.

사람2 지명 수배…? 이 아이를 잡는 사람에게… 현상금을 준다?!

사람들, 전단지를 보고 웅성웅성한다.

꾼2 한편, 도망가고 있는 루나와 리아.
꾼1 리아는 과거로 가서 확인해야 할 것이 있다며 불타버린 마을의 과거로 데려가 달라고 루나에게 부탁합니다. (CUE)

깜빡거리는 조명들.

M13 - 혼란스러운 생각

과거의 불타버린 마을.

남자들
고요한 파도 화창한 하늘
찬란한 햇살이 비추네
이제는 돛을 올려
나가야 할 시간

소매를 걷어붙여 영차
힘껏 노를 저어 영차
저 멀리

사람1　애들아! 저기다!

더 빨리

사람2　노를 저어라!

그물을 걷어 올려 영차
생선을 잡아넣어

사람3　준비해 바구니!

해안 주변으로 방금 막 배에서 내린 낚시꾼들, 방금 잡았던 싱싱한
생선들 옮기고 있다.
바구니를 든 여자들이 그 주위로 모여들어 생선을 받고 있다.

여자
오늘도 양손 두둑이
내일은 얼마나 가득히
풍요로운 순간 언제나 계속되길

여자&남자
오늘 조금 힘들어도
우리 모두를 위해
다가올 행복한 내일을
기다려

루나와 리아 등장.

루나   자! 여기서 아무것도 손대지 마! 과거의 흐름이 깨지면 문
제가 생겨!

사람들, 생선이 가득한 바구니를 가지고 퇴장.

두 사람은 다른 날, 다른 시간으로 다시 한 번 이동한다.
밝았던 날은 밤으로 변한다.
애기 울음소리가 들린다.
집 안, 아이를 안은 과거의 헬다와 엘리아 의자에 앉는다.

리아   어… 아빠!
루나   헬다…?! 헬다가 왜 여기 …
어린 헬다   앞으로 너의 이름은, 리아야
어린 엘리아   엄마가 걱정하지 않게 앞으로 건강하게 자라줘!

엘리아와 헬다, 마주보고 행복한 미소를 짓는다.
말없이 그들을 보고 있는 리아.
리아와 루나, 예상치 못했던 과거에 충격을 받는다.

루나   리아야… 너…

리아, 머리가 아픈 듯, 머리를 부여잡고 괴로워한다.

리아
혼란스러운 생각들에
헷갈려 어지러워
머릿속에 자꾸 맴돌아

날 붙잡고 무너뜨리고
점점 날 숨 막히게 해

다시 바뀌는 시간.
흔들리는 조명, 폭발 소리, 사람들 갑작스러운 혼란에 두려워한다.

루나　뭐야…?!

남자 등장.

남자　모두 다 대피하세요!

사람들, 정신없이 도망가면서 리아와 루나 이리저리 부딪힌다.
비명소리 계속되고 마을에 불이 점점 커지면서 집들이 무너지는 소
리가 들린다

사람들
어서 도망가 빨리 대피해
위험한 이곳에 더 이상 머물 순 없어
어서 도망가 빨리 대피해
위태로운 이곳을 벗어나
부디 살아남을 수 있기를
부디 안전할 수 있기를

과거의 헬다와 엘리아 다급하게 등장. 아기 리아는 엘리아의 품에 안
겨 있다.
헬다, 하트스톤 반으로 나눠 반쪽을 리아한테 준다.

엘리아와 아기 리아를 꽉 품에 끌어안는 헬다.

리아	사람들
아니야 말도 안 돼	어서 도망가 빨리 대피해
이 모든 걸 다	위험한 이곳 더 이상 머물 순 없어
믿을 수가 없어	어서 도망가 빨리 대피해
	부디 안전할 수 있기를

리아

혼란스러운 생각들에
헷갈려 어지러워
머릿속에 자꾸 맴돌아
날 붙잡고 무너뜨리고
점점 날 숨 막히게 해

그 뒤로 나타나는 티언.

루나   티언…?!

엘리아, 티언을 보고 재빠르게 도망간다.

티언   잡아! 놓치면 안 돼!

티언을 막는 헬다.

꾼1   티언이 자신을 막은 헬다를 때리려고 하는 순간.

리아　안 돼!

리아, 티언의 손을 막는다.

루나　리아!

그 순간, 모든 시간이 멈춘다.
— 정적 —
리아, 갑작스럽게 벌어진 상황을 파악하기 위해 주변을 둘러본다.

영겁 같던 적막의 순간이 지나고, 여러 불빛(조명)들이 혼재되어 흔들리고 번쩍인다.
리아, 머리가 아픈 듯, 괴로워한다.

암전.
음악 끝.

7장

텅 빈 공간 속, 다시 들어오는 조명.
갑자기 들리는 목소리들.

사람1 빨리 대피하세요! 조심해!
티언 잡아! 절대 놓치면 안 돼!
헬다 앞으로 너의 이름은 리아야…
엘리아 안녕, 아가야!
티언 생존자가 있는지 똑똑히 확인해!

누워있던 리아, 돌연 정신이 드는 듯 번뜩 몸을 일으켜 세운다.

리아 헉.

꾼1 숨을 고르고 있는 리아,
꾼2 눈앞에 자신을 보고 있는 헬다를 마주합니다.

리아 어-어! 엄마?
헬다 우리 딸… 많이 놀랐지?

사이.
헬다와 리아 뒤로, 엘리아, 등장.

리아 아-아빠!

꾼3	엘리아에게 달려가 안기는 리아.
꾼1	리아를 꼭 안아주는 엘리아.
꾼2	조금 진정이 된 리아는 정신을 차리고 주위를 둘러보고.
꾼3	낯선 풍경에 몸이 움츠려 듭니다.

리아	여긴 어디예요…?
엘리아	여기는 0과 1의 사이, 빛도 바람도 없는 시간의 틈 속이야.
리아	우린 지금 왜 여기 있는 거죠?
헬다	과거의 흐름이 깨지면서 이 틈이 잠시 생긴 거야~ (CUE)
리아	그럼… 어떻게 된 거예요?
엘리아	우리 딸… 보고 싶어서 기다리고 있었지.
헬다	지금 엄마가 하는 이야기 잘 들어…

M14 – 예언

헬다

한 인간이 있었네
나약하지만 욕심이 많아
저 하늘 위로 넘어
스스로 신이 되려 했었지

엘리아

폐허가 된 전쟁터
하나둘씩 욕망들이 모여
저 하늘 위로 넘어
피바다가 되어버린 비극이 됐지

헬다
시간이 지나도 달라진 건 없어
인간이 만든 실수가
다시 반복이 되었네

앙상블
인간들을 가엾게 여긴 신은
기회를 주고자 이 세상을 맴돌다
어디선가 들려온 간절한 목소리
그들을 선택했네

리아가 태어나던 날.
젊은 헬다와 엘리아, 안도의 한숨과 기쁨의 웃음이 동시에 나온다.
젊은 헬다와 엘리아, 밤을 새가며, 열심히 아픈 아이를 돌본다.
아이의 건강을 위해 절실히 기도하고 있는 엘리아와 헬다.

엘리아 넌 태어나자마자 많이 아팠어…
헬다 그때, 우린 밤마다 간절히 기도를 했어… 너를 제발 살려달
라고…

위에서 나타나는 빛
젊은 엘리아와 헬다, 그 빛을 바라본다.

(신의 목소리)
꾼1 당신의 아이는 운명을 받아들여야 한다… (에코)
꾼2 건강하게 자라는 대신 하트스톤의 힘을 갖게 될 것이다…
(에코)

꾼3 그 아이가 16살이 되는 해, 진정한 힘을 내두를 것이다…
(에코)

헬다&엘리아
진솔한 맘 진실된 사랑
이 모든 게 통해
신이 선사한 선물
우리의 간절한 기도에
대답해 주셨네

젊은 엘리아와 헬다 서로 눈을 마주보며 미소를 짓는다. 그리고 퇴장.

헬다 너는 우리에게 너무 소중했으니까. 그렇게 너의 운명은 시작된 거야. 리아야… 엄마 아빠가 정말 미안해… 끝까지 너의 곁에서 너의 힘이 되어주지 못해서.

엘리아 리아, 너가 앞으로 어떤 선택을 하든, 어떤 삶을 살든 엄마 아빠는 언제나 항상 너의 편에서, 널 믿고, 널 응원할거야.

그 순간, 흔들리는 조명들. 헬다와 엘리아 천천히 퇴장.

암전.

음악 끝.

꾼1 현재로 돌아온 리아와 루나.

리아 (굳은 결심을 한 듯) 루나… 나 다시 돌아가야겠어!

루나   너 지금 수배중이야! 잊었어?! 정신 차려!

리아   티언을 막아야 돼. 이게 나에게 주어진 운명이야.

루나   그게 무슨 소리야?! 제발 정신 차리고 빨리 나가자, 얼마 안 남았어!

리아   여기서 알게 됐어. 내가 왜 이런 삶을 살고 있는지! 이 모든 걸 다 끝내야 해, 그게 내가 존재하는 이유야.

루나   …

리아   같이 안 가도 돼. 널 버리셨다 한들, 너라는 존재를 이 세상에 있게 해준 사람이잖아…

루나   아니… 그걸 어떻게… ?

리아   자기 입으로 말해놓구 기억을 못하는 구나! (웃는다) (루나의 취한 모습 따라 하며) 우리 아빠… 티언이야…! 탐나지?!

루나   아… 술이 취해서…

사이.

리아   내가 만약에 너를 만나지 않았다면, 하얀 도화지 마냥 내 자신도 모르는 바보로 살았을 거야. (사이) 진심으로 정말 고마워.

리아 퇴장.
깊은 생각에 빠진 루나. (CUE)

M15 - 내가 원했던 것

루나

내가 원했던 것 그건 대체 뭘까
나는 어디로 향하고 있는 걸까
욕망의 눈빛으로 버려진 나
이젠 원망이 내 속에서 휘몰아쳐

목소리들 나타난다.

어린1 쟤는 왜 맨날 혼자야?
어린2 쟤 엄마 아빠가 없어서 혼자 다니는 거야!
어린3 헐 요즘 아빠 없는 사람도 있어?!
어린1 야 그런 사람이 있을 수도 있지! 쟤 듣겠다!

루나를 남겨두고 사라진다.

루나

내가 원했던 것 그건 따듯한 손길
나는 어디에도 속할 수 없는 걸까
사랑을 고파했던 과거의 난
이젠 시련이 내 안으로 닥쳐오네

아무리 생각해도 찾을 수가 없어
허무하게 방황하고 있는 나
어떤 선택이 후회가 없을지
정말 모르겠어
내가 원하는 건…

루나　　부모의 사랑이 아닐까…?

꾼1　　한편, 리아를 계속 찾아 돌아다닌 사람들.

사람들
반역을 꾀한 그녀 목에 걸린
어마무시한 그 현상금
우리가 잡아야 해
그 돈을 받아야 해

루나
어쩌면 찾을 수만 있다면
희망을 붙잡고
한번 더 용길 낼게

다시 등장하는 사람들.

사람들
구석구석 샅샅이 찾아
나랄 어지럽힌 그녀를
우리가 잡아야 해
절대 놓치면 안 돼

8장

꾼1 루나는 아버지를 찾아 떠나고, 리아는 티언에게!

리아 잘 들어라 티언! 우리 서로 할 이야기가 남아 있잖아? 이 모든 것이 시작된 그곳, 거기에서 보자.

음악 끝.

M16 - 피로 물든 욕망의 길

폐허로 변해버린 현재의 불타버린 마을.

꾼2 리아와 티언의 악연이 시작된 그곳.
꾼1 폐허로 변해버린 그곳은 모든 것이 불타버리고 수호수만이 남아있습니다.
꾼3 하트스톤의 힘을 추출하기 위해선 수호수의 도움이 필요하죠.
꾼1 티언은 반쪽의 하트스톤 힘을 가지고 있던 리아를 이용해
꾼3 강력한 하트스톤의 힘을 얻고자 하고
꾼2 리아는 그런 티언을 막고자 합니다.

리아 봐! 당신이 저지른 그날의 끔찍한 짓! 기억 나?!
티언 (헛웃음) 그럼 똑똑히 기억하지. (CUE) 사람들의 비명소리, 뜨

거운 바람, 검은 안개!

티언, 행복한 듯, 크게 숨을 들이마시고, 내뱉는다.

리아   당신… 정말…
티언   긴말 필요 없고, 내가 하라는 대로 해!

티언

어리석은 짓은 이제 그만
시간 끌 생각도 마
넌 절대 날 이길 수 없어
감히 나를 상대한다면
보게 되는 건 지옥뿐

리아

얼마나 더 많은 목숨을
희생해야만 하나
잘못 시작된 욕망의 끝은
끝나지 않은 고통뿐

티언   아니!

티언
욕망의 끝은 끝나지 않은 힘일 뿐

티언	**리아**
피로 물든 욕망의 길이	피로 물든 욕망의 길이

시작되었네   시작되었네

몸부림칠수록 붉게 물들수록   몸부림칠수록 붉게 물들수록

내겐 더 좋네   빛을 잃게 돼

리아   우리 엄마 아빠 어디 있어?!!

티언   어디 있긴, 내가 처리했지!

리아   뭐라고…?!

티언   내가 죽였다고. 숨이 끊기기 전까지 널 찾더라. 리아…

리아   (울면서) 어떻게… 엄마… 아빠…

꾼1   부모의 모습을 떠올리는 리아, 점점 분노에 휩싸여 갑니다

꾼2   몸을 부들부들 떨며 천천히 티언에게 향하는 리아의 손.

꾼3   점점 숨이 막혀오는 티언.

사람들

ET TENNEBRAE IMPLEANT TE

(어둠이 너를 채우게 하라)

ET TENEBRAE IMPLEANT TE

(어둠이 너를 채우게 하라)

ET TENEBRAE IMPLEANT TE

(어둠이 너를 채우게 하라)

ET TENEBRAE IMPLEANT TE

(어둠이 너를 채우게 하라)

ET TENNEBRAE IMPLEANT TE

(어둠이 너를 채우게 하라)

ET TENEBRAE IMPLEANT TE

(어둠이 너를 채우게 하라)

티언   (캑캑거리며) 드디어, 너도… (사악하게 웃는다)

꾼2   그때!

루나   어? 아-아버지…?!! (리아를 보고) 헉, 리아?!

꾼1   공격을 멈추지 않는 리아.

루나   리아!! 그만해!!
리아   저자는 죽어야 마땅해!!

꾼 3   공격을 멈출 수 없는 리아. 그럴수록 티언은 더욱 더 고통스러워하는데… ,

루나   아니야!

꾼2   루나는 공격받고 있는 티언 앞을 가로막고.
꾼3   리아는 주체할 수 없는 힘으로 인해 루나인지도 모른 체
꾼1   루나를 공격하게 되는데… 점점 고통스러워하는 루나는…

루나   리-리아… 그-그만해… 나… 루나야…

꾼2   고통에 몸부림치는 루나는 결국 정신을 잃고 맙니다.
꾼3   그 모습을 보게 된 리아는 정신을 차리고 공격을 멈추게 되고…

음악 멈춘다.

리아	어…?! (손을 보며) 내-내가 무슨 짓을…?! 루-루나…?!
티언	어리석은 것들!!

꾼1	티언은 갖고 있던 하트스톤을 가지고 곧 바로 수호수로 이동합니다.
꾼2	수호수에 가까워진 하트스톤은 반응을 일으키며,
꾼3	모든 시간이 멈추게 되고. 그 순간, 들리는!

음악 다시 시작.

꾼1	불쌍한 인간, 욕망에 눈이 멀어 내 목소리조차 듣지를 못하는 구나!
꾼2	넌 이 힘을 가질 운명의 대상이 아니다!
꾼3	너의 욕망이 너를 죽게 할 것이다.

헬다	(목소리) 너의 욕망이 너를 죽게 할 것이다.

반복된 헬다와 꾼들의 목소리.

티언	아니야!! 그럴 리가 없어!!! 내가 공들인 시간이 얼만데?! 이렇게 무너질 수 없어!! 안 돼!!

티언 절규한다. 큰 폭발이 일어난다.

짧은 암전. (CUE)

9장

M17 – 하트스톤 (FINALE)

꾼1 리아에게 향하는 하트스톤의 힘. (리아 주변에 보랏빛이 밝아지면서 암전)

암전.

꾼3 30년이 지난 지금
꾼2 죽은 티언의 왕위를 이어받아 루나는 왕비가 되었습니다
꾼1 헛된 소문은 바로 잡혀, 그들은 누명을 벗게 되었고
꾼3 바로 이 땅에 하트스톤!
꾼1 우리는 아직도 그들을 기억합니다.

사람 1
욕망으로 파괴된 이곳

사람 2
비극이 일어난 이곳

사람 3,4
드디어 평화가 찾아왔네

사람들
안타까운 죽음들을 뒤로 한 채
살아가야하는 우리들
우리를 지켜주소서

루나, 꽃을 들고 오면서 등장. 자리를 잡고 꽃을 높이 들어 올린다 (예식 느낌). 모두들 묵념한다. 혼자 고개를 드는 루나.

루나   리아… 그곳은 어때? 네가 떠난 지 벌써 30년이 되었어. 너의 빈자리가 아직도 느껴져…

사람들 다 같이 고개를 든다.

루나
당신이 없는 이곳, 하트스톤
우리는 살아가야해

사람들
그곳에서 지금처럼 풍요롭고 행복한
하루하루 만들어
우리도 여기서 당신을 잊지 않을게요
바로 이곳, 하트스톤

무대 뒤, 나타난 리아.
암전.

막.

작가의 말
| 하트 스톤
| CHRISTY LAETIA MERCY

　인간들에서 뺄 수 없는 두 가지 요소가 운명과 욕망이라고 생각합니다. 우린 살아가면서 수많은 욕망을 가지고 여러 선택을 만들고 그 선택을 통해 이미 정해진 운명의 길에 걸어갈 수 있도록 만드는 겁니다. 신나는 노래와 감동적인 순간들, 인간의 살아가는 과정에 판타지 요소를 투입해서 한 이야기를 만들어보았습니다.